U0118283

給　荒謬的時代

白沙鎮

陳愴 著

獲益出版事業有限公司

白沙鎮

著　　者：陳　愴
封面設計：西　波
主　　編：東　瑞（黃東濤）
督 印 人：蔡瑞芬
出　　版：獲益出版事業有限公司
九龍土瓜灣道94號美華工業中心A座8樓11室
HOLDERY PUBLISHING ENTERPRISES LTD.
Unit 11, 8/F Block A, Merit Industrial Centre,
94 To Kwa Wan Road, Kowloon, H.K.
Tel: 2368 0632　　　Fax: 3914 6917
版　　次：二零二二年三月初版
國際書號：ISBN 978-962-449-601-7

暮年歲月的成果（代序）

本書或許是我最後一部長篇小說了，因為我年屆八旬，垂垂老矣，不宜再寫耗費心力的長篇小說了。

有前輩大作家（忘記其名）說過，寫作人過了七十歲就寫不出長篇巨卷的小說了。而我兩部短篇小說集、兩部中篇小說集和五部長篇都是在六十六歲至八十一歲這段暮年時期完成的。五部長篇包括《筆架山下》（上、中、下三冊）、《日出日落九龍城》、《回望》、《深圳河北》、《白沙鎮》，已經出版發行，政府各個圖書館和大學的圖書館也能借閱。

我年輕時就喜愛文學，工作餘暇讀了不少中國現當代作家的小說，讀了不少中國古典作品，也讀了不少外國翻譯成中文小說，從中汲取借鑑前人、當代人的寫作技巧，工作餘暇學習寫一些短篇小說去文藝刊物投稿。

我童年時身處在一個講階級鬥爭的社會，在南中國的鄉村讀小學，因為家庭成份不好，被迫離開學校回家耕種過着艱苦的農民生活。成年後為了逃避迫害，冒死偷渡來港，此後數十年在這個自由又弱肉強食的都市做各種勞工謀生、養家活兒。這麼多年來，我做的勞力工作只為生計，與文化文學完全沾不上邊，白白流失了幾十年寶貴的寫作時光！

到二〇〇五年，我的體力、視力走下坡了，老闆解僱我，打破飯碗。好在我的兒子大學畢業再取得碩士學位，他去中學教書，拿錢回來幫補家計，讓我在家中安心寫作。

《筆架山下》這部長篇在我心中醞釀已久，預算寫三十萬字，想不到寫作時得心應手，欲罷不能，在斗室中天天伏案（自製一塊20寸×30寸的木板放在櫃子上作書枱）埋頭寫作，寫了五年，寫成四卷，約七十萬字，還未終卷就停下來。

半途停下來，並非沒有能力繼續寫，而是我這時已年過古稀，恐怕《筆架山下》還未出版面世就離開人世。有了這個顧慮，才打電話給名作家出版家東瑞先生為我出版四卷本。幾個月後，我頭一部長篇小說印出來了，拿到新書，裝幀印刷都美觀，宛如晚年得子，內心激動又高興。

《筆架山下》是大陸題材，內容是描繪中國上個世紀初幾十年的風雲變幻、家國情懷。它的前四卷本出版問世了，我的身體、精神、思維都沒有問題，本應繼續寫下去，直到終卷。但是我在香港工作生活逾半個世紀，我的命運、前途和香港息息相關，若然沒有這個英國人管治的城市讓我安身立命，那麼，我在大陸早就進入枉死城了。可以說，我的生命是香港讓我繼續生存下去，我的知識學問也是這個自由、百花齊放的城市讓我自學得來的。因此，若然我在有生之年不抓緊時間以香港的人與事為題材寫幾部小說，描繪這個都市的故事，那我就辜負了香港、愧對香港人。

有了這個想法，我的責任大了，連續寫了《日出日落九龍城》、《回望》、《深圳河南北》三部長篇和幾部中、短篇小說集。這幾部以香港為題材的小說出版面世了，我的身體、精神狀態還好，接着又寫《筆架山下》第五、六卷，草稿完成了，從頭到尾看一遍，感覺情節太繁複，要是加上早幾年已經出版七十萬字的四卷本（上下兩冊），將近百萬字。心想，這樣百萬字的長篇巨卷，生活繁忙、急功近利的當代人，有誰願意花寶貴的時間去讀？所以修改潤飾、去蕪存菁，刪去了十萬字，把第五、六卷濃縮為一卷——第五卷。這本十九萬字的第五卷，另起書名（狂亂）單獨出版，至此《筆架山下》五部曲大功告成，了卻我多年來時刻惦着的心願。

然而，我還是不滿意、不滿足，因為我的創作慾望還很旺盛，不願停筆，再伏案埋頭寫《白沙鎮》，預計寫二十萬字，但是寫到半途，我吃飯時吞嚥有困難，有時候肉類、硬的食物嚼不爛，卡在喉嚨不上不下，幾乎鯁死！

去看醫生、照胃鏡（內窺鏡）抽食道腫瘤組織化驗，確診我患了食道癌，幸好是初期癌症，癌細胞還未擴散到體內別的器官。醫生說我的年紀太大了，不可以做割除食道腫瘤手術，放射治療就可以了，電療就算不痊癒也能延長壽命。

能夠延長壽命就好，若然可以多活兩三年，我想寫的東西都完成出版了，到了那時，我在世上留下十部中短和長篇小說，對我的人生也有交代，此生不算白活了，死也死得坦然心安了。

我聽專科醫生的意思做，天天去威爾斯親王醫院的癌症部門接受電療（放射治療），前後電療三十多次，過了一段時間，吞嚥食物沒有困難了，明顯是我的食道腫瘤消失了。治療期間，別的事我都不理，堅持天天寫作，半年後，《白沙鎮》後續的初稿寫成了，再把初稿從頭到尾看了，不滿意，修改潤飾了三遍，定稿時約十七萬字。這部新作的題材是描繪中國大陸的人與事，從內容看，是前作《筆架山下》五部曲的補遺、延伸，兩書前後譜成連貫完美的終章。

前後用了一年多時間寫成的《白沙鎮》，付印出版，了卻我病中的心願。

暮年歲月，我的創作力非常旺盛，是我一部接一部完成作品的高峰期，十五年中，寫了長、中、短篇小說十本，平均十八個月出版一本。成書出書如此頻密，對我這個老驥而言，是意想不到的好收穫。

1

白沙鎮，位處丘陵地帶，它的周邊，是大大小小的村莊、山林、田園，村莊的村民，世代子孫都是務農，守着自家的田地種稻穀，種麥，種豆，種瓜菜，種番薯，自耕自食。婦女的責任更加繁重，她們除了幫助男人耕種，還要摘棉花，在家中紡紗織布，裁剪，用針線縫衣服，繡花、納鞋底做鞋，煮飯做菜，養豬養雞。已婚的婦女，要生兒育女，照顧小孩。男耕女織，一家幾人勞動，幾乎可以自給自足，家中沒有出產的東西才去白沙鎮購買。

每天早上，朝陽普照大地，四鄰八鄉的村民就前往白沙鎮做買賣，有人挑穀麥、白米、豆子、瓜菜、番薯、蔗糖等去白沙鎮擺地攤零售，有人趕豬、牛、羊等牲口去鎮上的市集販賣。

市集在城鎮的東北面，那裏的坡地上，有楊樹、榆樹、梧桐樹，樹蔭下是牲口市場，豬、雞、牛、羊等牲口都集中在一起，買者、賣者、中介人早早就到來，賣者希望自己的牲口早些賣出去，拿了錢早些回家，買者也想早些買到合心意的牲口牽回家，了卻一宗心願。

豬、雞、鵝、鴨容易成交，討價還價，雙方同意就交錢易主。買賣牛隻最花時間，因為黃牛、水牛都是要牠拉犁耙翻土耕種，牛的口齒（年歲）小，身軀「堅納」（身形好）的牛優勝，價錢貴一些也容易成交，不必擔心賣不出去，剩下老弱的，往往賣不出去，牛歸原主，牽回家。

牲口會拉屎撒尿，尿液沁入泥土中，乾涸了，會發出臭氣味。雖然這些牲口的屎尿氣味臭，鄉村人都聞慣了，沒感覺惡心，倒是引來蒼蠅飛舞、蟲蟻光顧的煩惱。

市集的另一邊，人多聚集，有人買賣穀、米、麵粉、豆子、瓜菜、甘蔗，有人買賣糖果、腸粉、烤肉、包子等等，吆喝聲、喧鬧聲、討價還價聲，彼起此落，非常熱鬧。若是太陽猛烈，氣溫高，大家都面紅耳赤，汗流浹背，汗臭熏人，令人喘不過氣來。

白沙鎮的街道兩邊，有衣布店、糧油店、雜貨店、飯店、藥材店……在街道上的店舖中都買得到所需的東西帶回家。

這個市鎮，位處山嶺、田野之中，市鎮北面，白沙河貫通東西，是水路運輸要道，來往的帆船可以在河邊的小碼頭卸貨裝貨，運往上游和下游，貨如輪轉，便利營商。本地人在鎮上開舖子做買賣，開作坊出產品，賺了不少錢，發達致富，回自己的村莊買田買地，起大屋，僱長工短工耕種，買婢女使喚。

白沙鎮中，有幾條大街，很多橫街，格局仿如棋盤。衣布店、藥材舖、茶樓、飯店都在寬闊的大街中。招牌響亮、生意興隆的是「民利衣布舖」，東主陳民利坐鎮在舖中主理店務，伙計兩名，最得力的是雷旺，另一個叫畢平。雷旺是陳民利一開衣布舖就僱用的伙計，至今做了二十多年，他來打工的時候是年輕人，如今已經是中年人了。一個做伙計的，追隨老闆這麼久，自然對主人忠心耿耿，忠誠老實為主人做買賣，為主人的利益着想。

陳民利是白沙鎮人，他家中很多事情都要他主持打理，他回家的時候，衣布舖中的生意只好交給雷旺做。每日賣出的布多少丈，賣出的衣服多少件，收入的錢若干，他都記錄在賬簿上，數目清楚。而入的是甚麼貨物，付出的款項若干，也清清楚楚記在賬簿上，東主陳民利翻查賬簿看單據，一目了然，沒甚麼差錯。

起初陳民利查賬簿，打算盤核對，分毫不差，所以他完全信任雷旺，放心讓他去做。雷旺不止對老闆忠心不二，他還有做生意的頭腦，會變通，能抓緊時機做應該做的事情。

有一天，陳民利回家辦理家事，不在舖中，有個中年人來到「民利衣布舖」推銷衣車。雷旺連衣車是甚麼樣子都未見過，他對那名中年人說：「你講勝家衣車是美國貨，車衣服又快又好，但是你又沒拿衣車給我看，空口講白話，叫我怎樣相信你？」那中年人說：「一架衣車幾十斤，不能隨身帶，如果你想買，明日帶來給你看。」雷旺說：

「我看了，若然照你講得那樣好，我會同你買。」

中年推銷員見他的神情認真，說一句是一句，不似講過的話不算數的那樣人，看來生意會做得成，答應明天帶衣車來讓他看。

翌日早上，雷旺打開門，開舖營業不久，那中年推銷員就到了「民利衣布舖」門前。他是騎單車（腳踏車）來的，單車後面的貨架上，放着一個大木箱，單車一停下來，他就跳落地，放下腳架，穩定單車了，才紮着馬步，用力搬下貨架上的大木箱，叫雷旺幫手，兩人合力搬入舖中。

中年推銷員高高瘦瘦，因為搬動大木箱，使出大氣力，氣喘如牛，他直起腰才對雷旺說：「我姓崔，單名浩，推銷新機器，這回是頭一次來到貴鄉，沒人識得我，請多多指教。」

推銷員自我介紹了，彎下腰，解開捆大木箱的繩子，打開木箱上面的蓋板，把衣車頭、腳踏板、腳架、衣車板等零件逐一搬出來，排列在地上，然後從工具袋子拿出鉗子、螺絲批、士巴拿等工具，順次序裝嵌衣車。

陳民利和雷旺從未見過機器衣車，他們站在旁邊，觀看崔浩逐一把各種零件裝嵌成一架衣車，感覺好奇又新鮮。但是他們不知道衣車怎樣將布料縫成衣服，要崔浩車給他們看。

崔浩問雷旺會不會裁剪衣服？雷旺說會，以前他裁剪好的衫褲，是用針線一針一針縫合的。崔浩說：「你拿裁好的布料來，讓我車給你們看。」

崔浩從牆邊拿來一張方凳子，坐在衣車前面，兩腳踏在車架下面的踏板，車枱下面的輪子就轉動，輪子上的皮帶又帶動衣車頭旋轉。他將兩塊布料放入車針下面，雙手把布料向前推移，車針咔嚓咔嚓地響，兩塊布料就縫合在一起，變成一塊了。

陳民利和雷旺都感覺機器衣車真是神奇，人手一針一針縫衣裳，一天時間都縫不成一件衫，而機器衣車不必一個時辰就縫合好了，而且衣車縫合的衣服針腳疏密一致，又快又美觀，人手無法做得到。發明衣車的人，他的頭腦怎麼如此聰明？

雷旺躍躍欲試，但是他不會使用衣車，怎麼辦？

崔浩說：「我賣衣車給你，當然要教你車衣服。你拿一些碎布來，我教你。」

雷旺拿來幾塊碎布，坐在衣車前面，照崔浩一樣兩腳踏車枱下面的腳踏板，但是不暢順，他把布料放入車針下面，雙手把布料向前推移的時候也諸多阻礙，針腳有疏有密，而且彎曲不成直線，縫合得不好，很難看。

崔浩見他的表情尷尬，安慰他說：「初學車衣都是這樣，能夠踏順輪子已經不錯了。我為何車得又快又好？不是我聰明靈活過你，只是我車得多了，工多藝熟。你車得多了，自然就會車得好。」

陳民利心想，買下他的衣車，用去一筆錢，但買到手了就永遠是自己的，猶如買了一隻好的母雞，日日都生蛋。而母雞要用飼料餵牠才會生蛋，衣車不用養它餵它，日日都可用它車衣服，不是好化算？他決定買這架衣車。不過，他要崔浩減價，減幾多得幾多，好過不減。

崔浩說：「我不會開大價，就是減都不會減得多。」

陳民利想：衣車他已經辛苦運來了，若是不成交，他要搬回去，再壓他的價錢，他也要賣。彼此討價還價一番才成交，衣車易主。

崔浩的衣車賣出去了，賺了不少錢。他無貨一身輕，沒有負累，騎着他的單車輕輕鬆鬆走了。在城鎮賣出一架衣車是一筆大的買賣，不是常有的事，只有像「民利衣布舖」這樣有財力的老闆才買得起。

陳民利買了這樣好的美國製造的「勝家」衣車，以後有顧客來他的舖子訂購衣服就不必用人手縫了。最好的是，衣車縫製的衣服比人手一針一針縫的又快捷又美觀，他的生意還怕不愈來愈興旺？

2

由「民利衣布舖」順着東大街向前走幾百步，就到老牌的「養和堂」藥材舖。舖子的主人簡丹青不但售賣藥材，會配藥，他還是一名中醫師。他的醫術好，也有醫德，盡心盡力為病人把脈治病。遠近村莊有些病重的人無法走路了，他的親人來「養和堂」請簡丹青去治病，他就放下舖子的事務讓伙計做，揹着藥箱徒步去病人家中治病救人。

簡丹青不止開藥材舖、行醫，還開木工場造棺材。他的木工場設在白沙河旁邊，主要是取用木材快捷又方便。白沙河的源頭出於上游的山區，中途流經白沙鎮，再往下滾滾流淌，流入海灣，匯集大海。

白沙河上游是山區，山區的面積廣闊，盛產木材，有樹身高大的紅木，有杉樹，有火楝樹，還有名貴的楠樹，這些樹木都是製造棺材的好材料。工人在山林中伐下的樹木，風乾了，搬到河邊，紮成木筏，然後推入白沙河中，木筏順着河水漂流而下，到了白沙鎮旁邊，被河中的樁柱卡住，木工場的工人下河去拆散木筏，把一根根大木幹搬到木工場儲存、風乾，然後鋸成木板，製造棺材。

白沙鎮內和四鄰八鄉的村莊有人死了，需要棺材殮葬，就來簡丹青的棺材舖選購。

白沙鎮周邊這麼多村莊，鄉民眾多，只有簡丹青一間棺材舖，窮等人家只能買廉價的杉木、火楝木棺材，富裕人家才選購貴價的紅木、楠木棺柩。簡氏棺材舖中，廉價貴價的棺材都有，任顧客選購。死者的親人入來幫襯，不會空手而去，都買了一副棺材抬走。

簡丹青的木工場在棺材舖後面。棺材造好了還很粗糙，棺板有罅隙，必須補上油灰、打磨，再用桐油髹得光潔亮麗，風乾了，才搬到前面的棺材舖中，一具具疊起，等待顧客來選購。

棺材舖不是天天都有人來光顧，若然沒有人死亡，很久都不發市。但是一有人來光顧，價錢就貴，賺他一筆，補償沒有生意日子的損失。

簡丹青要打理「養和堂」的業務，為客人執藥、配藥，又要為病人把脈治病，忙得很，棺材舖的事務就讓一名忠誠可靠的伙計辦理。這名伙計是中年人，叫顧仁。顧仁是簡氏棺材舖的「老臣子」，入貨、出貨，工人的工資若干，伙食費若干，他都記錄在賬簿中，數目分明，一清二楚，多年以來都沒有糊塗賬，獲得簡丹青的信任，放手讓他去做，賓主合作得好。

顧仁的兒子顧家暉，年青力壯，在木工場搬木材，鋸木板，跟師傅學習造棺材。他的身子結實，胸闊腰圓，粗眉大眼，高鼻樑，紅唇齒白，年紀輕輕嘴唇上就長出髫鬚，樣貌十分帥氣，具男性魅力。

簡丹青的幼女簡貞，十多歲，情竇初開，她去木工場走動時，看見顧家暉，被他帥氣的容貌所吸引，他鋸木刨木的時候，粗壯結實的手拿着鋸子上下拉鋸，因為勞作用力，喘着氣，面紅紅，皮膚沁出晶瑩的汗珠，樣貌好看又迷人，他聚精會神工作的時候，簡貞在旁邊偷偷看他，不禁面紅心跳，心中喜愛他。

簡貞在白沙鎮小學讀書，成績平平，因為心中時常惦念着木工場的顧家暉，想着他充滿活力又英俊的樣貌，更加無心向學，小學畢業了，考不上縣城的中學。

她是女孩子，她的父母對她能否升讀初中並不在意，她用心讀書，讓她繼續升學；她考不上初中，就讓她在「養和堂」藥材舖幫手做事好了。她有兩個雙胞胎的哥哥（簡龍和簡虎），簡龍出娘胎早幾分鐘，是大哥，簡虎出娘胎遲幾分鐘，是二哥。他們現時都在縣城的高中就讀，簡龍的資質不高，學業不好，考試的成績平平。簡虎聰明，是班級高材生。他們是雙胞胎兄弟，樣貌相似，但是兩人的性情完全不同，大哥簡龍沉着、溫和、理智，二哥簡虎偏激、衝動、不安靜，容易發怒。父母給他們的零用錢相同，簡龍節儉，不會亂花錢，有錢剩。簡虎一有錢就花，有時候還拿錢給一些貧困的同學，幫他們解決問題。

縣城中學的教員眾多，有些是本地大學生，有些是外地人，來這裏任教。有些教員的思想保守，有些衝動激進。這些思想激進的教員多數是外地省市來的，他們在學校教書，一有機會就向學生灌輸馬克斯學說，宣揚共產主義，要改變社會。怎樣才能改變舊社會？支持幫助共產黨推翻國民黨，建立新中國，打倒土豪劣紳，清算鬥爭地主，搞土地改革，讓貧苦的農民翻身當家作主。

起初簡虎懷疑這樣做是否行得通？田地是地主的，憑甚麼要清算鬥爭他們、分他們的田地？思想前進的教員的理由是：資本家只給工人少少工錢，賺到多多都歸自己，是壓迫剝削工人，是奴隸主，是吸血鬼。地主顧長工耕種，像牛馬一樣為他們耕田，每年只得少少穀糧作酬勞，收成大量的穀麥都歸地主所有，這種不合理的情況，貧苦的農民就要團結起來，清算鬥爭地主，分他們的田地，爭取合理的權益。

簡虎想想他們的言論也有道理，認為共產黨的做法好。簡龍不以為然，用暴力奪取人家的財產田地，與土匪綁架打家劫舍有甚麼分別？商人做生意賺錢是理所當然，地主僱長工耕田，事先雙方講好每年給多少石穀作工資，是你情我願的，怎可以說是地主壓迫剝削長工？

簡虎認為自己的見解正確，他說：「地主的家財愈來愈多，田地不斷增加，他們的家產不是靠壓榨剝削貧苦的農民哪裏得來？而長工永遠都貧困，這樣的社會現狀就不合理，不平等。商人地主又不拿錢分給窮人，造成貧者愈貧，富者愈富。若要人人平等，就要清算鬥爭他們，奪取他們的家財分給窮人，讓人人有田耕，有飯食。共產黨提倡財產公有，是最好的制度。」

簡龍說：「用暴力搶掠人家的財物，是土匪的行為，你認為土匪的不法手段是好的制度？」

簡虎說：「土匪被腐敗的政府迫到走投無路才去打家劫舍。而共產黨清算鬥爭地主，拿他們的家財分給窮人等如劫富濟貧，改變舊政府，讓人人平等，大家都有飯食，安居樂業，讓世界走向大同。」

兄弟兩人為這些問題辯論了很久，因為看法不同，意見各異，無法達到共識。簡虎認為他的觀點正確，學校放寒假，他們回家過新年，他就找機會跟父親談談這件事。簡虎說：「阿爸，我有話同你講……」

父親說：「有話同我講？要我給你多一些錢使用？」

簡虎搖搖頭，表示不是講這些小事。他接着說：「你還當我是小孩？我已經長大了，讀中學了，還有幾個月就高中畢業……」

父親說：「高中畢業就去考大學，我有能力供你升學……」

簡虎說：「省城才有大學……」

父親說：「這個我知道，我就是想你同你大哥去省城讀大學，畢業了拿到學士學位，光宗耀祖。」

簡虎說：「大學畢業生算不了甚麼。」

父親說：「大學畢業生算不了甚麼？我們這個縣，窮人富人這麼多，上省城讀大學的屈指可數。有人的家財多過我，但是他們的兒子讀不成書，培養不出大學生。你同你哥若然都考上省城的大學，我們家就有兩個大學生。」

簡虎說：「我們這個縣份，地處南國邊緣，是窮鄉僻壤，大學生才稀罕，別的省份和城市，大學畢業的有男有女，很普通，沒甚麼了不起。」

父親說：「我們不可以同那些大地方相比，只可同本地鄉鎮的人家比高下。你同你哥若然考上省城的大學，你們就為我爭了面子，光宗耀祖。」

簡虎說：「光宗耀祖只是自家的事；自己光榮是自私自利……」

父親說：「世上有誰不是為自己？」

簡虎說：「我們的鄉鎮落後蔽塞，消息不通，不知道外面的世界有多進步，東北各省都解放了，共產黨已經在搞『土改』了。」

父親說：「甚麼是『土改』？」

簡虎說：「土改是土地改革，沒收地主的田地分給貧傭農。」

父親說：「怎樣才是地主？」

簡虎說：「家中有田有地請長工耕種，又有田地出租給窮人耕、收人家的田租的都是地主。」

簡丹青的心一沉，他家有長工、有婢女，有田地出租給窮人耕，又有藥材舖、木工場造棺材，不是地主是甚麼？共產黨解放到來，他的田地、家財不是要被沒收分給貧苦人家？他大半生克勤克儉積聚的家產不是化為烏有？！

簡虎接着說：「搞土改，地主的家財、田地不止要被沒收，家人還要被清算鬥爭……」

父親說：「我是正當人家，請長工耕田，開藥材舖，行醫救人，沒有犯罪……」

簡虎說：「你剝削家中的長工，剝削木工場的工人，就是犯罪。」

父親說：「長工，我每年給他十石穀作工錢，木工場的伙計，我都發工錢給他們，又有飯給他們食，哪是剝削？」

簡虎說：「你只給他們少少工錢，自己賺到多多錢買田買地，起大屋，這種情況就是壓榨剝削工人、長工。」

父親說：「照你這樣講，我做生意發財致富，是做錯了？」

簡虎說：「剝削長工、伙計當然錯。現時要是你肯自動自覺獻出財物、田地，共產黨解放到來了，你被劃成地主，也是開明地主，或者可免被清算鬥爭。」

現時國軍和共軍正在北方打仗，未分勝負，共產黨一定能夠渡過長江打到來？

父親說：「就算共產黨解放到來，都不怕他。前幾年紅軍同白軍（國軍）在這裏打游擊戰，紅軍大隊長來向我借糧，我都借給他們好幾石白米，也算幫過共產黨了，還不是開明人士？」

簡虎說：「那時紅軍大隊長向你借糧，講明是借的，將來會還給你。」

父親說：「以前有些土匪來打家劫舍，也是講借的，幾時見過土匪來償還？」

簡虎說：「共產黨的游擊隊不同土匪，他們有紀律，不拿群眾一針一線，將來他們打勝了，解放到來了，一定來還給你。」

父親說：「誰敢講他們的游擊隊不會被國軍打敗？他們早就滅亡了，人都不在了，還個屁？」

大家都記得，前幾年紅軍和國軍打仗，游擊隊穿便服，只有步槍、手榴彈，打不過國軍的機關槍、大炮，他們逃跑來白沙鎮，駐紮在鎮裏的祠堂、廟宇中，人民都掩護他們，借爐灶、鑊頭給他們煮飯，送蘿蔔給他們做菜。他們的游擊隊員受了槍傷，簡丹青是中醫師，會療傷，他用金鎗藥為他們療傷包紮傷口……共產黨真是得民心，能夠軍民打成一片，共處在一起。游擊隊長向民眾宣傳，說白軍（國軍）殘暴，到處殺人放火，奸淫婦女，打仗的時候，群眾千萬不可留在家中，都要跑到山上去，避免被國民黨軍隊屠殺，家破人亡。

過了幾日，國軍追殺紅軍，白沙鎮的民眾都離家跑到山上去，漫山遍野都是平民百姓，國軍誤以為在山上亂走亂動的平民都是紅軍游擊隊（游擊隊員和平民百姓都是着便服）即刻開機關槍掃射，死傷的都不是紅軍游擊隊員，而是鄉鎮的民眾。留在家中的老弱者卻避過戰爭的傷害，平安無事。

經過這件災難，簡丹青才知道共產黨的宣傳口號不可信聽了有害無益。簡虎年紀輕輕，未曾經歷過苦難，不知道世途險惡，輕信別人動聽的話，父親的肺腑之言聽不入耳，當作耳邊風。

* * *

簡虎是年輕人，思想前進，嚮往一種美好的「主義」，只有幾個月就高中畢業了，以他的聰明、優異的學業成績，投考省城的大學必然考得上。但是他放棄了，沒有回家跟親人道別，連大哥簡龍也不告訴一聲，就在縣城參加共軍，一去如黃鶴，音訊全無。他的父親焦慮，母親哀傷，念子成狂，食不下嚥，睡不成眠，母親問簡龍，簡虎出走之前有沒有對他透露甚麼。簡龍說，只知道他相信共產黨的宣傳，嚮往社會主義世界，別的都不知道。

這一變故，簡丹青只好把希望寄託在簡龍身上，希望他繼續讀書成才，為簡家光耀門楣。但是簡龍高中畢業，投考省城的大學失敗了，不能升讀大學。簡丹青希望有個大學生的兒子的願望落空了，失望之餘，他對簡龍說：「你考不上大學，就在我家的藥材舖幫手打理業務啊。」

簡龍說，他對做生意沒有興趣，他想在白沙鎮小學謀一份教職，有工作做，可以解決生活問題，教書又可以培養人才。簡丹青曉得，對某種事情沒有興趣，勉強他去做也不會做得好，何必強他所難？

白沙鎮小學，一名校長，好幾名教員。教員多是中學學歷，校長劉毅高中畢業。他在縣城讀高中時，日本侵略中國，全國軍民在蔣委員長的領導下抗日，日本飛機飛到粵西投彈轟炸，縣城是日機炸的目標，縣立中學中彈崩塌，校園毀壞，學校被迫暫時停辦，師生為避戰火，有的回家，有的去了安全的地，各散東西。劉毅的父親也在那時被日軍開槍射殺死了，再沒有人供他繼續讀書了。

日軍到處攻城略地，強暴婦女，燒殺搶掠。而南中國邊陲的偏僻市鎮，沒有戰略價值，日軍打到來，沒有士兵留下來駐守，來了又去，像夏天的驟雨，來得快去得也快，不久就雨過天晴，像沒有發生過戰爭一樣平靜。日軍走了，大家合力修復好毀壞了的校舍，恢復教課。

劉毅的父親在戰火中死了，家中的生活擔子就落在他身上，找事做謀生。他來到白沙鎮小學任校長，至今十多年，這段時間，人事變化很大，有的教員去了別處的學校任教，有的年老退休回家歸隱田園，舊人去，新人來，是常態。

簡龍來到白沙鎮小學，這天是周末，學校下午沒有課，教員和學生都各自回家去了。以前簡龍作為後輩，曾經多次登門拜會劉毅校長，彼此熟識，頗有交情。如今見面，劉校長招呼他在校務處坐下，大家談近來的生活情況，談時局、談各人的前景。簡龍這次有所求而來，他從閒談中進入正題——說他高中畢業了，早前高考，因為學藝不精，考不上省城的大學，高中畢業等如失業……

劉毅說：「你家有田有地，大耕大種，令尊又開藥材舖、開木工場，你是長子，可以接手家業，大展拳腳，成就一番事業，勝過乃父。」

簡龍說，他沒有氣力耕田，做生意沒有興趣，又不想倚靠父母，只想在外面找事做，自食其力。他是讀書人，別的事做不來，想當教師。

劉毅說：「做教師薪金微薄，像我這種人，家無恆產，沒有父蔭，別無他途，才做教書匠……」

簡龍說：「這個我知道。不過，社會上甚麼事情都要有人做，教書雖然清苦，卻是教育人才的工作，有意義，應該做。不知道你們學校有沒有職位給我做？」

劉毅說：「要是你肯做，可以商量。有個姓江的教員是縣城人，他辭職了，回縣城的小學任教，你可以暫時補他的缺。」

簡龍想：暫時？不能長久教下去？若是短暫的工作，麻煩人家又麻煩自己，沒意思，何必做？

劉毅見他的神情有點遲疑，面有難色，猜到他的心事了，這樣說：「已經辭職的姓江教員，是教低年級的，你補他的缺，暫時教低班級的課，你就職教定了，等有機會再教高班級的，你的心意怎樣？」

簡龍想：既然想做教育工作，教低班高班都一樣，而每個學童都是從低班讀起，若然無人教低班，他們怎樣一級級升上去？當初自己也是從小學一年級讀起，讀初小升高小，高小畢業考上縣城的初中，再升讀高中，只可惜沒考上省城的大學。要不然，讀完大學才去做事。

他接受劉毅校長的條件，在白沙鎮的小學任教職。

＊　＊　＊

簡龍即將成家立室。他要娶的妻子是「民利衣布舖」陳民利的長女，她叫陳帶弟，十六歲，她發育得好，豐胸細腰肥臀，曲線玲瓏，走路時如輕風擺柳，婀娜多姿，是青春美女。她不是和簡龍自由戀愛成熟了才結婚，而是由雙方父母「對親家」，然後照傳統禮節娶她過門的。她父親的衣布舖和簡龍父親的藥材舖同在一條街，兩家人的舖子距離不過幾百步，走路不必一刻鐘就到達，雙方是左鄰右里，又是好朋友，彼此都了解對方的家庭情況。所以他們「對親家」一拍即合，大家都高興。

陳民利的大宅在白沙鎮舊城區，陳帶弟和親人一起居住。簡陳兩家在白沙鎮都有頭有面，嫁娶雙方都講究面子，婚禮要鋪張隆重。成婚當日早上，依照習俗，簡家僱轎夫抬花轎去陳家大宅門前迎接新娘。迎接新娘的時候，有執事和樂隊，鳴鑼奏樂。女家僱腳夫抬嫁妝，樂隊和紅花大轎從陳家來到簡家，沿途街道引來不少人圍觀看熱鬧。鑼鼓聲、音樂聲、鞭炮聲響亮，樹上的雀鳥振翅高飛，仿如拍翼助興，地上的小貓小狗奔走，猶如互相報喜。

簡丹青的大宅在「養和堂」藥材舖後面，青磚灰瓦，門簷兩邊掛着紅燈籠，大門兩邊貼着迎親對聯——

幸有紅轎迎淑女

愧無美酒宴嘉賓

為了引人注目，迎婚隊伍在城鎮中繞道緩緩前行。花轎到達男家門前停下，炮竹聲噼噼啪啪響，炮竹一個個彈開，紅光四射，硝煙在空氣中飛揚，彌漫如雲霧。

新郎身穿黑綢長衫，頭戴禮帽，胸前掛着紅繡球，在禮生帶領下，走到花轎前面，拿摺扇敲了三下轎頭，再挑開花轎兩邊的紅綢站在旁邊。陪嫁的婢女打開轎門，躬身扶新娘出來。

新娘頭戴鳳冠，身穿紅底金花衣裙，腳踏繡花鞋，在陪嫁女的摻扶下，隨着新郎踏着紅地布進入家門，接着新婚夫婦拜堂。

男家的大宅，樓上樓下兩層，樓下正面是廳堂，後面幾個大小房子，有主人房、傭人房、儲物室、柴房、廚房，後院的井口上架着打水的轆轤，下人在水井邊打水洗米洗菜，忙得團團轉。

簡丹青娶兒媳婦，高調慶祝，大擺延席，他用紅紙寫着「東主辦喜事、停業一日」的紙條貼在「養和堂」藥材舖門前。門頭兩邊大紅燈籠高高掛，紅艷生輝。

簡家擺酒席歡宴親友和街坊鄰里，由上午開始，輪流飲宴到晚上。賓客酒酣飯飽先後離去，喧鬧歸於平靜，簡龍上樓上入洞房。新娘子端坐牀緣，默默無語，他走到她面前，伸手揭開她頭上的紅布，摘下她的鳳冠，凝視着她略施脂粉的漂亮面孔。婚前，他們見過多次面，也談過心事，兩人都喜歡對方，都願意結為夫婦，並不像那些「奉父母之命，聽媒妁之言」的男女那樣陌生。

他們是白沙鎮門當戶對又情投意合的新人，在紅燭火苗搖曳、鴛鴦被裏同眠。牀是新的，被褥是新的，青紗帳是新的，房門關上了，他們就在罩着青紗帳的牀上擁吻歡好。這是陳帶弟期望已久的好事，亢奮愉悅淹沒了下身微微的痛楚，她配合着他狂熱的動作，眼睛半開半合，享受着初夜美妙的愉悅。

這天簡家辦喜事，「養和堂」藥材舖暫停營業，木工場也放假一天，讓伙計來飲喜酒。大家都在歡樂忙亂的時候，簡貞瞄準時機，偷偷去木工場同顧家暉幽會。簡貞忽然到來，木工場中沒有其他人，顧家暉吃了一驚，幾乎叫出聲。簡貞見到他驚愕的神情，隨即將手指放在嘴唇上，示意他不要驚動。

顧家暉想：她來木工場做甚麼？她是老闆的千金小姐，自己只不過是簡家木工場的小伙計，哪有資格同她親近？若是被人知道了傳到老闆那裏去，自己不是要被炒魷魚？自己的飯碗打破不說，還要連累讓老闆信任的父親。

他望着簡貞，低聲說：「簡姑娘，你來這裏有甚麼事？」

簡貞紅着臉說：「來看你。」

顧家暉更驚異，說：「來看我？我有甚麼好看？」

簡貞說：「你的樣貌好看。」

顧家暉說：「我在木工場鋸木刨木做棺材，滿身污糟，粗人一個，你說我的樣子好看，不是取笑我？」

簡貞說：「我不是這樣想。我講的是真話。」

顧家暉說：「無論怎樣，你都不應該一個人來這裏。」

簡貞說：「木工場是我家的，我不可以來？」

顧家暉說：「你就是來，亦要同別人來。」

簡貞說：「我就是不想其他人知道我來。」

顧家暉說：「你這個時候來不好啊。」

簡貞說：「這個時候來不好？我等了很久才等到這個機會。」

顧家暉說：「你應該在家飲喜酒鬧新房。」

簡貞說：「我就是趁他們在家裏忙着飲喜酒，才可以來見你。」

顧家暉懵然說：「見我甚麼事？」

簡貞說：「你真是木頭人，我的心事到如今你都看不出？」

顧家暉似乎聽懂了，但是他有顧慮，這樣說：「我們孤男寡女在一起不好啊。」

簡貞說：「不是孤男寡女獨處怎樣談心事？」

顧家暉說：「甚麼心事？」

簡貞說：「木頭人才不曉！」說着，她轉身向門口那邊走去。顧家暉以為她離開木工場回去，但是她把門關上了，回頭走到他身邊坐下。他的心卜卜跳，不知道怎樣好。

簡貞說：「門都關上了，這裏只有你和我，你還怕甚麼？」

她的話鼓起他的勇氣，送上來的天鵝肉為何不食？美人當前，他心猿意馬，熱血沸騰，頭腦發昏，不能自持了，忘渾一切，伸手去摟抱她。她不抗拒，想進一步去親吻她。就在這時，外面傳來呼呼的拍門聲，他大驚，不知道是甚麼人如此急逼拍門，他熱烈如火的情緒頓時冷凍，急急推開她，叫她快快從後面離去。

簡貞往日曾經多次來木工場行走，知道後門通往白沙河邊，木材從河中搬上岸了，再從岸邊搬到木工場。這道寬闊的後門，沒有關上，方便工人出入工作。她當然不想別人知道她來這裏同顧家暉幽會，急急踏着木碎、刨花溜出後門，消失於河岸上。

回到家中，食尾輪酒席的親友還未離去，一些年輕人正在等待鬧新房。媽媽楊開慧問她剛才哪去了？她說，家中歡宴親友，太熱鬧嘈吵，她去河邊看晚霞，吸新鮮空氣，她的媽媽信以為真，讓她過了關。

3

陳帶弟是陳民利的長女，陳民利的祖父只有他父親一個兒子，他的父親只有他一個兒子，三代單傳，人丁單薄，他十分希望自己有幾個兒子，不意頭一個生下來的是女兒。陳民利為女兒起名「帶弟」，明顯是想她「帶」來幾個弟弟。陳帶弟不負她父親的期望，她兩歲不到，她的媽媽陳魯氏就誕下一個白白胖胖的男嬰，取名繼祖。兩年後，她的媽媽又誕下另一個男孩，取名繼世。更令人驚喜的是，幾年後，她的媽媽再生下另一個男孩，取名繼持。前後生下的三個男孩都健康成長，讓人喜愛。

陳帶弟的父母感覺她在這方面也有一份功勞，更加喜歡她，愛惜她。不過，她是女孩子，只在白沙鎮高小畢業，她的父親就以他的衣布舖缺乏人手為理由，沒有讓她去縣城投考初中，留她在家幫手照顧三個弟弟。繼祖、繼世在白沙鎮小學前後畢業，也前後考上縣城的初中。兄弟兩人都有志學業，勤奮努力讀書，考試的成績都好，年年升級。

陳繼祖升上高中三年級那年，解放軍就浩浩蕩蕩入城，縣城的牆頭上、縣政府、學校的旗桿上，五星紅旗取代了青天白日滿紅旗，縣城易幟了，民國時期的縣長和各機關的大小官員不知去向，原來的縣政府由新人坐鎮掌權，小學、中學停辦，師生各自回家去了，各散東西。

改朝換代，舊人去，新人來，學校何時恢復上課？學生還可不可以繼續學業？現時還不知道。前路不明，陳繼祖、陳繼世背着簡單的行囊徒步回白沙鎮的家，等待社會明朗化才作定奪。鄉鎮中還算平靜，農民如常耕種，父親的「民利衣布舖」照往日一樣打開門做買賣，大家照常工作生活。

白沙鎮的民眾，有窮有富，有人營商，有人務農，只有陳民利是半農半商的家庭。他家中的田地僱長工耕種，每個季度收穫時都穀糧滿倉。他的衣布舖子僱伙計賣布車衣服，生意興隆，獲利不菲。若要他在營商與買田置地選擇其一，他會選擇後者。因為營商賺到的錢是浮財，而田地是不動產，出租給別人耕種，年年有租穀收，自家僱長工耕種，每個季節都能產糧。所以他的衣布舖子所賺到的錢，都拿來買田置地，年月久了，他家的田地愈來愈多，房屋庭院愈起愈大。

陳家的大宅在白沙鎮舊城區的東面，紅磚牆，灰瓦頂，屋頂上面的西南角有個方型的小炮樓，炮樓四面都有小孔口，站在孔口向外眺望，居高臨下，能看到外面的人畜在活動。晚上關上前面的大門和院子的後門，閒雜人就不能入屋了。大宅旁邊，有長工居住的屋子，有牛欄豬舍，有茅廁，有柴草房和農具房。長工早晚進入正屋食飯，有必要的事情也可以進入正屋跟主家各人交談、辦理。

陳民利的祖父輩都是務農，他年輕時也跟父親下田耕種，體會到種田人的辛勞。他並不輕視家中的長工，當他們是好伙伴，好幫手。有一個叫洪昇的長工，年青時就在陳家做工了，做滿一年，主僕雙方都沒意見，第二年又復任，一年年做下去，復任的事就不成問題了。他由年青做到中年，成為陳家的工頭，帶領別的長工短工下田耕種。有人不滿意他，嫉忌他，暗中叫他「做工皇帝」。

洪昇曉得別人嫉忌他才這樣說，但是他不放在心上，做工做到「皇帝」不是很好嗎？他還是一年復一年在陳家做工頭，帶領別的長工、短工下田耕種，還得到主人的獎賞。

* * *

解放軍入城，縣立中學暫時停課，陳繼祖、陳繼世兄弟從縣城回到白沙鎮的家，沒事做，父親叫他們跟長工下田耕種。他們都說，耕田日曬雨淋辛苦，不想做。父親說：「你們不願耕田，就去衣布舖子學習賣布車衣服，莫浪費時光。」他們只是唯唯諾諾的應付着，沒去做。

兄弟兩人去簡家探望姐姐。到達簡家才知道大姐正在房中生孩子。她是順產的，陣痛一個多時辰就誕下一個男嬰。簡家添丁，大家都高興，互相報喜。

第二日，簡龍從縣城回來了。早前他和白沙鎮小學的校長、教員去縣城開會，學習新政府的教育政策，學習得好才可以在原校任教，因為新課本的內容、教學方法，與民國時期的完全不同，不學習新的教育方法不能做新中國學校的教師。

在縣城開會學習的時候，黨員幹部作報告，要大家批判國民黨反動派的封建思想和教育制度，學習馬列主義和毛澤東思想的正確教育方法。簡龍是從民國政府時期過渡過來的教師，他必須寫檢討書自我批判，好好學習新政府的東西，經過考核合格才可以留在白沙鎮小學任教。

在縣城開會學習的空閒時間，他在街上走動，也去縣城的母校看看，校園門前的「縣立中學」牌匾不見了，校長、教員、學生不知去向，校園中只有兩個老校工在門前走動，打掃庭院。學校禮堂正面的孫中山先生的肖像不見了，牆壁上貼着的是馬克斯、恩格斯、列寧、斯大林、毛澤東、周恩來、朱德的頭象。學校門外的旗桿，以前早上升起的是青天白日滿地紅旗、升旗的時候，大家面對國旗唱國歌，歌詞是：三民主義，吾黨所宗，以建民國，以建大同……

如今旗桿升起的是五星紅旗，大家面對國旗唱的國歌詞是：起來！不願做奴隸的人們，把我們的血肉，築成新的長城……

街道上有了新氣象，有學生敲鑼打鼓遊行，有人高唱：東方紅，太陽升，中國出了個毛澤東，他是人民的大救星……唱完東方紅，又唱：解放區的天，是明朗的天……

最多人唱的是歌詞激昂高亢的《歌唱祖國》：五星紅旗，迎風飄揚，勝利歌聲，多麼響亮……

簡龍在縣城開會學習完了，回到白沙鎮小學教課，一切都改變了，以前的星期一早上，師生在禮堂中上「紀念周」讀孫總理遺囑，如今的師生，天天早上都集合在校園外面的操場上敲鑼打鼓扭秧歌。秧歌舞的舞步單調死板，前三步，頓一步，周而復始地跳着，仿如跳到地老天荒不罷休。學生在操場上扭秧歌扭到筋疲力盡了，老師才吹哨子收隊，回課室上課。

白沙鎮小學的師生早上在操場上扭秧歌、揮霸王鞭告一段落，又發生另一件大事——抗美援朝。老師帶領學生去各鄉村向群眾宣傳抗美援朝。為甚麼要抵抗美國、援助朝鮮？老師（照他們從縣城學習到的知識）說：美帝派軍隊來朝鮮，越過三八線打中國的盟友北朝鮮，咱們中國人民為保護北朝鮮，才派志願軍去北朝鮮幫助金日成同志抗擊美帝的軍隊，要趕美軍滾蛋。中國的志願軍能不能打敗美軍？當然能！因為美帝只是一隻紙老虎，一戳就穿，他們都是一些少爺兵，一點都沒有打仗的能力，一見到志願軍就舉手投降，做俘虜。

但是，中國人民政府派志願軍去朝鮮抵抗美軍，需要大量槍炮和軍糧，群眾必須有錢捐錢，有糧捐糧，支持志願軍打敗美國的少爺兵，爭取最後勝利。

宣傳的效果很好，群眾都覺悟了，真的有商人捐錢，有農民捐糧，中國這樣大，人口這樣多，每個城鎮，每個村莊都有人捐獻，合起來就像金山糧海，要槍炮多少都有，要軍糧有軍糧，要軍衣有軍衣，要藥物有藥物，萬眾一心抗美援朝，美帝這個紙老虎還怕它不滾蛋？！

為抗美援朝助威，大家天天都唱：雄赳赳，氣昂昂，跨過鴨綠江……這首歌的歌詞，雄壯、嘹亮，響徹雲霄，為去朝鮮打仗的志願軍聲援打氣，一定能打敗美帝派來的少爺兵！

4

「土改」工作同志來到白沙鎮，指導農民組織會農，向群眾宣傳清算鬥地主，實行分地主的田地。上頭派來的土改工作同叫賈為民，是北方人，他在白沙鎮沒有親戚朋友，寄居在一個叫陳柱的貧農家中，與陳柱一家人同食同住。初時陳柱覺得自己的房屋不大，犁耙和種農具很多，屋中又陰暗污糟，而賈為民是有知識的工作同志，怎好意思讓他在家裏居住？他想不到賈為民這樣說：搞「土改」工作就是要深入民間，體會貧僱農的艱苦生活，不跟貧苦人家同食同住就不知道貧僱農的所思所想，做不好「土改」工作，對不起貧苦的群眾，有負黨的政策。

陳柱聽了賈為民這樣誠懇的話，心中釋然了，才讓他在家中住下。陳柱夫婦沒有兒子，只有一個女兒，叫陳有，十九歲，因為自小跟父母一起種田，晴天曬，雨天淋，風吹雨打，勞動到手腳粗糙，皮膚黝黑，說話粗聲粗氣，心中想說甚麼就說甚麼，不曉得顧忌，又不懂禮貌，得罪別人都不知道。因此，陳柱對賈為民說：「我這個女兒，是鄉野女子，沒有文化，舉止粗魯，會得罪人，你同志莫見怪哩。」

賈為民說：「陳有心直口白，不會裝假，率性而為，我就是喜歡像她這樣的女子，怎會見怪？」

陳柱笑道：「你是文明人，有文化，見過世面，希望同志你教育教育她。」

賈為民說：「教育她不敢當。農民的思想純潔，感情樸素，有話直說，我還要向她學習啊。」

陳有插話：「向我學習？我有甚麼值得你學習？我甚麼都不曉得，只會犁田、翻土、插秧、擔糞，你向我學習哪樣？」

賈為民說：「現在解放了，貧僱農最光榮，跟你學種田好啊。」

陳有說：「你想做農民？耕田面對黃土背向天，好辛苦啊。」

賈為民說：「勞動神聖。沒有人種田出產糧食，人民哪有飯食？」

陳有想：他有知識，有文化，是文明人，沒嫌我是農家女，是鄉下人，還說我好，說耕田勞動神聖，是真的嗎？可能他從來沒種過田，不知道種田人像牛馬拉犁拉耙一樣辛苦，好！讓他試試看。她說：「明日你就跟我下田學耙田插秧哩。」

賈為民笑笑，表情尷尬，不知道怎樣回答她。陳柱看在眼裏，隨即替他解圍，說：「賈同志是斯文人，食政府糧餉，怎可以跟我們下田插秧？她是同你講笑哩。」

陳有想：他不敢答話了，說明他講的不是真心話，他這個人，有文化，人也風趣，我喜歡他，要是他也喜歡我就好哩。他剛才說「陳有心直口白，我喜歡像她這樣的女子」，既然他說喜歡像我這樣的女子，我就應該對他好，表示愛慕他。如今他住在我家，像我們的籠中鳥，不可放他飛起啊。

陳柱的家屋是泥磚牆，灰瓦頂，中間是廳堂，四個房子，其中一間是灶房，陳柱夫婦住一間上房，陳有住一間，另外一間放雜物。賈為民來了，她和母親合力清理那間雜物房讓他住。

賈為民白天出外向群眾宣傳「土改」政策，發動貧僱農團結起來，組織農會，劃分階級，清算鬥爭地主。晚上回到陳柱的家，大家同枱食晚飯。食完晚飯，陳有打水讓他洗面洗身，他換下的髒衣服，她替他洗滌，衫褲曬乾了，她收拾摺疊好，放在他的牀鋪上，像妻子侍候丈夫一樣好。

當陳有把水盆放在他面前時，趁機向他拋媚眼，送秋波，含情微笑。她不是虛情假意挑逗他，是真心喜愛他。賈為民國字型面孔，粗眉大眼，短短的鬍子又黑又粗，身穿列寧裝，腳踏解放鞋，走路時昂首挺胸，眼望前方，有型帥氣。他是「土改」工作同志，食人民政府的糧餉，不必辛勞耕種也有飯食。要是贏得他的歡心，嫁給他做老婆，將來自己或許也可以做工作同志，食人民政府的糧餉，去外面工作，不必呆在鄉鎮辛苦耕田就好囉。

有了這種良好的願望，她就加倍在賈為民面前做功夫；女人就是不夠漂亮，「媚功」做得好，對他溫柔體貼，不怕男人不動心。陳有想好了，同他在一起的時候，在談話中試探他有沒有愛人。賈為民暗中觀察她的言談舉止，猜到她的心事了，就對她說，他至今還是孤身一人，全心全意落戶鄉鎮為人民服務，搞好「土改」工作。

陳有想，這樣就好，他已經是中年人，沒有女人陪伴，單身一人生活必然寂寞，要是我抓緊時機去慰藉他，溫暖他，誰敢說我不能贏取他的歡心？

陳柱夫婦看得出女兒喜歡賈為民，雖然他的年紀大一點，但是年紀大的男人穩重成熟，而且他的人品好，有文化，若然得到他做女婿，女兒或許能夠改變不必耕田的命運，跟他結婚過好日子。倆老事先商量好，食完晚飯，兩人都說，他們去白沙河邊看黃昏落霞的美景，舒暢一下疲勞筋骨，解解鬱悶。

陳有曉得父母的心意了，倆老這樣做，原來是想她多些機會親近賈為民。但是她是女孩子，晚上除了打水給他給他洗面洗身，為他洗衣服，還有甚麼藉口親近他？晚上她看見他在房間對着油燈看書，靈機一觸，走入他的房間，問他看的是甚麼書？他抬起頭望着她笑笑，說是看《暴風驟雨》。

她說：「是講颱大風落大雨的書？」

他說：「這本書名叫《暴風驟雨》，但不是講風雨的事，它的內容講土改的。」

她說：「講土改的書，為甚麼又叫《暴風驟雨》？」

賈為民知道她是個甚麼都不懂的姑娘，對她解釋，這本書是一個叫周立波的作家寫的小說，內容是講「土改」的，工作同志下鄉發動貧下中農成立農會，清算鬥地主，沒收地主的家財、田地分給貧僱農。

陳有說：「這本書一定很好看，要是我識字會看就好哩。」

賈為民明知故問：「你不認識字？」

陳有說：「我們家貧，我爸沒能力供我入學讀書，不認識字。」

賈為民說：「舊社會貧僱農受地主壓迫剝削，窮人的子女才沒有書讀。現在解放了，就要打倒、消滅地主，沒收他們的財物、田地分給窮人。窮人當家作主了，他們的子女就可以入學讀書，學認字學文化了。」

陳有說：「我都十九歲了，哪有學校收我讀書？」

賈為民說：「你不認識字，可以讀『掃盲』班。」

陳有不懂得甚麼叫「掃盲」。賈為民向她解釋，不認識字的人是「文盲」，教導不認識字的人認字叫「掃盲」。

陳有抓住機會說：「你可不可以教我認字，為我『掃盲』？」

賈為民說：「可以，不過有條件。」

陳有不明白他的「條件」是甚麼，心想：學費？給他佔便宜？

若是後者，那就更好，給他身子了，已經是他的人了，還怕他不要我？她疑惑不安地望着他，問他是甚麼條件？

賈為民說：「我的條件很簡單——你要聽我教，用心學字。」

陳有說：「我都要你教，怎會不用心？」

賈為民問她甚麼時候開始。她說打鐵趁熱，現時就開始。

賈為民拿出一張紙，拿起枱上的鋼筆，在紙上寫一、二、三，問陳有認不認識。她看看紙上三個字，說：「一劃是一字，兩劃是二字，三劃是三字，對不對？」

賈為民點點頭表示她說得對。他又在紙上寫天、地、人三個字。陳有看看，這樣說：「前頭兩個不認識，只認識後尾的是人字。」

賈為民問她甚麼道理認識「人」字？陳有說，人的下面有兩隻腳，一看就知道是「人」字。

賈為民說：「第三個是人字，你說對了。第一個是天字，天空的天，晴天雨天的天。第二個是地字，田地的地，地主的地。」

陳有跟他重讀一次。

賈為民拿起鋼筆在紙上寫身、體兩個字，說：「人有頭有手有身體，前頭一個是身字，身子的身字，後面一個是體字，身體的體，體骼的體，體操的體。」

陳有說：「體字這麼多劃，好難認。」

賈為民說，中文字有的少劃，有的多劃，少劃的容易認，其實多劃的字也有好的方法認。比如這個「體」字，若是把它拆開來讀，就是三個字——左邊的是「骨」字，右邊上頭的是「曲」字，下面的是「豆」字；「骨」字、「曲」字、「豆」字合起來就「體」字。

陳有靜靜地聽着，然後說：「認字好有趣。你繼續教我認。」

賈為民說：「你頭一次認字，教得太多，你就搞不清楚，會混亂。今天晚上教這幾個字就好，你記熟了，下次再教你認。」

陳有意猶未盡，說：「時候還早，你再教我幾個字啊。」

賈為民說：「不教了。教你認字，你只會讀，不會寫；你拿筆寫，印象會深刻，寫了多次，就不會忘記。」

陳有沒拿過筆寫字，躍躍欲試。賈為民給她紙，給她鋼筆，讓她寫字。她寫字的時候，手腕顫抖，筆劃彎彎曲曲，很難看，感覺喪氣。心想：怎麼人家寫字寫得又快又好，自己寫成這個樣子？有甚麼秘訣？

賈為民猜到她的心事，安慰她，說，寫字跟做別的事情一樣，沒有秘訣，日日都寫，寫得多了，就有進步，愈寫愈快，愈寫愈好。

陳有清楚記得，她頭一次下田插秧，插得慢，插得歪歪斜斜，橫行直行不對稱，跟父親插的差得太遠了。後來她天天彎着腰插秧，插得多了，比爸媽插得快，比爸媽插得端正，橫行直行都對稱，人家都讚她是插秧好手。

白天賈為民去外面宣傳搞「土改」工作，陳有和爸媽去田地上耕種。晚上大家從外面回家，食完晚飯，洗面洗身之後，陳有就進入賈為民居住的房間，跟他認字寫字。爸媽在屋外餵豬餵雞，燒艾草驅趕蚊子，趕牛入牛欄，做各種家務，故意讓女兒躲在賈為民的房間做他們要做的事情。有時候，倆老疲倦了，回到自己的房間歇息，不理外面女兒做甚麼事。

起初，賈為民教陳有認字、寫字，陳有故意寫得不好，說自己笨，賈為民就走到她身後，彎下身子，捉住她的手腕一筆一劃寫。他的手平時拿筆寫字，拿書本看，柔軟溫暖，她握鋤頭、剷子的手堅硬粗糙，一柔一剛的手腕合在一起，微微顫動。他的胸腹緊貼她的腰背，她感覺他的心在跳動。她的神思混亂了，手腕不聽使喚了，手指雖握着筆管，心魂已在他的身上了。她轉身昂頭，含情脈脈地看他，鋼筆脫手落在地上。

這支「派克」鋼筆，是民國政府時期讀書時父親買給他的，多年來他不離不棄隨身攜帶應用，是心愛的書寫工具。如今掉落地上，他沒去撿拾，雙手捧着陳有的頭，親吻她的臉、嘴唇，撫摸她的身子、乳房。她暈眩、迷惘、陶醉、酥軟，整個人被他融化了。她忘渾一切，世間只有他們兩人存在，別的人與事都拋之腦後，任他寬衣解帶，推她上牀，騎着她的身子，像騎馬一樣進入她的下體。

陳柱一家幾人務農，因為只有幾畝瘦田，收穫到的穀麥不夠食，很多時候都要食番薯粥、南瓜粥、雜糧裹腹，習慣了，不以為苦。如今賈為民落戶在他家中，他是「土改」工作同志，食人民政府的糧餉，有飯食，上頭派他來白沙鎮搞「土改」工作，落戶在他家中，跟他們同住同食，怎可以讓他吃番薯、南瓜這些雜糧粗食？

賈為民是聰明人，看得出他們的心事，這樣說：「我落戶在你們家中，就是要體驗你們的貧苦生活，才知道貧僱農以前被地主壓迫剝削的疾苦。既然我願意跟你們同住同食，你們平時吃甚麼我就吃甚麼，同甘共苦。」

陳柱說：「你是文化人，有白米飯食，吃不慣這些粗糧啊。」

賈為民說：「紅軍二萬五千里長征時，沒有糧食，工農子弟兵吃草根樹皮充饑哩。」

陳柱說：「這件事我聽別人講過。如今解放了，你做了土改工作同志，食人民政府的糧餉……」

賈為民說：「我有工資，有飯食。現在我住在你們家裏，同枱食飯，就應該同甘共苦，跟老百姓打成一片，表現我的革命精神。」

陳柱夫婦聽到他這樣誠懇的話，放心了，一門心思想賈為民做女婿。

5

賈為民來到白沙鎮，天天向群眾宣傳搞「土改」，指導貧僱農組織農會。農會設在陳省五的大屋中。他是民國政府時期的鄉長。一個鄉長，比芝蔴綠豆官還要小。但是他是舊社會的鄉長，家中又有十幾畝田地，僱用長工耕種，是官僚地主，一解放他就被逮捕，沒有審判，被民兵押去山坡槍斃了。他家中財物被沒收，他的老婆、媳婦、孫子都被掃地出門，只給一間破舊的屋子讓他們棲身，他們的大屋改為農會所。

貧下中農才可以入農會。農會長由群眾推舉。有人提名，大比數舉手贊成才當選。白沙鎮的群眾推舉陳柱做農會長。他家有幾畝田地，一家幾人耕種，是勤勞的貧農。「土改」工作同志賈為民落戶在他家中，跟他親密相處，他受賈為民的指導和影響，了解「土改」政策，加上他粗通文墨，會打算盤，口才又不錯，大家認為他擔任農會長是適當的人選。

大家推舉他的時候，他說，他沒有領導能力，不敢當。但是大家異口同聲說，他不敢當誰敢當？在座的人誰做過領導工作？如今有賈為民同志指導幫助他，沒有問題，他應該擔任農會長職位。而且農會長是為人民服務，為大家做事。他推讓不了，才坐上白沙鎮農會長這個職位。

初時，陳柱不想做農會長，他心中有顧慮——民國政府時期的鄉長、保長，一解放，共產黨掌權了，他們就被押去槍斃，還禍及親人朋友。若然再變天，輪到別的黨掌權了，他這個農會長不是要捱子彈進入枉死城？

賈為民看得出他有這樣的顧慮，給他定心丸，說國民黨的大小官員都貪污腐敗，失去民心，共產黨只用小米加步槍就把蔣介石有美國裝備的幾百萬大軍打敗，趕他們逃跑去台灣，不多久，又要解放台灣，共產黨的解放軍就要消滅國民黨，他們憑甚麼再變天？陳柱聽到他的分析，以前的憂慮一掃而空，決定做農會長，大幹一番。

白沙鎮成立農會了，有農會長領導了，隨即展開「土改」工作。首先是劃分階級，貧僱農、中農才可以參加農會，是光榮的階級。陳省五是官僚地主，陳民利是大地主，簡丹青是資本家地主。他們三人和家庭成員，都是階級敵人，被專政，要清算鬥爭他們，沒收他們家中的財物、田地，分給貧僱農。

入農會的貧下中農，有人的覺悟低，又膽小怕事，大家不夠團結，有人不敢參加清算鬥爭地主，恐怕有朝一日國民黨從台灣打回來找他們算賬報復怎麼辦？

賈為民見到這種情況，大家不齊心，清算鬥爭地主難以成功。他曉得，以他一個外來之力，發動不起白沙鎮的群眾，必須找貧苦又積極的人做幹部，召集群眾開會學習，灌輸他們的階級鬥爭思想，讓白沙鎮的小幹部發動群眾才是最好的方法。

在群眾中，茅興的覺悟高，思想前進。他家最貧苦，沒有田地，他的父親租陳民利幾畝田耕種，年歲好風調雨順，除了交田租，還剩下一些糧食過苦日子，若是澇旱歲月，收成的稻穀田租都交不上。他的父母含辛茹苦才把他養大，當然沒有能力供他上學讀書。因此，他大字不認識一個，解放了，晚上他去「掃盲班」學習認字，勤學強記，讀了一段日子「掃盲班」，才認識普通文字，勉強也會寫。

解放前他們家貧無飯食，他去地主家中做牧牛童，去田野割青草餵牛，換取飯菜裹腹。那時他就想，怎麼人家有田有地，住大屋，食得好着得暖，還僱用長工耕種，有妹仔（婢女）使喚，送兒女去上小學、中學、大學。而自家這樣窮，沒飯食，無衣穿，數九寒冬沒有棉被冚，從晚上冷到天明。這是甚麼原因？貧富差別猶如天與地？

這些隱藏在心中的問題他不好問別人。解放了，「土改」工作同志來了，他才去賈為民的住處求見他，將隱藏在心中多年的疑惑向他提出來，要求他解答。

賈為民讓他坐，誠懇解答他的問題，說舊社會黑暗，貪官污吏歛財，地主惡霸壓迫剝削窮人——這樣官僚地主的家財愈來愈多，田地愈買愈多，生活得更好。窮人租地主的田地耕種，收割的稻穀都要交田租，窮人去地主家中做長工，得到的工錢很少，血汗錢都給地主剝削去了。所以貧者愈貧，富者愈富，造成一種極不合理的剝削制度……

茅興靜靜地聽着，頻頻點頭，他聽懂了，開竅了，心中非常感謝賈為民的教導，視他為指路明燈，是最好的導師。他說，要是早些認識他，就跟他去搞革命了。

賈為民說，現在鄉鎮進行「土改」，清算鬥爭地主也是搞革命，是革官僚地主的命。鼓勵他積極地好好地幹，還教他具體的方法去做。

第二天晚上，有人拿着一面銅鑼沿着街道，邊敲邊叫大家去農會所開大會。群眾都知道，只有貧僱農、中農才可以進入農會所開群眾大會，地主、富農是禁地，不能進入，就是農會所外面行走也是犯罪。

農會所廳堂的橫樑上掛着一盞煤油「大光燈」，照亮整個廳堂。木枱旁邊坐着賈為民、陳柱、茅興。以前對群眾講話的是農會長陳柱，這次是茅興上場，他宣佈今晚開的是訴苦大會，解放前誰被惡霸地主欺負壓迫，心中有苦有冤就站出來控訴。

起初沒有人反應，都默不作聲。以前人民誰受委屈，心中有苦楚只在家中哭泣，暗暗流淚，不會在大庭廣眾的場所訴苦，丟人現眼，讓人看不起。

茅興見群眾沒有人站出來訴苦，就對他們說：「你們都沒有苦水要吐嗎？解放前被官僚地主剝削壓迫打罵都快樂嗎？為地主做牛做馬做妹仔（婢女）都是自願的？我相信都不是……」

有個叫仇富的女人，她家貧，一家幾人生活不下去，她的父親將她賣給鄉長陳省五做婢女。陳省五的老婆是個歹惡的婆娘，刻薄兒媳婦、婢女成性，以打人罵人為樂，平日要仇富做各種勞動，侍候她。仇富若是做得不合她的心意，又打又罵，不給她飯食，只給她番薯吃，餓到她皮黃骨瘦，頭髮散亂，樣子像個活女鬼。

仇富聽到茅興這樣說，想起以前的不幸遭遇，悲從中來，眼淚直流。悲哀給她勇氣，慘痛給她仇恨；仇恨激發她的鬥志；鬥志讓她在人群中站出來，走到枱邊，聲淚俱下向着群眾吐苦水——

大家知道我為甚麼要賣給陳省五做妹仔……

仇富淚流滿面，哭着說下去：你們不知道？讓我講給你們聽，舊社會黑暗，窮人受苦無人知，有冤無處訴，只在家裏哭……如今解放了，窮人翻身當家作主了，可以開大會訴苦了。我為甚麼要做人家的妹仔？因為我家窮，我爸借了鄉長陳省五兩擔穀，講好收割了本利一齊還，怎知那年大旱，稻穀失收，無穀還給他。鄉長婆說，到期了，無穀還，就強迫我爸要把我給她做妹仔頂債。就這樣，我就做了國民黨反動派鄉長婆家裏的妹仔。那時我只有十三歲，身子又瘦小，沒有力氣，鄉長婆不止要我服侍她，還要去白沙河打水，擔水回她家，煮飯煮粥，餵豬餵雞。要是做得不合她心意，她就扭我耳仔，打扯我頭髮，推我撞牆。我痛得眼淚直流，痛到喊救命，她怕鄰里人知道她打我撞我，打死我都不准我喊一聲，用爛布塞住我口鼻，想焗死我。我怕她整死我，趁她外出了，就偷偷逃走，走到山上躲避。她回家不見我，就派人去山上尋找，那時我餓到頭暈眼花，手軟腳軟，見有人上山捉我，走都走不動了，被他們像狗一樣捉回去。捉我的人離開了，鄉長婆才對付我，她罵我打我，又用艾火燒我腳眼，邊燒邊罵：你個死妹丁，你要逃走？我燒斷你腳筋，看你還偷不偷走？！我被艾火燒到痛得入心入肺，站都站不穩了，跌跪在地上，向她求饒，說以後不敢再偷走了。但是她無放過我，繼續燒我腳眼，她邊燒邊罵：你個大話精，信不過你，我不止要燒你腳眼，要是你再偷走，就打斷你腳骨，問你怕未？！你們聽了，鄉長婆多麼惡毒啊……

仇富訴苦到這裏，泣不成聲，說不下去了。下邊的群眾為她的苦楚流淚，同情她，更加憎恨鄉長婆。

仇富強忍着哭聲說：官僚地主婆狼心狗肺，壓迫我，罵我打我，燒我腳筋，如今解放了，窮人翻身當家作主了，我要報仇，我要清算鬥爭她！

下邊的群眾響起一片呼喊聲：鬥爭她！吊死她！

仇富的仇恨怒火燒到她滿面通紅，聲音痧啞，喘着氣退下來。她一帶頭訴苦，仇恨的火焰就傳到別人身上去。

另一個人走上前去，大家一看，是田友。解放前他在陳省五家中做長工，被壓迫剝削，吃了不少苦頭。但是他不像仇富那樣哭哭啼啼，因為口吃，他的話聲時時給自己的口吃弄到停頓，一句話說了幾次都說不清楚自己怎樣被官僚地主剝削壓迫。

群眾望着他，他緊張得直流汗，面上的汗水當淚水，口吃當訴苦。大家都知道他苦大仇深，聲援他，喊口號：清算鬥爭官僚地主婆！吊死她！吊死她！

群情洶湧，會場一片喧囂，聽不到田友的訴苦聲。茅興馬上走上前去，叫大家靜一靜，讓其他人上去訴苦。他的話聲剛落，就有人推開群眾，急着走上前去。

大家都認識他，他叫黎田。解放前，他在山上強姦鄰村一個女人，當時那個女人不甘受他污辱，當他除下褲子的剎那，她從草地翻身起來，一口咬住他的陰莖，他痛得要命呼叫掙扎，她還是不鬆口。他無法逃跑，被村民抓捕，打了他一頓才捉他告到鄉政府去。因為人證物證俱在，鄉長陳省五判他坐牢。

黎田四十多歲，鼠目獐頭，至今還是單身漢，他一走上去，就像女人一樣哭着說：「陳省五這個國民黨狗鄉長，當時那個女人咬我條卵，她老公又打我，陳省五收到他們的錢，判他們無罪，判我坐監，搞到我無子生，斷子絕孫。這樣的狗官，該不該清算鬥爭他？」

下邊的群眾說：鬥爭他！鬥爭他！但是隨即有人說：陳省五早就被民兵拉去山坡槍斃了，見閻王了，怎樣鬥爭他？有人說：他給槍斃了，就鬥爭他老婆，鬥爭他媳婦，鬥爭他孫子！

鄉長婆歹毒，鬥爭她，她罪有應得，但是他的孫子還是小童，不曉事，不會壓迫剝削窮人，應不應該鬥爭他？大家正在爭論，茅興大聲說：他家中的大人惡毒，壓迫剝削窮人，他們孫子是他們的骨肉，身上流的是他們的血液，也不是好東西，當然要鬥他！

茅興三代貧農，一直受官僚地主的欺凌剝削，苦大仇深，他早就覺悟了，在白沙鎮的群眾中他最前進，最積極，而且他又是「土改」同志賈為民培養出來的得力助手，他的話一出口，無人敢有異議，決定開清算鬥爭地主大會，進行階級鬥爭。

但是農會所的廳堂空間並不寬敞，容納不下白沙鎮這麼多群眾，大家商議了，決定在城鎮北邊的「城隍廟」旁邊建造一個像戲台的土台作長久的鬥爭場。那裏有一大片平坦的空地，廟邊的百年榕樹枝葉茂密，樹冠仿如巨大的陽傘，陽光被樹葉遮擋，暑天也涼爽。

白沙鎮周邊的大小村莊幾十個，村中的小學老師接到鬥爭地主的通知，他們帶領小學生列隊來到白沙鎮，參加鬥爭地主大會。隊伍中的小學生高舉着五星紅旗，舉着馬克斯、恩格斯、列寧、斯大林、毛澤東、周恩來、孫中山等人的頭像，列隊進入鬥爭場地，聲援鬥爭的群眾。

偌大的場地，早就擠滿了學生和群眾，等待押地主上鬥爭台。頭一個被清算鬥爭的是鄉長婆，她跪在土台上，耷拉着頭，神情惶恐，面對着台下的群眾。

賈為民講了清算鬥爭的程序。茅興宣佈了鄉長婆的罪狀。頭一個走上鬥爭土台的是仇富，她模仿連橫圖書上的革命英雄那樣昂首挺胸、橫眉怒目，指着鄉長婆說：「臭婆娘，抬高你的狗頭，看看我是誰？不敢抬頭？告訴你，我是仇富，解放前，我爸借了你兩擔穀，因為天旱稻穀失收還不起，你就要我去你家做妹仔頂債。我一個女人只值兩擔穀？去到你家後，你還當我是豬狗，時時罵我打我，又用艾火燒我腳眼，要燒斷我腳筋！你這樣狠毒對我，你不是人，是豺狼，是老虎乸，你承不承認？！」

鄉長婆心中明白她以前做過犯眾怒的事，否認不了，怯怯地說是。

仇富說：「你承認了，要我怎樣鬥爭你？不敢出聲？以前你罵人打人燒人腳跟的架勢哪裏去了？！」

鬥爭土台上這張紫檀木八仙枱，鄉長婆太熟悉了，如今搬來這裏做辦公枱。這張由心靈手巧的木匠做成的紫檀木八仙枱，以前放在鄉長家中的廳堂上，他接待客人時才坐在枱邊飲茶談話，年月久了，給圍坐的客人的手肘觸摸到油光可鑑，成了古典的藝術品。解放後他不經審判就被民兵押去山坡槍斃了，他家中的財物家具被沒收，落在別人之手，如今這張紫檀木八仙枱出現在她眼前。

現時控訴她、鬥爭她的是她以前的婢女仇富。仇富憤怒、仇恨，要報她的仇，要她嘗嘗被罵被打的苦頭！仇富在她身邊，用拳打她的頭，用腳踢她的腰、背、小腹，她每捱一腳，身子就像中箭似的挺一挺，面部的肌肉痛楚地扭曲，咬着牙關彎下身，頭顱垂得更低，痛苦呻吟。

仇富倖倖然說：「臭婆娘，以前你打我，不准我動，用艾火燒我腳眼，不准我哭喊，現時我就讓你試試被人打被人踢的滋味！」

台下的群眾聲援仇富，舉起拳頭說：惡有惡報，罪有應得，打死她！打死她！再打她幾拳為我們窮人出出氣！

賈為民看到這樣激憤的場面，對茅興說：「群眾都覺悟了，是你的思想工作做得好，是清算鬥爭地主的好開始。」

仇富對鄉長婆拳打腳踢了一陣，怒氣稍消，她一退下來，田友隨即走上土台去，因為他口吃，說話時中途一次次停頓。他指着鄉長婆控訴了很多話，歸納起來就是：他家貧，沒有田地，沒有辦法，只好到鄉長陳省五家中做長工，受他們的壓迫剝削。如今解放了，窮人翻身當家作主了，他就要報仇洩恨！

仇恨的火焰燒紅他的臉；仇恨的怒火令他身上的血液沸騰。因為他口吃無法說得清楚他的仇恨，只有用拳腳往鄉長婆的身上洩憤，恨不得打死她！

賈為民見他的氣力大，出手重，恐怕鄉長婆即時死在他的拳腳之下，叫他停手，說現時只是清算鬥爭地主，不是要他打死鄉長婆；如果打死她，別人就不能控訴她了。

田友打了鄉長婆一頓才退下來。黎田恐怕別人捷足先登，急急走上鬥爭土台去。他指着鄉長婆說：「你老公是國民黨反動派的鄉長，那年我在山上被捉住打到半死，又告到鄉公所去說我強姦她老婆，你老公沒判他有罪，判我坐監。一解放，他被民兵押去槍斃了，我報不到他的仇，現時就要向你報仇洩恨！」

鄉長婆忍着痛楚慢慢抬起頭，想辯白，黎田就一拳打在她的頭上，她痛得直喘氣，不能說話了。

站在她身邊陪鬥的媳婦，悲哀惶恐，不知道下一個被鬥爭的是不是她。鄉長婆的孫子見到土台下面的群眾怒吼和口號聲，嚇到瀨尿，他不知道會不會鬥爭他、打他，嗚嗚地哭了。

* * *

白沙鎮的貧傭農大多數都覺悟了，他們一聽到街上傳來噹噹的敲鑼聲，都放下要做的事情，前前後後來城隍廟旁邊的鬥爭場開鬥爭大會。他們男男女女，有人坐，有人站，等待押地主上鬥爭土台。

第二天是鬥爭大地主陳民利，他被人抓着押上鬥爭土台，推他跪下，面向台下的群眾。他上年紀了，頭顱半禿，下巴長着山羊鬍子，佝僂着背，眉眼低垂，神情仿如無面目見人。在白沙鎮中，他家的田地最多，房屋又大，子孫好幾個，人財兩旺。解放前大家都羨慕他，尊敬他，鎮民推舉他做鎮長，他推辭不了，曾經做過一任鎮長。

如今清算鬥爭他，他才知道家財多、田地多是一種罪過，像大罪人一樣跪着受打罵的恥辱！他年青時也是窮人，憑着自己的氣力和上進心，在山邊開墾田地，種桑麻、種棉花，妻子陳魯氏在家紡紗織布，夫婦兩人勤勞又節儉，攢了錢做本錢，才在鎮上開衣布舖子，生意逐漸好了，賺到錢了，才在別人那裏一畝兩畝買回來，十多年間，他的田地就有八九十畝了。田地多了，自家耕種不了那麼多，偏遠的租給別人耕，收取田租，距離家中不遠的田地才僱長工耕種。僱用長工的時候，雙方事先講好每年工錢若干石穀，另外供給住所、飯食，做滿一年，雙方都沒有意見，長工就「覆任」，一年接一年做下去，若是因某種原因不做了，長工領了應得的穀糧才離開回家去……

「陳民利，你這個大地主，有田地出租給窮人耕種，榨取窮人的血汗穀糧，你僱長工替你耕種，壓迫剝削他們，該不該群眾清算鬥爭你？」

跪在土台上的陳民利想答話，土台下面的群眾發出一片嗡嗡聲：要鬥他！要鬥他！

陳民利知道，如今解放了，改朝換代了，窮人翻身當家作主了，人家清算鬥爭他，他不交出財物，不獻出田地不行。交出財物免除鬥爭就好。但是此前他已經將田契地契都獻給農會了，沒有田契地契了，他已經沒有地權了，如今又要鬥爭他？早幾日，他對老婆、兒媳說，錢財是身外之物，把它交出去就是了。她們聽他的話，已經把金銀首飾和衣物都交出去了，還鬥不鬥她們？

「陳民利，你在鎮上開衣布舖子，剝削伙計，自己賺了大錢，你家還收藏着好多金銀財寶，要是不交出來，就要你跪玻璃片，痛死你！」

陳民利在鎮上開衣布舖子，這些年來賺了不少錢，但是他賺到的錢，不是買金銀珠寶，而是買田買地，起房屋，辦私塾學堂，供兒子去縣城讀中學，去省城讀大學，培養人才。

「陳民利是賤骨頭，不打不吊他，他不會交出金銀財寶！」

那個人的話聲一落，就有人大聲附和：陳民利狡猾，不吊他，他不會交出來！

大家一看，他叫陶貴，以前他是爛賭鬼，他好賭，賭術又不精，他同別人賭錢，贏的時候少，輸錢的時候多，輸光了錢，沒有賭本了，就回家向他的父母要，他的父母知道賭博輸錢是無底洞，給他多少他就輸多少，家中所有值錢的東西都給他賣掉輸光了，再沒有錢給他了，他還欠了人家一身賭債。他沒有錢還給人家，人家就聲言要殺死他！

那時國民黨跟共產黨打仗，國民黨的鄉長、保長負責「抽壯丁」，家中有三個男子的就要抽一個去當兵。家庭富裕的人，不捨得自己的兒子去當兵打仗，恐怕兒子戰死沙場，願意出錢買別人去頂替。陶貴欠人家的錢，在走投無路的情況下，只好「賣壯丁」，拿人家一筆錢還賭債，才加入國軍上前線跟共產的軍隊作戰。

但是，他隨國軍上前線的途中，覷準機會逃跑，離開部隊了。

解放後，因他家三代是貧農，辯稱他加入國民黨軍隊是被「抽壯丁」的，才無罪過關。現時他為了表現自己積極，想立功，鬥爭地主的時候，比任何人都下狠勁。他走上土台去，用繩子綑綁陳民利兩手，另一端繩子穿過滑輪，讓滑輪給另一個人掛在樹椏上，幾個人合力把陳民利吊上大榕樹上。他彎下腰，紥着馬步，邊扯繩子邊說：今日不鬥到陳民利交出金銀珠寶，誓不為人！

被繩子綑綁着兩隻手腕的陳民利，高高吊在樹椏上，他的頭顱低垂，身子拉成直線，兩腳下垂，因痛楚口鼻發出微微的呻吟聲。吊了好一陣，他還有意識，會思想，他沒有收藏着甚麼金銀珠寶，但是他抵受不了被高高吊起的苦刑，氣若游絲，說放他下來，他會交出財寶。

陶貴信以為真，解開綁在樹根的繩結，鬆了繩子，滑輪旋轉，陳民利從樹椏上滑下來，跌坐地上。陶貴解開他手腕上的繩結，讓他站起來，問他的金銀珠寶收藏在甚麼地方，快快交出來。

陳民利喘着氣說，他再沒有甚麼金銀珠寶，開衣布舖子賺到的錢，都拿去買田置田了，家中沒有錢財了。

陶貴大怒說：「你剛才講放你下來會交出財寶，現時又說你沒有，你個老狐狸，欺騙群眾，老子再吊死你！」

仇富也在鬥爭場中。陳民利沒有剝削壓迫過她，但是，凡是富人，她都視為敵人，都仇恨。她大聲呼口號聲援陶貴：打倒大地主陳民利！他今日不交出收藏着的金銀珠寶，就吊死他！

陳民利知道，他沒金銀珠寶交出來，陶貴，仇富就要繼續打他吊他，他劫數難逃了，既然不免一死，為何要死在這些暴民手中？他趁他們不注意的剎那，向前走幾步，將頭顱撞向城隍廟的牆角，頓時頭破血流，昏死地上。

這樣突然的變故，在鬥爭場上的人都感到愕然，起了一陣騷動，會場頓時紛亂了。但是陳民利是地主，他不願交出收藏着的金銀財寶，寧願結束自己的生命，他是畏罪自殺，自絕於人民。他死了就死了，沒甚麼可惜，讓人去告知他的家屬來收屍算了。

陳民利的老婆陳魯氏，大兒媳婦，兩個兒子陳繼世、陳繼持，四人來到鬥爭會場，見父親伏屍地上，都哀傷痛哭，亂了套，一時間不知道怎樣好。

陶貴見他們哭哭啼啼，大聲說：「在這裏哭甚麼，快快把他抬出去埋葬，免得影響群眾的鬥爭情緒！」

陳魯氏不知道丈夫怎樣頭破血流伏屍地上，她哭着說：「他死得冤枉，他犯了甚麼罪你們要打死他？」

陶貴說：「我們只是鬥爭他，無人打死他，是他自己畏罪撞牆死的。」

陳魯氏了解丈夫，他大半生都勤奮上進，愛護家人，愛惜生命，若不是被人打鬥到無法忍受的地步，他不會自盡。而且他絕不會看錢財田地比生命更重要……

「地主婆，哭甚麼，快些搬走他的屍體！」

陳魯氏在陶貴、仇富的催迫下，強忍着眼淚、悲痛，和媳婦兒子合力把丈夫的屍體搬離鬥爭現場，他死了不久，屍體還未殭硬，爆裂的頭顱滴着血，屍體的衣服血跡斑斑。他們母子幾人搬屍體的時候，手腳、衣服都染滿了死者的血污。

陳繼世、陳繼持年紀輕輕，沒經歷過這樣悲慘事，父親死得如此突然，死得如此悲壯慘烈，心中悲憤又恐懼。陳繼世彎下腰，盤着腿，讓大嫂和繼持把父親的遺體放在他的肩背上，踏着街上的泥土路，一步一步吃力地揹回家。

回到家裏，他們把屍體放在廳堂中，大嫂打來一盆水，母親用一塊毛巾為父親的遺體抹去頭上的血污，又除下死者的衣服，為他淨身，換上乾淨的綢衣，穿上布鞋。遺體因為撞死時痛楚，面部的肌肉扭曲，睜着眼睛，死不瞑目。母親在他的眼皮上撥了兩下，他的眼皮才合上。

陳民利的遺體躺在廳堂的草蓆上，臉孔沒有蓋上蒙面紙，面向蒼天，等待入棺埋葬。因為他是地主，是階級敵人，被專政，農會那裏落下命令，不准喪家僱用仵作，要死者的親人抬屍去挖墳穴埋葬，並且不能發喪。

陳魯氏甚感為難，他們是孤兒寡婦，哪會做這種喪葬的事？她正在悲哀彷徨之際，有兩個自告奮勇的男人登門幫忙。這兩個男人，一個叫江福，一個叫梅祿，他們是專業仵作，白沙鎮有人死了，都僱用他為死者殮葬。

江福、梅祿不請自來，頓時掃走了陳魯氏的煩惱。她叫媳婦吳玉卿入灶間淘米煮飯做菜，過了半個時辰，飯菜做好了，擺上枱讓他們兩人吃飽飯，才有氣力為喪家做事。

棺材停放在大宅下邊的小屋中。這副楠木棺材是陳民利生前幾年在簡丹青的棺材舖買回來的，預備自己死後之用。如今他被迫到撞牆死了，這副上好的棺材還未被農會沒收，陳魯氏就以快刀斬亂麻及時使用。若不是，就要落入別人之手，丈夫就沒有棺材殮葬，辜負了他生前為自己置備棺材的願望。

江福、梅祿食飽飯，陳魯氏抓緊時間帶他去下邊的屋子，把棺材搬到大宅的廳堂，兩人合力把屍體放入棺柩中，蓋上棺蓋，厚重的楠木棺材加入屍體，更加沉重，兩個仵作抬不動，必須四人一起抬才行。

陳繼世和大嫂（吳玉卿）都是年青人，有氣力，和兩個仵作合力抬棺柩上山。棺柩用麻繩捆綁好，穿入兩根竹桿，兩人在前，兩人在後，四個人八條腿，沉重的棺柩把竹桿墮得如馬鞍一般彎曲，竹桿壓在他們的肩膊上，猶如老牛拉車，吃力地邁着步往前走。陳魯氏和小兒子（繼持）肩扛鋤頭鐵鏟隨後，他們是送殯者，也是埋屍人，神情哀傷，欲哭無淚。

他們抬着棺柩經過街道，向山上進發。短短的隊伍，沒有引魂幡，沒有鑼鈸聲，沒有和尚、道士念經文，沒有人送殯，只是默默地向前走。

到了山邊，山路狹小彎曲，他們行走的時候，踏着路邊藤蔓雜草，驚動蚱蜢飛跳，草葉脫落。夕陽斜照，殘陽如血，光波染紅了山野，染紅了行人。

「到了，就在這裏。」陳魯氏說。

抬棺者停步，彎下腰，把棺柩放在草地上，站起身子，呼呼地喘氣，用手肘抹掉頭面上的汗水，站着歇息。

眼前這個長滿雜草的圓圓土堆，是個假墳。假墳是陳民利生前選擇的墳地，作為他死後的埋骨之所。他略懂堪輿風水，認為這個地點是風水寶地，他恐怕被人家捷足先登佔用了，才動土做成這個以假亂真的土墳。

大家歇息一陣子，兩個仵作拿起鋤頭鐵鏟挖墳穴。他們只挖了兩三尺深，鋤頭就碰到蓋着墓穴的硬物了。他們把黃土和石塊扒開，下面就是一個用黃土壘成的墓穴。

兩個仵作都上了年紀，食這行飯多年，挖墳穴埋屍駕輕就熟，沒甚麼困難。他們把棺柩搬到墳穴邊，用繩索把棺柩慢慢吊下墳穴，放平正了，才剷泥土入墳穴去。

泥土落下的時候，碰着棺板，發出隆隆的響聲，隆隆的響聲像槌子一般敲打着喪家幾人的胸口，令他們恐懼又哀傷。這是他們的生離死別，生者和死者即將陰陽相隔，以後永遠也見不到面了！

陳民利是被迫撞牆死的，他死了甚麼都不知道了。但是他死前的一刻，都交不出金子銀子，那些鬥爭他、打他吊他的人當然不會相信他真的沒有，可能他的金銀財寶都在他老婆那裏。

* * *

陳魯氏的喪夫之痛還未平復，她就被抓起來，押去城隍廟旁邊的鬥爭土台上清算鬥爭。她曉得，若是她不交出金子銀子，就要被打被吊，受痛苦折磨。她被人推上鬥爭土台，還未鬥她，就說她有銀子，自願交出來。

土台下面的群眾頓時歡呼騷動，這回又有銀子分了。陶貴、仇富和另外幾個人從鬥爭土台上放她下來，押她回去取銀子。

一幫人來到陳魯氏家中，問她銀子藏在甚麼地方。陳魯氏指着她睡房的牆角，說銀子藏在地下。陶貴一馬當先，叫人拿來鋤頭。他一拿到鋤頭就掘地，只掘到一尺多深，鋤頭就碰到硬物，發出響聲。他放下鋤頭，彎下腰，兩手扒開鬆脫的泥土，見到一個陶缸蓋子。他急不及待揭開蓋子，陶缸中都是白花花的銀子！房裏昏暗，他的眼睛讓白白的銀子照亮了。有人拿竹籃子放在他身邊。他趴在地上，伸手入陶缸中抓起銀子，放入竹籃中。他不停地抓了幾十次，才抓完陶缸中的銀子。銀子裝在兩隻竹籃中，有龍紋銀，有「袁大頭」（袁世凱的頭像）銀子閃閃發光，耀眼眩目。

陳魯氏站在一邊，無奈地看着這些掠奪者。這些銀元，有些是她平時紡紗織布出售儲蓄得來的，有些是丈夫生前給她的，積攢了好多年才有這麼多，如今都被人一下子掠奪去了！這些埋藏在陶缸中的銀元，她丈夫也知道，鬥爭他的時候為何不交出來而撞牆自殺？田契地契他都交出來了，這些銀子又算得甚麼？買田置地是他一生的心願，一有錢就買，一畝一畝從別人那裏買回來，積少成多，才有八九十畝。如今共產黨搞「土改」了，被迫獻出去，可以想像，他是多麼不捨、多麼痛心疾首啊！

如今她交出一陶缸白銀，不是也痛心？但是交出錢財能免除被打被吊的皮肉之苦也是好啊。

銀元拿回農會所，用秤秤了，九十八斤，千幾兩，是鬥爭地主婆的勝利「果實」。大家都高興，問陳柱（農會長）是不是現時分「果實」？陳柱說，共產黨講民主，是不是現時分，大家舉手表決。

茅興不同意現時分，理由是：地主婆一推上鬥爭土台，還未打她吊她，她就交出千幾兩銀元，若是打她吊她，她痛得抵受不了，還會交出藏在別處的金子銀子，到了那時一齊分不是更好？

茅興的覺悟高，思想前進，有領導能力，群眾都贊成他的意見。

陶貴問茅興是不是現時就去押陳魯氏來鬥爭她？茅興說，趁熱打鐵，遲了恐怕她把金子銀子轉移到別處去收藏，不肯交出來。

陶貴感覺他說得對，一馬當先行動，仇富不甘後人，和幾個貧僱農拉隊去陳魯氏家中，抓捕她押走。

陳魯氏說：「我已經交出那麼多銀元了，為何還要押我去鬥爭？」

仇富瞪着她說：「你狡猾，只交出少少就想了事？群眾的眼睛是雪亮的，看清楚你還藏着很多銀子！」

陳魯氏說：「我只有這麼多銀元，都交出來了，再沒有了。」

仇富狠狠地瞪她一眼，大聲說：「地主婆，你狡猾，我不信你講。要是你現時交出來，就不鬥你。」

陳魯氏說：「我真的沒有了，交甚麼？」

仇富說：「你家裏沒有，一定藏在別的地方，帶我們去挖！」

陳魯氏苦着臉說，她沒有銀子埋藏在別的地方。仇富不相信，威脅她，再不說出藏着銀子的地方，就要拉她去鬥爭！

陳魯氏說：「我講的是真話，你要鬥爭我，我都無辦法。」

仇富說：「如今解放了，是窮人當家作主了，我們要拉你就拉你，要鬥爭你就鬥爭你！不容你說！」

陳魯氏上午交出她不捨得使用、攢了許多年的銀子就可以過關了，想不到現時又要押她去鬥爭。她一被押到鬥爭場，茅興就威脅她：「地主婆，你還埋藏着很多金銀，要是交出來，就放你回去；不交出來就吊你！」

陳魯氏說：「我埋在陶缸裏的銀子，是我幾十年來的積蓄，都交出來了，家裏再沒有了……」

仇富現時是白沙鎮的婦女會主任，她最痛恨鄉長婆，也痛恨地主婆。她大聲說：「你狡猾，不鬥你不行，你不交出來就鬥到你交！」她轉身對群眾說：「準備好玻璃片，要她跪！」

陳魯氏再次被推上鬥爭土台上。有人把玻璃碎片倒出來，有人把拿繩子把她兩手向後背綑綁，又有人拉高她的褲管，才推她跪在玻璃碎片上。玻璃碎片尖利，刺破她膝蓋的皮肉，血液涔涔流出，她痛徹肺腑，淚水直流。這時她的腰背向前傾斜，僕倒下去。但是有人抓着她的頭髮向後拉，她無法僕倒，只能雙膝跪着。玻璃碎片刺着她膝蓋的皮肉，身子的重量往下墮，傷口被尖利的玻璃碎片愈刺愈深，血愈流愈多，膝下的玻璃碎片和泥土都染紅了。她痛到東倒西歪，昏倒地上。

仇富倖倖然說：「地主婆頑抗，視錢如命，死都不肯交出金子銀子，要不要吊她起來？」

有人說：「她跪玻璃碎片都不肯交金銀，看來吊她亦不會交出來。不如改變方法——吊她兒子啊。」又有人說，她的兒子年輕，不會知道他家的金銀藏在甚麼地方，吊他也沒有用。

群眾交頭接耳說了一陣間，多數人同意吊地主仔。

過了大半句鐘，陳繼持被人押到鬥爭場，他見到母親的膝蓋血流如注，暈倒在地，他恐懼又哀傷，彎腰摟着她哭泣。

陶貴一手提起他，說：「你知不知道你媽的金銀收藏在甚麼地方？要是你講出來，就放你回家，若不是，就吊死你！」

陳繼持惶恐地說不知道。

陶貴知道孩子不懂得耍賴，吊他也交不出金銀的。但是吊他給地主婆看，她當然心疼她的寶貝兒子，就會交出金銀來。他一手提起陳繼持，拿繩子綑綁他兩手，另一端繩子其他人穿過樹椏上的滑輪，那邊的人用力拉繩子，陳繼持就被高高吊起來了。他雙手向上，雙腳下垂，身子拉成直線，痛楚到哇哇哭喊。

陳魯氏已經甦醒了，她見兒子被高高吊在樹椏上，恐怕他會被吊死，她心疼如刀絞，邊哭邊說：「你們放他下來，我帶你們回去挖銀子。」

群眾一聽到有銀子可挖，就有人解開綁在樹根上的繩結。把吊在樹椏上的陳繼持放下來，他站不穩，跌坐在泥地上。陶貴解開他手腕上的繩子。陳繼持揉揉眼睛，吁了一口氣，仿如從鬼門關走回來。

陳魯氏的膝蓋皮開肉綻，淌着血，痛楚得走不動了。因為需要她回家指點埋藏金銀的地方，大家都想早些挖到銀子，有人願意揹着她走。她瘦削的身子，身體並不重，那個揹着她走的男人，年青力壯，並不吃力，去到她家才把她放落地。她剛剛站立好，陶貴就急急問她金銀埋藏在甚麼地方。

陳魯氏根本就沒有銀子埋藏在家中，為了挽救兒子的性命才說這樣的謊言。她胡亂指指雜物房的牆角，因為膝蓋痛，跌坐地上。

有人搬開牆角的雜物，就拿鋤頭砰砰砰砰掘地，像挖井一般往下挖。但是挖了幾尺深，挖出的是泥土還是泥土，沒有裝着銀子的陶缸，也沒有甚麼金子銀子。

房間昏暗悶熱，挖土的人氣喘吁吁，滿頭大汗，面紅耳赤，因為房子狹小，容不下幾人揮鋤動鏟，他們只好像接力賽一般輪流挖掘、鏟土。洞穴愈挖愈深，愈挖愈闊，除了挖出的泥土，甚麼金屬也沒有。他們起了疑心，停下來，大聲問陳魯氏她的銀子埋藏有幾深？陳魯氏心知自己無法避免另一場鬥爭了，不得不裝聾作啞，沒有回答他們的責問。她知道，回答也是白答。

仇富發火了，對陳魯氏大聲說：「地主婆，你不出聲，想玩我們？要是挖不到銀子，又要鬥死你！」

陳魯氏抬頭望望她，表情像哭又像笑。但是她哭不成笑不成，變成癡呆的樣子。

仇富說：「地主婆，你以為裝瘋扮傻就得了？金銀到底埋藏在哪裏？快講！」

陳魯氏仍然不出聲，表情麻目，目光呆滯，像木頭人一樣坐在地上不說話不活動。陶貴見她這個樣子，往她面上打了一巴掌。她眨眨眼，彷彿沒有感覺，仍然不出聲，不活動。

陶貴當兵時，在軍隊中他聽別人說，地底下面若是埋藏着陶缸之類器皿，用鐵釬在地面捅幾下就可以感覺得到。他叫大家去找鐵釬。他從別人手中接過鐵釬，親手在屋內來來去去捅地面。但是他呼呼嘭嘭捅了很久，都沒有捅到埋藏陶缸器皿的跡象。

6

陳民利被貧僱農在鬥爭場上又打又吊，他不甘受折磨受侮辱，憤然撞牆壁頭破血流當場死了。他的老婆被迫跪玻璃碎片等等折磨神經失常了，他的幼子（繼持）被高高吊在樹椏上，幾乎吊死。

群眾語論一番，都相信陳民利家中還埋藏着很多金銀珠寶，必須繼續鬥爭他們，下一個要鬥爭的是吳玉卿。

吳玉卿是陳民利的大兒媳婦，她的丈夫陳繼祖在廣州的中山大學讀書，因為他的家庭成份是地主，他恐怕會被捉回白沙鎮清算鬥爭，所以他已經離開中山大學，不知道逃跑去甚麼地方了。

吳玉卿的父親吳茂賢在白沙鎮開糧油舖子，他的舖子在「民利衣布舖」斜對面，陳民利和吳茂賢時常見面，彼此熟悉，知道對方的家中情況。當初陳繼祖在白沙鎮小學讀書時，跟吳玉卿同校，因為陳繼祖用心讀書，每次考試都名列前茅，吳玉卿景仰他，也暗中愛慕他。吳玉卿不如他聰明，但是她的身材好，皮膚白淨，笑的時候臉頰現出兩個酒窩，唇紅齒白，漂亮迷人，讓人喜愛。

兩人小學（高小）畢業了，他們一齊去縣城投考中學，陳繼祖考上，吳玉卿榜上無名。她升不上中學，留在她父親的糧油舖中幫忙和生活。人分兩地，彼此都感覺遺憾、懷念。

吳玉卿恐怕陳繼祖在縣城中學讀書結識別的女同學，自己的心上人跌落別的女子的懷抱中，她向母親暗示，她喜歡陳繼祖，不願失去他。母親明白她的心意，對丈夫說，為達到女兒的心願，最好早些和陳繼祖的父母「對親家」，將吳玉卿許配給陳繼祖，先訂婚，等兩個年輕男女長大一點才擇好日子成婚——這樣的安排大家都滿意。

陳繼祖高中畢業時十九歲了，才在白沙鎮同吳玉卿結婚。他們結婚只有一個月，陳繼祖就去省城的中山大學讀書，就在這時，共產黨解放到來了。

改朝換代了，舊人去，新人來掌權當官，城鎮人民的日常生活表面上沒有太大的改變，如常工作生活。當時陳民利在白沙鎮是富裕之家，為長子迎娶新娘那天早上，四個轎夫抬花轎去吳家接新娘子，吳家又有妝奩嫁女。新娘子坐上花轎，轎前有人敲鑼打鼓開路，轎後有樂隊奏樂，有婢女挑夫隨行。

迎親隊伍在街上繞道而行，到了陳家大宅門前停下，引來不少人圍觀看熱鬧。有思想前進的旁者說：現在是甚麼時代了，還搞這些封建思想的舊婚宴，不是在走回頭路開倒車？

事實上，陳繼祖也不同意父母這樣做，他說，現在已經解放了，是新社會了，不可做這些舊式的婚事了。他的父親說，共產黨又無命令人民不准做，怕甚麼？

陳民利首次娶兒媳婦，大事鋪張隆重，歡宴親友。酒菜之豐盛，據一名老鎮民說，是白沙鎮中從來未有過的盛宴，應該記在鎮史上。

陳繼祖成婚後，只在家中同新婚妻子溫存了三十多日，就離家去省城升讀大學，留下吳玉卿在家和父母、弟弟一起生活。他到了中山大學讀書不久，「土改」工作同志賈為民就來到白沙鎮宣傳發動窮人組織農會，劃分階級，他們家被劃為大地主，是被專政的階級敵人，因此，他放棄學業，去別的地方做事。

當初吳玉卿和陳繼祖結婚的時候，她的父母有妝奩金銀首飾給她作陪嫁，早前她聽家翁的話，說錢財是身外物，她陪嫁的金銀首飾都交出去了。但是那些貧僱農說她還收藏着不少，不願交出來，不鬥爭她不行！

鬥爭她的時候，她再沒有金銀財寶可交了。陶貴就把她吊在大榕樹的枝椏上。她兩隻手腕被繩索綑綁着，手肘向上，兩腳向下，身子沉沉的，吊了一陣子就痛楚得幾乎昏死。她已經懷孕幾個月了，肚皮隆起。仇富要羞辱她，扯下她的褲子，她的下身完全裸露在群眾的視線中！

吳玉卿的肉體痛苦，精神更加痛苦，她哀哀地呻吟着，痛楚到撒尿，尿液從她的胯下灑下來，灑在仇富的頭上、身上，臭氣熏人。

有人說，這樣鬥她吊她，扯下她的褲子羞辱她，她都交不出金子銀子，或許她真的沒有了，放她下來再說吧。

放她到地上，她已經奄奄一息，氣若游絲，處在半昏迷狀態中。有個老婦人見她光着下身，那些男人圍觀她，淫邪地看她的下身，丟人現眼，替她穿上被仇富扯下的褲子。過了一陣，她清醒了，又惱怒又羞愧，想學家翁那樣撞牆壁死去了結餘生。但是她腹中有了丈夫的孩子，她一死腹中的孩子也死，一屍兩命。為了保住肚中的孩子，她強忍着悲痛、羞辱，忍辱偷生，留着性命，把孩子生下來，撫養他長大成人。

* * *

鬥爭陳魯氏母子的時候，鬥爭場沒有仵作江福、梅祿的蹤影。他們兩人趁群眾在鬥爭場上鬥地主的時候，悄悄上山去到陳民利的新墳頭，做他們要做的勾當。前日他們違反農會不准仵作為地主殮葬的命令，自告奮勇去殮葬陳民利。他們早就知道陳民利生前停放在大宅下面小屋的棺材是千年楠木做的，價錢昂貴，只有富貴人家才有這樣貴重的棺材殮葬，一般人沒有如此福分。

他們暗中商量好，陳民利前日才埋葬，屍體還未腐臭，必須抓緊時機去挖墳取出他的楠木棺材據為己有。但是兩個人一個棺材，給誰好呢？他們同意誰先死誰佔有。問題是，兩人誰先死？挖墳盜出來的楠木棺放在誰家？梅祿的家屋狹小，沒有地方停放，只好放在江福家中。

兩人商議好了，才扛着鋤頭鐵鏟去山上陳民利的新墳，揮鋤動鏟挖掘。新墳的泥土鬆軟，不必太費力就把棺柩挖出來了。他們打開棺蓋把陳民利的屍體倒入墓穴中，再填上泥土，堆成墳頭，以假亂真，沒有人知道殮葬陳民利的楠木棺材被人挖墳盜走了。

江福的老婆前年死了，女兒出嫁了，唯一的兒厭惡他是痲風病人，離家去別處生活了，現時只有他一個人獨居。他和梅祿挖墳盜來的千年楠木棺材停放在他家裏，沒有事做的時候就去撫摸它，愛不釋手。他一個窮仵作，大半生抬過的棺材甚多，沒有一個比得上這個千年楠木棺材名貴。如今停放在他家中，當然想佔有它。生、老、病、死大家都知道，但是誰先死誰後死無人預料得到。有人年紀輕輕死亡，有人三四十歲死亡，有人活到上百歲仍然在世。他的老婆比他小十多歲，身體也沒甚麼毛病，前年春天忽然死了，家貧沒有錢買棺材殮葬她，只用一張草蓆捲起她的遺體抬上山挖個坑掩埋，做個墳頭了事。

梅祿的年紀比他大幾歲，按理說，他會先死。但是死亡的事誰說得準？如果他先死，這個挖人家的墳盜來的上好棺材就是他的了。這個千年楠木棺材是珍貴之物，富貴人家都未必買得到，若是梅祿先死享用了，自己死後連一個薄棺材也得不到啊。

不，不能讓梅祿佔有它！不讓他佔用，自己就要死在他前頭；要死在他前頭，就要自殺。但是為了一個好的棺材自殺值得嗎？自己都一把年紀了，又是個痲風病人，討人厭，再活下去也沒甚麼意思了。但是自己自殺了，人一死，甚麼都不知道了，人家會用這個珍貴的棺材殮葬他嗎？若是自己得不到這個棺材殮葬，辛苦挖人家的墳盜棺不是枉費心機？

當初他和梅祿自告奮勇去為陳民利殮葬，目的就是挖他的墳盜他的棺。既然已經得到手了，又停放在自己家中，就要它殮葬自己。他想好了，去「養和堂」對簡丹青說，要買老鼠藥。簡丹青是中醫師，知道人家來買老鼠藥，是毒老鼠的，當然賣給他。

江福買到一包老鼠藥回到家中，頭一件要做的事，除下自己身上破舊的布衫褲，換上絲綢壽衣，穿上闊口平底布鞋（絲綢壽衣和布鞋都是他們挖墳盜棺時，從陳民利的屍身除下的，在陳民利的屍身旁邊還有三十塊銀元陪葬。他要絲綢壽衣和布鞋，三十塊銀元給梅祿）。

家中只有他一人，他倒了一碗燒酒，坐在矮凳上，飲酒時，拿老鼠藥下酒。一碗酒飲完了，一包老鼠藥也吃光。他恐怕吞下肚的老鼠藥毒性發作，暈倒地上，急急爬入楠木棺材裏，躺下，面向上，兩手撐着棺材蓋，呼呼地喘氣。

棺材裏的空間狹小，悶熱難耐，他感覺腔腹中的痛楚一陣陣向他襲擊，肌肉抽搐，昏昏沉沉，口鼻出血，面孔頸脖一片血污。他痛楚到沒有氣力了，撐着棺蓋的雙手一鬆，棺蓋板砰一聲墮下，把他嚴嚴密密蓋在棺材裏……

7

簡貞的肚皮愈來愈大，微微隆起，寬闊的衫褲也遮掩不了。她的媽媽生了幾個孩子，有懷胎的經驗，她見簡貞有時候偷偷吃酸果、酸菜，有時候也暈眩嘔吐，就曉得她已經懷着胎兒了。但是她還未出嫁，是黃花閨女，怎會這樣呢？

為了進一步證實女兒是否懷了身孕，她揭開簡貞的衫尾，伸手入去摸摸她的腹部，感覺她的肚皮微微隆起，再用力按一下，她的肚子結實——女兒真的懷了胎兒。

媽媽壓低聲音問她腹中的孩子是誰的？

簡貞知道無法隱瞞了，紅着臉說是顧家暉的。

媽媽聽了，非常惱怒，顧家暉只是在簡家木土場中鋸木板造棺材的小伙計，簡貞卻是簡家的小家碧玉，她怎會看上這個小伙計同他搞上了？簡貞的心真是摸不透！

簡貞曉得母親不了解她，她自己也不了解自己，以前她在白沙鎮小學讀書時，有一名英俊蕭灑的老師喜歡她，向她示愛，想追求她，但是她不接受這名老師的愛，婉拒了他。而顧家暉沒有甚麼文化，人也粗豪，是個學習造棺材的木匠，她卻喜歡他、愛他，獻給初吻，繼而獻身給他，而且懷了他的孩子。

她的媽媽完全想不到她會跟顧家暉發生戀情，往日她去外面跟顧家暉幽會時，母親問她誰是她的男朋友？她胡亂說是學校的崔老師。

崔老師在白沙鎮小學任教多年，二十八歲，英俊蕭灑，學養人品都不錯，待人有禮，簡龍和陳帶弟結婚時，他也來飲宴，是座上客。晚上放學了，有時候他來「養和堂」買一些藥物，簡貞給他奉茶，大家談一陣話才離去。父母對崔老師的印象也不錯，既然簡貞喜歡他，跟他談情說愛，就由她去。

父母都想不到，簡貞講的不是真話，原來她黃昏時外出不是跟崔老師談戀愛，而是去木工場和顧家暉幽會！

簡貞早幾年高小畢業了，考不上縣城的初中，只好在「養和堂」幫父親打理業務，黃昏後她才離家外出。這個時候，木工場的工人收工了，顧家暉洗淨身子，換上乾淨的衣服，才在後門出去。他沿着白沙河邊，向上邊的木橋走去。這時簡貞已經站在橋頭上等待他了。他們有密契，不想別人知道他們的親密關係，免得她的行為傳到父母那裏去。他們分別前後過橋，過了木橋，才在那邊的叢林旁邊會合。

黃昏後，在田野上耕種的農民都前後扛着農具回家了，山野上沒有人行走，殘陽斜照，田野、莊稼、河水給艷麗的斜陽映照得一片紅。有時候他們默默踏着草地漫步，有時候談着心事，走累了，就在林子裏坐下，互相擁吻愛撫，兩人都陶醉溫馨甜蜜中。

顧家暉在甜蜜溫馨中沒有失去理智，這樣說：「我怕我們的事被你爸媽知道了，怎麼辦？」

簡貞故作安靜說：「他們知道就知道，怕甚麼？」

顧家暉說：「我只是你們家木工場的小伙計，身份低微，配不上你。」

簡貞說：「我不計較你是甚麼身份。」

顧家暉說：「你不計較，你爸媽計較。」

簡貞說：「他們計較是他們的事。」

顧家暉說：「他們反對怎麼辦？」

簡貞說：「我中意你，他們反對不了。」

他說：「他們知道了，炒我魷魚啊。」

她說：「如果他們炒你魷魚，我就跟你走。」

他說：「你跟我走，他們會說我拐帶你……」

她說：「是我自願跟你走，他告不入。」

他說：「問題是，我們走去哪裏？」

她說：「去你家。」

他說：「我家無田無地，怎樣生活？」

她說：「如今村莊都搞土改，分田地，分到田地了，我們就耕種，收割到穀糧了，就有飯食，可以生活了。」

顧家暉的疑慮消除了，剛才冷卻的情感再次升起，熱血沸騰，甚麼都忘渾了，又擁吻她，撫摸她，大着膽子解開她衣服的鈕扣。她沒有阻止，他的勇氣驟增，輕輕推她倒在草地上，親吻她，愛撫她。她感覺酥酥軟軟，忘了一切，任他擺弄，而她也亢奮快活……

母親說：「你是黃花閨女，做出這種事，知不知道羞恥？」

簡貞只是哭泣，淚流滿面，答不上話。她當然知道羞恥，但是那天黃昏，他們孤男寡女獨處林子裏，都慾火熊熊，都被慾火燒昏了頭腦，做出了不應該做的事。

母親說：「你腹中塊肉只有三個多月，打掉他好了。」

簡貞哭着說：「我中意他，是我自願給他的，他的孩子我要把他生下來。」

母親說：「你未嫁人就生孩子，我們哪有面目見人？！」

女兒說：「如果你要顧全面子，就讓我立即同他結婚。」

母親說：「他只是我們木工場的小伙計，他有錢娶你麼？有屋讓你住嚒？他是窮等人家，以後的日子你怎樣過？」

女兒說：「事到如今，理不得那麼多了。我在家裏把他的孩子生下來再講。」

簡貞的性情倔強，態度堅決，簡直是要脅，不讓她嫁給顧家暉不行。她的媽媽軟化了，這樣說：「這件事我要同你爸商量，看他怎樣做。」

簡丹青聽了老婆講述女兒的事，驚異又惱怒。但是，他處理事情十分冷靜，不會亂來，必須尋求一個可行的辦法去解決。他嘆了一口氣，略為思考就去棺材舖找為他辦理事務的顧仁，將他兒子顧家暉搞大簡貞肚子的事告訴他，問他怎麼辦？

* * *

顧仁聽到這件事，不敢相信兒子怎樣贏得東主女兒的芳心，已經獻身給他，懷上他的孩子了。他表面罵兒子荒唐，心中暗暗希望和東主攀親戚，口中卻說：「簡先生，我家無田無地，生活困苦，得你看得起，關照我，顧用我兩父子在你舖裏做事，才有飯食。我管教兒子不善，他做出這樣的荒唐事，我對不起你，你要我怎樣做我就怎樣做，不敢說半個不字。」

簡丹青說：「我們貞女已經有了幾個月身孕，我是醫師，曉得醫術，若然要她打胎，很危險，命都不保，也於心不忍。為了顧全大家的面子，我給你一筆錢，你即刻回你村，整理好房屋，準備娶貞女入門。」

顧仁心中暗喜，能夠娶一位年青貌美的兒媳婦，又平白得到東主一筆錢，簡直就是天上掉下來餡餅，如此好事，他發夢都想不到，如今居然得到了！他歡天喜地依照簡丹青的話回家去做。

手上有了錢，好辦事。得到東主的恩准，顧仁父子回村子整理好屋子，佈置好新房，隨即顧轎夫抬花轎去白沙鎮簡家接新娘（解放後，人民都是敲鑼打鼓扭秧歌迎親，用花轎接新娘子被視為封建落後）。

簡丹青嫁女，不止有妝奩給女兒作嫁妝，還有幾畝水田陪嫁。因為他知道，「土改」運動一來，他的財產田地都要交出去分給窮人，既然如此，倒不如趁這個時機送幾畝水田給女兒作陪嫁贏得體面。

顧仁不想太張揚，只僱兩名轎夫抬花轎去白沙鎮接新娘，沒有鑼鼓樂隊隨行，靜靜地辦婚事。簡貞在家拜別父母、兄嫂，步行出家門上轎。另外僱了兩個挑夫送嫁妝。

簡丹青貼錢貼田嫁女，心裏不好過，沒有設酒席宴客，女兒坐上轎子一去，一切又回復平靜，彷彿簡家沒有發生婚事一樣，讓街坊鄰里作笑談。

顧仁懷着感恩的心情辦完兒子的婚事，翌日就回到東主的棺材舖打理業務，跟往日一樣盡忠職守做事。

8

清算鬥爭地主是白沙鎮的大事。鄉長婆在鬥爭場上沒有被打死吊死，她自知罪孽深重，一放她回家的路上，她就投井死了，自絕於人民。她死了罪有應得，像死了一條惡狗一樣，沒有人理會她。但是她投井自殺，污染了群眾飲用的井水，她的心何其狠毒，死了都要遺害人民！

接着清算鬥爭大地主陳民利一家幾人，鬥出了不少財物銀元，這些鬥爭地主得來的勝利「果實」，分給貧僱農，他們歡天喜地去農會所領取。銀元白花花，拿在手裏沉甸甸，地主婆陳魯氏以前紡紗織布拿去賣，省吃儉用，攢了許多年才有這些銀元。如今的貧僱農開鬥爭大會鬥鬥地主，就可以分到財物銀元了，怎不高興、個個面露笑容？

但是白沙鎮這麼多窮人，這些鬥爭地主得來的「果實」，一旦均分，每人領到的銀元並不多。鬥爭地主沒收他們的財物，是共產黨的政策，這是千載難逢的事，當然要盡全力作鬥爭，不鬥爭他們會交出收藏着的財物嗎？

簡丹青是資本家地主，他在白沙鎮開藥材舖、棺材舖，這麼多年來賺了很多錢，他家裏必然埋藏着大量金子銀子，若是清算鬥爭他們，得到的勝利「果實」就更可觀。不過，簡丹青是開明地主，解放前他曾經借糧給紅軍大隊長，又救過紅軍游擊隊的傷兵，對共產黨出過力，有一點點功勞，如今應不應該清算鬥爭他？

農會長陳柱說：簡丹青的情況，大家都知道了，讓群眾討論作決定。

有人說，像簡丹青這樣的開明地主，不應該鬥爭他，叫他交出金銀財物就算了。農會所上的人多口多，有人說，地主都是視錢如命，怎會自願交出來？就是肯交出來，只會交出少部份，蒙混過關。

有人說，簡丹青的兒子簡虎解放前夕在縣城讀書時，他就放棄學業參加革命，跟國民黨反動派打仗，他們家是軍屬，可不可以個別處理，網開一面，不清算鬥爭他們？

仇富馬上站出來反對。解放前她是鄉長家中的婢女，受鄉長婆的打罵折磨，苦大仇深，非常憎恨地主。如今她是白沙鎮的婦女會主席，去縣城參加過政治學習，學到一點點新政策、新名詞，能說會道。她說：「簡丹青是地主，地主都不是好人，都是吸血鬼，他們的錢財都是壓迫剝削窮人得來的，不清算鬥爭他不行；群眾不清算鬥爭他，他不會交出金銀財寶。」

她的話聲響亮激昂，氣勢洶洶，令人動容，有權威性。事實上，群眾大部份都想清算鬥爭簡丹青，因為鬥爭他，會鬥他交出更多的金子銀元來，大家又有更多的勝利果實分。錢財得來不易，鬥鬥地主就可以分錢財，世上還有甚麼事比鬥爭地主好？

仇富的話聲一落，群眾都舉起拳頭喊口號：鬥爭他！鬥爭他！群情洶湧，民意一致，再沒有人持異議了。

陶貴從會場走出來，一馬當先去「養和堂」，有人見他帶頭行動了，跟着他一齊去。他們去到『養和堂」藥材舖，簡丹青不在舖裏，陶貴以為他知道風聲逃跑了，正想盤問他的老婆簡楊氏，簡丹青肩背掛着藥箱從外面回來。他見陶貴和另外幾人來勢洶洶，已經猜到是怎麼回事了。他放下藥箱，說：「有個女人病重，不能走路來我藥舖求診，我跟她的兒子去她家醫她，要你們久候……」

陶貴打斷他的話：「廢話少講，押你去鬥爭！」

簡丹青說：「不必你押，我跟你們去。」

他們一來到城隍廟旁邊的鬥爭場，就推簡丹青上鬥爭土台。推他上土台的時候，他失去重心，身子一歪，幾乎跌倒。他回過神來，站立定了，面對土台下面的群眾，神情冷靜，不徐不疾地說：「各位街坊鄰里，我的田契地契都獻出去了，已經沒有地權了，你們還要我怎樣呢？」

仇富在鬥爭土台上，接近簡丹青，她說：「現時搞土改，平分田地，地主都要交出田契地契。田地在外面，大家都知道，看得到，你隱瞞不了。但是金銀財寶你收藏着，數量多少，埋藏在甚麼地方，群眾都不知道，你為甚麼沒交出來？要群眾清算鬥爭你才肯交？」

簡丹青說：「我只知道共產黨的政策是搞土改，分田地，所以我早前就獻出田契地契了。我的知識少，孤陋寡聞，沒聽共產黨說過富裕人家的錢財都要交出來……」

仇富瞪着他說：「現時知道了，你交不交？」

簡丹青說：「這是共產黨的政策？」

仇富說：「你不知道？共產共產，就是要共地主的家產；革命革命，就是要革地主命！你不交出金銀財物，群眾就要清算鬥爭你，革你的命！」

簡丹青微微顫抖一下，表面保持安靜，說：「早幾年，紅軍游擊隊和國軍打仗，紅軍大隊長來我家借糧，我借幾擔米給他。紅軍有隊員受了槍傷，跑來我藥鋪，我立即為他敷金鎗藥，包紮傷口，也算為共產黨出過一分力……」

仇富說：「那是以前的事，都過去了。現時大家都要按照新政策做，你不交出藏着的金銀，就要鬥爭你！」

簡丹青說：「我開藥材鋪、棺材鋪賺到一些錢，賺到的錢都拿去買田買地了，家裏再沒有金銀哩。」

仇富說：「你狡猾，講的不可信。大家都知道，你開藥材鋪，買藥材是大秤買入，給人配藥時用厘戥秤出，本錢少，利錢多，剝削病人。你開棺材鋪，買木材的本錢少，做成棺材賣出去就賺大錢，一本萬利，賺死人錢。你一個人做兩樣生意，賺到盤滿鉢滿，你說你家沒有收藏着金銀珠寶，是騙人。群眾的眼睛是雪亮的，看穿你是耍陰謀詭計！」

簡丹青暗暗叫屈，他開藥材舖、行醫，遇上窮困的病人，交不出醫藥費，他贈醫施藥，不收分文。他做生意明碼實價，童叟無欺，對人坦誠，講真話，甚麼時候耍過陰謀詭計？

土台下面一片嗡嗡聲，接着就有人說，簡丹青開藥材舖賣藥，是想別人生病買他的藥；他開棺材舖，是想別人死，他發的是病人財，發的是死人財。他的心腸這樣壞，不是好人。

簡丹青聽到人家這樣詆譭他的人格，很難過，想自辯。但是土台下面有人喊口號，口號聲像槌子一般撞擊他的心——

打倒簡丹青！不交出金銀就鬥跨鬥臭他！

農民團結起來！打倒地主！

簡丹青頑抗不交出金條銀元，就死路一條！

口號聲彼起此落，震天價響，令他暈眩。他自問，他對錢財看得不重，做生意賺到的錢，除了買田置地，加建房屋，餘下的錢就交給他的妻子簡楊氏。他的妻子有沒有儲藏着金銀、儲藏着多少，他不過問，實在不知道。他說：「我沒有收藏着金銀，你們要鬥爭我也交不出來……」

土台下的群眾頓時騷動起來，有人大聲說：「你沒有金銀收藏？想騙人？你以為我們會相信你？」

簡丹青說：「我說的是真話，沒有騙你們……」

台下又有人說：「你狡猾，我們不會信你！」

簡丹青說：「我真的沒有。或許我老婆有，她有沒有、有多少，我不知道，讓我叫她交出來好哩。」

土台下又響起一片嗡嗡聲，有人說，放他回去叫他老婆交出金銀。有人說簡丹青狡猾，是想拖延時間。有人說，他想乘機逃跑。

仇富在土台上向群眾擺擺手，叫大家肅靜。她說，最好是派人去押簡楊氏來。陶貴要表現積極，他一馬當先帶人去抓簡楊氏。

不多久，簡楊氏被押到鬥爭土台上。她跟丈夫對望一下，不知道怎樣好。簡丹青對她說：「我沒有金銀交出來，群眾要鬥爭我。如果你有金銀收藏着，就交出來，免得被打吊受苦。」

簡楊氏見群眾不鬥出錢財不罷休的架勢，她也知道鄉長婆被打吊到半死，投井自殺了。陳民利被鬥爭，憤然撞牆壁了結生命。陳魯氏被打吊到精神失常。吳玉卿被高高吊在樹椏上給人扯下褲子羞辱。若是她不交出錢財，後果也像他們一樣悲慘。所以她說她願意交出來，讓她回家去取就是了。

陶貴和另外幾個人跟簡楊氏回去，到了簡家，陶貴急急問她金銀藏在甚麼地方。簡楊氏指指雜物房的牆角。陶貴會意，叫人拿鋤頭挖掘。他們都是耕田的，揮鋤頭掘地易如反掌，只掘半句鐘，鋤頭就碰到硬物了。撥開挖鬆了的泥土，見到陶缸蓋。揭開陶缸蓋一看，白花花的銀元閃閃發光，讓人眼花暈眩。

陶貴不甘後人，他趴在地上，伸手入陶缸抓銀元，掀出來的銀元放在身邊的竹籃中。銀元碰撞叮噹響，人心顫動。

他們挖地尋找財寶之前，推簡丹青一家大小幾人入他的睡房，鎖上房門，還警告他們不要出聲，不要偷看，不准亂說亂動。簡丹青是這間大宅的主人，家中所有的東西都是他的，如今一家老小幾人都像囚犯一般被困在房子裏，連說話都沒有自由！世事實在難以預料，以前他在白沙鎮是頭面人物，他的醫術好，醫德也好，大家都尊敬他，見面時都笑臉相迎，和洽相處。解放後，只因他富裕，生活過得好，卻要被抄家清算鬥爭，被損害被侮辱，這是甚麼世界。

雜物房那邊，陶貴和另外幾人正在抓陶缸中的銀元。這個裝銀元的陶缸大而深，他們幾人趴在地上輪番抓了幾十分鐘，銀元抓完了，陶缸底部還有一個紫檀木盒子。陶貴急急拿起來，打開蓋子一看，裏面有金戒指、金耳環、金頸鏈、金手鐲。這些都是價值不菲的首飾，金燦燦，很有誘惑力。他抓了一金手鐲，放入衫袋中，然後才把紫檀木盒子給其他人去取——見者有份，也算公平，沒有爭拗。

銀元拿回農會所，竹籃裝着的有龍紋銀，有「袁大頭」，當眾數了，共1530塊，比上次陳魯氏交出來的多570塊。農會長陳杜拿出鋼筆，將銀元的數目記錄在賬簿上。

有人說，這1530塊銀元只是簡丹青的老婆一人交出來的，他的兒媳婦陳帶弟還不知道收藏多少，也要清算鬥爭她。

於是，貧僱農又來到城隍廟旁邊的鬥爭地，參加清算鬥爭陳帶弟。

陳帶弟年輕，膽量小，見到鬥爭場上這麼多摩拳擦掌準備鬥爭她的人，嚇到手騰腳震、失魂落魄，不必別人推她跪，就跪坐在鬥爭土台上。她垂下頭，心中出現幻覺，眼前的人都變成張牙舞爪的野獸，目露兇光逼視着她！

「陳帶弟，你收藏的金銀首飾，我們等着你交出來！」

她微微抬起頭，在她面前說話的是仇富，她的話聲如裂帛，充滿嚇唬和仇恨。她不止仇恨地主，還仇恨對她不起的窮人。早幾日，她洗了衫，放在她家門前的竹桿晾曬，過了兩個時辰，她去收的時候，不見了，不知道被誰偷去了。過了幾日，有個年青女人身上穿着她那件失去的布衫，被她認出來了，她立即走上去，抓着那年輕女人，扯脫她鈕扣，扯下布衫，那個年輕女人就赤身露體在街道上跑，引起不少男人淫邪的目光。仇富羞辱了她，取回失去的布衫，還不解恨，又召開群眾大會批判她，逼得她無面目見人上吊死了才消除憤恨。

陳帶弟知道仇富的歹毒，她的金銀首飾不交出來，就被鬥爭，受皮肉之苦，受屈辱。她說，她願意交出來。

仇富下命令，叫人押陳帶弟回去取。幾個人去到簡家，等她交出大量金銀珠寶來。但是她只交出一枚金戒指，兩隻銀手鐲，兩顆玉石耳墮子。

大家都知道她是大地主陳民利的女兒，她嫁給簡龍的時候，有不少嫁妝作陪嫁，如今她交出少少金銀首飾就想過關？群眾摩拳擦掌說，不打她不吊她不行！

陳帶弟又被押上鬥爭土台上，她嚇到腳軟，不由自主跪下來。群眾高呼口號——

農民團結起來，打倒地主婆陳帶弟！

陳帶弟狡猾，她不交出全部金銀首飾就要鬥跨鬥臭她！

這麼多人一齊喊口號，口號聲震天動地，聲聲入耳，仿如石頭撞擊着她的心。她的金銀首飾只有這麼多，都交出來了，哪還有得交？她的腦袋在轟鳴，耳朵嗡嗡響，眼睛一片朦朧，身邊的人影幢幢，仿如鬼影在旋轉。

「地主婆，你裝聾作啞不出聲就得了？你再不交出來，就吊死你！」

她的父親被高高吊在樹椏上，不甘受折磨、侮辱，一放他下來就憤然撞牆壁頭破血流死了，她的母親跪玻璃碎片，交不出更多的銀元，精神失常了，她自己將會怎樣呢？真的會被吊起來鬥爭嗎？很多地主被打吊到不想活了投河吊頸自殺。而她的丈夫（簡龍）無緣無故被捉去坐牢了，她的兒子這麼小，若是她死了，兒子怎麼辦？

仇富上前一步，指着她說：「地主婆你頑固不交出金銀，你想群眾吊你兒子還是吊你？」

陳帶弟說，她兒子這麼小，不曉事，要吊就吊她。

這時有個老人走上鬥爭土台，大聲說：「你們要吊就吊我，不要吊她，也不要吊她兒子！」

大家一看，老人是顧仁，是簡丹青的棺材館的伙計，他為簡家打工，他老闆壓迫剝削他，為甚麼他要替簡家的兒孫受刑？

仇富說：「顧仁，你要替簡家人受吊？你是瘋了還是老懵懂了？」

顧仁說：「我不瘋亦不懵，簡先生沒壓迫我，沒剝削我，還關照我，可以說他對我恩重如山……」

仇富說：「你是不是被簡丹青收買了為他講好話？」

顧仁說：「簡先生是正人君子，按時發給我們工錢……」

仇富說：「你覺悟不高，做他的走狗，才說他好。」

顧仁說：「我有人性，有良心，不像有些人見利忘義。我是貧農，他顧用我在他的棺材舖做事，信任我，我才憑良心講實話，他對我好就說他好；不好就說他不好。他不止僱用我，信任我，還僱用我的兒子家暉在他的木工場做工，後來還讓他的女兒簡貞姑娘嫁給我兒子，還有幾畝肥田作陪嫁，我說他對我恩重如山一點不假。」

仇富說：「你真的願意替他們受吊？」

顧仁說：「吊死我都無怨言。不過，無論你怎樣吊我都交不出金銀首飾。」

仇富瞪着顧仁說：「你是資本家地主的走狗，跟群眾作對，破壞土改鬥爭地主的政策，你等着批鬥你！」

顧仁三代貧農，是打工仔，要怎樣整他悉聽尊便，他並不害怕。

仇富和農會長陳柱、茅興交頭接耳說了幾句話。他們沒有吊顧仁，也沒有吊陳帶弟，只叫陶貴帶人去簡丹青的大宅用鐵釬捅地。

陶貴領命而去，他們一人拿一根鐵釬，在簡家的廳堂、房間、雜物房，裏裏外外捅來捅去，沒有發現地上有埋藏金銀的跡象。

9

陳魯氏被鬥爭到沒有銀元可交，被迫到發心瘋，頓時精神失常。她暫時獲得釋放回家，冷靜下來了，神智漸漸回復正常。當時那些鬥爭者說她裝瘋扮傻，因此，她就繼續裝瘋扮傻，躲在家中不露面。她的丈夫被打被吊，不甘受折磨受侮辱憤然撞牆了結生命，她日夜思念他，一合上眼皮，他生前的音容就顯現在她面前。丈夫是撞牆壁頭破血流死亡的，滿身血跡，慘烈恐怖，死不瞑目。抬他的遺體上山埋葬時，時間緊逼，草草埋葬，沒有祭品，連一炷香也不能給他上，跟埋葬一隻死狗一般平常。

現時城鎮的貧僱農都去城隍廟旁邊的鬥爭場上鬥爭簡家的人了，沒有人在山野上勞作。陳魯氏在家置備一些祭品和香燭冥鏹，放在竹籃中，獨自悄悄上山拜祭亡夫。到達亡夫的墳邊，見到墳頭的黃土鬆跨跨，泥土散開，似乎遭到破壞，是人還是獸所為？前日埋葬他的時候，沒有熟肉包點等祭品吸引獸類來覓食，也沒有獸類遺留下來的蹄印。是不是牛隻來擦角？不可能，因為牛擦角一般都選擇堅實的土堆或堅實的墳頭，不會在鬆軟的新墳頭擦角。

既然不是野獸、牛隻破壞，那就是人了。人有知識，做甚麼事情都有動機，有目的。是不是有人盜墓？她知道，丈夫的遺體只有幾十塊銀元作陪葬，沒有珍貴的東西，最值錢的是那副千年楠木棺材。那副楠木棺材是丈夫生前在簡氏的棺材舖買回來的，停放在大宅下邊的小屋中，很多人都知道，而殮葬他遺體的，只有江福、梅祿兩人才知道。若是真的有人挖墓盜棺，這兩個仵作最可疑。

因此，陳魯氏懷疑丈夫的遺體是否還在墓穴中，若要證實，只有挖開墓穴中的泥土才知道。她決定挖開墓中的泥土。

事前她不知道丈夫的墳墓被人破壞，沒有拿工具來，目前她必須徒手挖墓。墓穴中的泥土鬆跨跨，徒手扒泥土做得到。她開始工作，仿效土撥鼠的精神、毅力，用兩手一下一下撥土，就是累了也不停手扒土。

天空陰沉，山風拂面，旁邊的樹枝搖搖晃晃，有樹葉脫落。她恐怕天要下雨，探尋丈夫的遺體功敗垂成。她必須抓緊時間，加快挖土。泥土中夾雜着沙石，她的手指被沙子幼石磨擦到出血。她集中精神挖土，忘卻了痛楚，也忘卻時間流逝，不停地挖土。挖了幾尺深，還是觸摸不到棺材。

日前抬丈夫遺體上山時，她參與埋葬，棺材在墓穴中放平正了才鏟土掩埋，現時不見棺材，丈夫遺體上的綢衣也沒有了，赤身露體躺在泥土中，頭面被沙泥覆蓋着。

丈夫死後被人挖墳盜棺，死也不得安寧！悲哀向她襲來，她撫摸着已經發臭的屍體痛哭了一會，才急急覆蓋泥土，重新埋葬丈夫沒有衣服、沒有棺材的屍體。

＊　＊　＊

陳民利被人抄了家，好一點的東西都被別人拿去了，那些人還勒令他們一家老小遷出陳家大宅。但是陳魯氏死活賴着不肯走。她叫兒子、媳婦、孫子搬到下邊的小屋去居住。兒子陳繼世不忍離開母親，他說：「我們是一家人，如今遭人逼害，應該相依為命，共同進退，生就一齊生，死就一齊死。你不肯走，他們也要強逼你走；你無法賴着不走。」

母親說：「我知道你孝順，為我好，但是你不知道我心裏想甚麼，我現時不會告訴你。若然你真心孝順我，就聽我話，你們幾個先搬去下邊的小屋住，我做完我要做的事了，才離開這裏。」

陳魯氏在陳家大宅居住了幾十年，時常在正屋與下屋之間行走，兩棟屋子之間，中間隔着一條寬闊的巷道，如果沒有大風，正屋就算發生火災，火焰也燒不到下邊的小屋去。只要她的兒孫、媳婦搬到下屋去住，她就可以放心去實現她的意願了。

勒令他們搬出大宅最緊的是陶貴，他原來的小屋殘舊倒塌了，一收到陳家大宅，他就可以分到房子居住，成為這家大宅其中一個主人。陳民利解放前用了很多錢財和心力才建成這間大宅，如今他只執行共產黨的鬥爭地主政策，沒收人家的田地家財，趕地主全家人出門，就能夠分到這樣美好的房子，世上還有甚麼比這樣更好的事情？

陳魯氏的兒孫、媳婦都搬到下邊的小屋去住了，就是她這個「瘋婆娘」賴着不肯走，她頑抗得了嗎？她再死活賴着不走，就要把她像垃圾一樣扔出去！

陳魯氏當然知道不能賴着不走。她悄悄去糧油舖買一罐火水（煤油）回來，深更人靜時潑在地上，牆上，木家具上。自己穿上最好的衣服、鞋子，面上塗抹脂粉口紅，對着鏡子看看，自己的容貌像反老還童一般雍容、風韻尤存，心滿意足地笑笑。

一切都準備好了，在廳堂中央點香叩拜祖先的牌位，才去後院抓一把稻草回廳堂，潑上煤油，自己像觀音坐蓮盤腿坐在稻草上。她擦燃火柴，掉在稻草上，已經灑上煤油的稻草隨即着火燃燒，她身上的綢緞衣裙也着火。大火燒身了，死神降臨，她依然泰然自若坐着不動。火焰從她的身上向四周擴散，向上飛升，煙火沖向天窗、天井，煙雲在夜空中瀰漫，屋中頓時如火爐。

大宅的木柱、木門、木樑着火，斷裂，樑柱磚瓦噼噼啪啪下墮，屋中的一切物品都陷在火海中，成為灰燼，陳魯氏的身體也燒成焦炭。

白沙鎮的居民被嘈雜聲驚醒，走出家門眺望，在夜空中看到陳家大宅上面火光沖天，煙雲翻捲，不知道甚麼原因發生火災，都跑來觀看。陶貴最先跑到現場，這幢屹立在城鎮東面舊城區的大宅火光熊熊，火勢猛烈，着火的樑柱噼噼啪啪響，眼見就要在火海中倒塌，他眼睜睜罵娘。這幢漂亮的大宅，他分得一份，一趕走陳魯氏這個瘋婆娘（她裝瘋扮傻）他就成為這幢大宅的新主人之一。目前這場大火，燒毀了他非份的白日夢！

＊　＊　＊

早前清算鬥爭地主得到的金銀、財物、衣裳、被服是勝利果實，這些「果實」都分給貧僱農了。他們分到的銀元和財物，個個都高興，面露笑容。但是分到的衣物、銀元，畢竟是「浮財」，分到手的都不多，不多久就花用完了。最好是分田分地；田地是不動產，分到手了，永遠都是自己的，只要去耕種，年年季季都有穀麥收穫，一家人都有糧食。

「土改」的前奏是清算鬥爭地主，抄地主的家，沒收他們的財產，強迫他們交出田契地契，趕他們出家門，分他們的房屋。

分田分地是「土改」政治運動的高潮。農會派人去丈量地主交出來的田地（他們用一根長長刻着尺寸的竹片）量度該塊田的面積，是幾畝幾分，是肥田或是瘦田，紀錄下來，按貧僱農家中的人口多少分配。

陳民利生前被迫交出來的田地，其中一塊在城鎮西邊的大水田，面積六畝多，就算家中人口多的貧僱農也不可以獨得。怎麼辦？辦法是把這這塊大田分成兩半，中間築一道田埂分隔，分給兩家人。

仇富解放前是鄉長婆的婢女，解放後她翻身當家作主了，馬上離開鄉長婆的家，嫁給一個姓寇的男人，他有父母，同仇富一起生活。他們的家庭成份是貧農，四口之家，分到那塊大肥田的一半，另一半分給陶貴一家四口人。兩家人分到這樣令人羨慕的肥水田，非常高興，下田翻土耕種的時候，陶貴在新築起的田埂這邊趕牛犁田翻土，仇富和她的男人在田埂那邊插秧。兩家人都是貧農，同一階級，有共同語言，談話投契，猶如弟兄姐妹一般友好——階級與階級的愛。

禾成熟了，兩家人又來這塊肥水田割禾打穀。因為是肥稻田，出產的穀粒飽滿，黃燦燦，陽光下，仿如金沙一般閃亮，他們都高興。仇富說：「飲水思源，若是沒有毛主席和共產黨解救我們窮人，分田地給我們，哪有這樣的肥水田給我們耕種？哪有這樣好的稻穀收成？我們不要忘記毛主席的恩情啊。」

陶貴說：「國民黨時期，我家貧，沒有田地出產糧食，沒有飯食，逼得賣壯丁，頂替人家去當兵打仗，幾乎死在戰場上……」

陶貴的父親知道他跟人家聚賭，輸了錢，欠了人家一身賭債，在走投無路的困境下，不得已才拿人家的錢，替人家去當兵打仗。其實他隨國軍上前線時，覷準時機逃跑了，一場仗都沒有打過。

仇富不知道他在吹牛，這樣說：「你大難不死，如今才有機會享受共產黨給我們窮人的好處。」

陶貴說：「爹親娘親不如毛主席親；爹好娘好不如共產黨好。」

仇富說：「沒有共產黨就沒有新中國。共產黨解放讓我們翻身當家作主。」

共產黨解放中國人民，沒收地主的田地分給貧僱農，讓他們有田耕，產糧有飯食，還讓他們得到娛樂。白沙鎮的牆頭上貼廣告，廣告上說，電影隊明天晚上在城隍廟旁邊的場地上放映電影，免費的，歡迎大家去看。

白沙鎮的民眾看過傀儡戲，看過大戲（粵劇）從未看過電影。甚麼是電影？沒有人答得上，都在盼望電影隊來，讓他見識見識新鮮事物，開開眼界。

電影隊來了。他們一行幾人，都是騎單車（腳踏車）來，單車尾架上放着放映機器，放着電線，放着電燈泡，其中一架是車尾架上放着一個大大的發電機器。他們一來到城隍廟旁邊的場地上就停車，把車尾架上的器材卸下來，放在地上。

這時已近黃昏，他們分頭工作，有人在「鬥爭土台」上插上木柱，掛上一張大大的白布，有人把放映機器放在白布對面的木枱上，有人把發電機器放在城隍廟牆邊，有人拉電線到樹椏上，有人安裝電燈泡——他們幾人工作起來都很熟練，很快就做好了。

太陽落山了，夜幕降臨，天黑了，城隍廟牆邊的發電機器發出轟隆轟隆的響聲。掛在樹椏上、木柱上的電燈泡亮起來了，頓時燈火通明。

白沙鎮的民眾以前只是點煤油燈照明，這是頭一次見到電燈。電燈像個豬尿泡，不必點火，發電機器轟隆隆轉動，玻璃燈泡就發出亮光，把黑夜照亮如白日，甚麼都看得清清楚楚。

城隍廟旁邊的場地上擠滿了人，他們的神情比清算鬥爭地主還要興奮。鬥爭地主他們看得多了，看電影卻是第一次。他們都熱切期望快些看到電影。

電影工作同志說：馬上就要放電影啦，大家不要吵，不要走動，靜靜地看才好。

榕樹上、木柱上的電燈泡熄了，場地黑暗了，土台上掛着的大白布光亮，出現字幕：白毛女。

那塊大白布名為「銀幕」。銀幕上的人物出現了，人物有動作，會說話，跟真人一樣，觀眾都在想：電影怎麼會如此神奇？

銀幕上出現一個人物，她年紀輕輕，頭髮完全白了，怎麼會這樣？觀眾都在聚精會神望着銀幕，追看劇情的發展——主角白毛女，她的名字叫喜兒，她家貧，被逼在地主黃成人家做婢女，她被黃成人殘酷凌辱壓迫，無法在黃成人家中生活下去，偷偷離開主人的家，逃跑到山上去，像野人一般摘野菜野果充饑，睡在山林中，與鳥獸為伍。時間久了，黑黑的頭髮變成白色，像野人一般在山林中生活下去。解放了，她從深山野林中出來，跟群眾一齊去找地主黃成人報仇洩恨，跟他算解放前那筆血海深仇的舊賬……

群眾看着銀幕上的影像，都激動不已，同情白毛女喜兒的不幸遭遇，痛恨地主黃成人的殘暴，凌辱壓迫喜兒，這些觀眾恨不得衝入銀幕去毆打黃成人！

仇富解放前是鄉長婆家中的婢女，她的遭遇跟喜兒一樣悲慘，她憤怒得咬牙切齒，在台下衝上去，揮拳想打銀幕上的黃成人為喜兒報仇洩恨！好在放映隊的工作同志眼明手快，及時走上去制止她，不可亂走亂動，這場電影才能繼續放映下去。

10

陳繼持六歲入白沙鎮的小學讀書，他聰明好學，每次考試都名列前茅，是優秀的好學生。那時他的姐夫（陳帶弟之夫）簡龍在白沙鎮小學任教，看好他，認為他是讀書的材料，有前途。但是也告誡他，不可因為有一點點成績而驕傲自滿，必須繼續努力讀書才好。要不然，就會退步。

陳繼持是民國時期入讀白沙鎮小學的，他讀了兩年解放軍就入城。解放了，改朝換代了，課本跟民國時期的完全不同，原來的教員若然想繼續教書，就要去縣城開會，學習新政府的教育方法。簡龍是民國時期過渡到新政府的教員，他也要去縣城開會學習新的教育方法，他學習得好，教育幹部審批了，他才可以在白沙鎮小學繼續任教。

簡龍有多年教書經驗，新中國的課本和民國政府時期雖然不相同，取用新的方法教學生沒甚麼難度，他能夠變通教得好。

但是解放後他在白沙鎮小學只任教一年多，就在「鎮壓反革命」運動中被逮捕了。那天早上，陳繼持和同學們背着書包進入校園的時候，見到兩個身穿軍裝肩膀掛着長槍的中年人，大踏步走入來，直奔校務處。校長不知道軍人到來何事，正想招呼他們坐，軍人黑着臉說：現時逮捕你們！

校長愕然，說：「我犯了甚麼罪？」

五短身材的軍人說：「回到縣城的公安局你就知道！」

兩個軍人從腰間除下麻繩，一人綑綁校長，另一人綑綁簡龍。

校長的神情惶恐，簡龍驚惶失措，雙雙被軍人押出校門，推上一架停在學校門前的馬車上。他們坐定了，馬車上的駕車人一揚鞭子，吆喝一聲，那兩匹馬就昂起頭，四蹄起步，拉着車子向前得得地走，土路上留下兩條車轍。

校長、簡龍都不知道自己犯了甚麼罪被逮捕，在校中的師生當然不知道。校長忽然被逮走了，大家都不知道怎樣好，繼續上課還是暫時停課？沒有人拿主意。

在群龍無首的情況下，幾名教員同意開校務會議，討論可行的辦法。大家都知道，現時是「鎮壓反革命」運動，校長和簡龍忽然被逮捕，想來他們是反革命了。反革命罪輕則坐牢，重則槍斃，他們能不能活命也成問題，莫說他們回校任校啊。

幾名教員在校務處開會討論了個多小時，有了共識，才在校園中向學生宣佈：凡是校長、簡龍教的課，學生可以在校園自由活動或是在圖書館溫習、看書；是別的老師教的課照常上課。

為了實行這個方法，又在校園的布告板上貼上通告，知會學生和學生的家長。

過了三個星期，上頭派來一名校長、一名教員來補校長、簡龍的缺。新校長姓賀，是共產黨黨員，他的身軀高大，頭顱小，跟他的身體不對稱，仿如駱駝的身子大頭顱小那樣。他的學識好不好、教育程度高不高不知道，口才就一流。他上早會演說，口若懸河，長篇大論，令人動容，也令人生厭，都希望他快些收口。他演說的時候，不講學校的教育方針，不教學生的做人品德，主要是講政治。他最得意的演講詞是：「共產黨的政策，是人民民主專政。既然講民主，又要專政，不是自相矛盾？一點都不矛盾。民主，是黨內的民主；專政，不是專人民的政，是專反動派的政，是專地主的政！」

陳繼持只是年幼的小學生，甚麼是「民主」，甚麼是「專政」，他似懂非懂，搞不清楚。甚麼是「地主」，他就知道，因為他們的家庭成份是地主，他是地主仔，地主要被清算鬥爭，被貧僱農打罵，被高高吊起，要跪玻璃碎片、灌辣椒水，年輕女人被扯下褲子羞辱……

陳繼持在白沙鎮小學讀書，大家都知道簡龍是他的姐夫。現時中國各地都在搞「鎮壓反革命」運動，簡龍被逮捕了，他不就是反革命？而他是反革命的小舅子，同學們都歧視他，疏遠他，當他是敵人，他也感覺自己變成了罪人。

現時他讀六年級，很快就高小畢業了，畢業了能不能升讀縣城的中學？他是高才生，成績很好，有信心能考上縣城的初中。但是他的父母已經在「土改」時被迫死了，他的大嫂、二哥無能力供他去縣城的中學讀書了，除了回家和大嫂、二哥一齊耕田，別無他途。

雖然如此，他還是和應屆畢業的同學報考縣城的初中。他們一行十幾個同學去應考。他在試場中拿到試卷看看，試題並不難，很快做完交卷。考完試，他有信心獲得取錄。放榜了，他接到錄取通知書，叫他×月×日去縣城中學繳費註冊。

但是，他的父母都亡故了，大嫂、二哥又沒能力供他繼續讀書，只好放棄升學的機會，在家跟大嫂和二哥種田。

解放第二年，二哥（繼世）高中畢業，他本來想去教書或者找別的工作做，因為家庭成份是地主，是階級敵人，農會那些掌權者不給他自由，恐怕他像他大哥（繼祖）那樣遠走他鄉，不知道他去了何處。因此不讓他去外面做事，無異軟禁他在白沙鎮裏。

陳繼持想：自己現時十多歲了，像他這樣的年輕人，讀書不多，又沒甚麼技能，別的事做不來，做些小本生意，賺一點點錢回來買糧食也好。

二哥繼世知道他的想法，這樣說：「你年紀小，又無人帶你去做，你一個人夠膽做嗎？」

繼持知道，氣力是練出來的，膽量也是練出來的，去外面做些小買賣，接觸各種各樣的人，人生經驗也會增加，見聞多了，眼界開了，也是好的。而且做些小生意賺錢買糧食，好過面對黃土背朝天耕田，值得去嘗試。

他在白沙鎮長大，知道鄉村人家都養豬養雞，公雞養大了，宰殺牠，食牠的肉，母雞不殺，養着牠生蛋。有些人家母雞多，天天都生蛋，就拿雞蛋賣給別人，賺錢使用。

大嫂知道他有做小生意的念頭，對他說：「既然你想做，又有膽量做，我給你一些錢作本錢，支持你，希望你成功。」

成不成功，繼持不敢講。但是他知道，不去做永遠都不會成功；去做才有成功的希望。大嫂給本錢支持他，他在心裏感謝她。

翌日早上，他拿着大嫂給他做本錢的鈔票，用一根小扁擔，挑着兩隻竹籃子，去郊外的村莊走街串巷，邊走邊喊：收買雞蛋啊，有雞蛋拿出來賣啊！

到了晚上，他收購滿了兩籃子雞蛋，挑回家。

第二日，陳繼持挑雞蛋去鎮上的市集擺地攤。市集各種各樣的攤檔都有，有人賣甘蔗，有人賣瓜菜，有人賣花生，有人賣白米，有人賣燒餅，有人熱熟肉，有人賣雞蛋。

市集沒有固定的攤檔位置，誰先到來，誰先選擇好的地方擺檔。陳繼持只有兩籃子雞蛋，擺地攤不必太多地方，而且雞蛋是按照每隻多少錢計算，不必用秤秤斤兩，買賣都方便。他籃子裏的雞蛋圓圓白白，十分惹眼，易吸引別人的眼球，招徠顧客，還未到中午，他兩籃子雞蛋就賣光了。

他拿出口袋的錢點數，十二元八角，除了八元本錢，利錢是四元八角，做一趟買賣，就賺到四元八角，這樣的利錢，拿去買米糧，比辛苦種田收穫的穀麥好得多。他想：生意、生意，做生意才有生機，才有發財的希望。

雞蛋賣光了，沒有貨物的負擔，他感覺一身輕。這時他又渴又餓，挑着空籃子在街上行走，經過一間飯舖子門前，飯菜飄香，吸引着他。他停步看看，有個中年人在舖中當爐掌勺，舀飯切肉給顧客。他賣了兩籃子雞蛋，只賺了四元八角錢，不好進入舖子花錢食飯，只在舖子門口買了兩個包子裹腹。

回到家中，大嫂見他挑着兩個空籃子回來，曉得他的雞蛋賣光了，說他一出道做賣賣就成功，是可喜的先兆。接着她又說：「你半日就賣清了貨，這是好市。但是市集上的行情不是日日都是好市，如果多人拿雞蛋去賣，人多競爭搶客，這就是爛市，你的雞蛋賣不出去，你應該怎樣做？」

陳繼持知道大嫂是開糧油舖子吳老闆的女兒，她嫁給大哥之前，在糧油舖中幫她父親做買賣，懂得市道行情，跟她談生意上的事，對答就是一種考驗。他回答：「若是賣雞蛋的人少，買雞蛋的人多，就提高價錢賣，賺到的利錢多。若是賣雞蛋的人多，大家競爭搶客，就減價賣，少賺利錢，也好過賣剩拿回來。」

大嫂見他講得合情合理，有做生意頭腦，鼓勵他繼續去做。

陳繼持頭兩次都是去那個村莊收購雞蛋，第三次去沒有人賣雞蛋給他。他只好轉移地點，去別的村莊。他在村巷中邊走邊喊：收買雞蛋啊，有雞蛋就拿出來賣啊！村巷中空蕩蕩，靜悄悄，他的叫喚聲傳到村民家中，有女人聽到了出門觀看，見到他，問他出多少錢一隻？他向她報上價。

那女人在心中盤算，雞蛋拿去賣給國家收購站，價格由政府的人員訂，價錢低到不合理，不如自己吃。若是賣給他（陳繼持），他出的價錢比政府的收購站高，而且不必走路去收購站賣，兩相比較，當然賣給他。

鄉村人沒有甚麼知識，但是眼亮心明，曉得在心中算賬、比較。很多人都賣雞蛋給他。他走街串巷不到一天就收購到兩籃子雞蛋挑回家。

翌日早上挑去市集擺地攤零售，旺市的日子，提高價錢賣，多賺一點利錢，淡市的日子就減價去貨，少賺利錢。計算起來，還是有錢賺，此路行得通。大嫂、二哥都說他年紀輕輕就會做生意賺錢，為一家人的生計幫上忙，是個好孩子。

他做買賣雞蛋生意一段時期，也算順利，賺到錢買糧食，很高興。但是他想不到，不能長久做下去，因為人民政府的政策變了，不准人民自由做買賣討生活了。

新政策實行得很快，猶如夏天的驟雨說來就來，無法預測。那天他和往日一樣在市集上擺地攤賣雞蛋給顧客，有個中年人走到他的攤檔前面，問他的雞蛋哪裏來的？他抬頭望望那人，身穿解放裝，頭戴藍色鴨舌帽子，模樣似管理攤販的巡管。

陳繼持一怔，恐怕有麻煩，不好直言他的雞蛋是從鄉村農家那裏收購來的，這樣說：「我的雞蛋是我家的母雞生的。」

那人說：「你家養了多少隻母雞？」

陳繼持說：「不多。」

那人說：「不多？總有個數目啊。」

陳繼持遲疑一下，說十幾隻。那人說：「你家只養十幾隻母雞，哪來這麼多雞蛋？」

陳繼持說，他家的母雞天天都生蛋。那人說：「你家的母雞天天生蛋，一隻母雞一天生一隻蛋，你家養十幾隻母雞，一天只生十幾隻蛋，但是你兩隻籃子裝得滿滿，起碼有百幾隻蛋，你怎麼說？」

陳繼持一驚，想了想才說：「我等家裏的母雞生滿了兩籃子蛋才挑來這裏賣。」

那人不聽他的辯解，沒放過他：「我天天來這裏巡視，都見到你挑兩籃子雞蛋來賣，分明是你講大話！」

陳繼持頓時面紅耳赤，期期哎哎說不是說謊。

那人臉色一沉，大聲說：「你想辯白，去鎮政府說！」彎下腰提起兩隻裝滿雞蛋的籃子就走。

陳繼持不知道那人是不是鎮政府的巡管，不甘心白白被他拿去這麼多雞蛋，跟着他走。那人左右手都挽着裝滿了雞蛋的竹籃子，身子負重走得慢，繼持空手走得快，宛如跟蹤可疑的人物，尾隨着他走。

街道上人來人往，對他們都投以異樣的目光。繼持不理旁人怎麼想，他只擔心去到鎮政府時，那裏的幹部怎樣處置他。

鎮政府在城鎮西北邊，磚牆灰瓦，這間大屋，民國時期是鎮政府，解放後也是鎮政府。改朝換代了，鎮政府換了人掌權，新舊政府的政策不相同，鎮政府的官員處理民事自然不一樣了。

進入鎮政府，那個巡管模樣的中年人叫陳繼持等候，他挽着兩籃子雞蛋走入後面去了。陳繼持有點膽怯，在廳堂呆呆站立一句鐘，他見到裏面有人走動，但是沒有人理會他，也沒有人監視他，心想：若是他這時離開鎮政府，就不必被審查，安然回家。但是他只是買賣雞蛋，掙幾個錢買糧食，又不是犯甚麼大罪，怕他甚麼要逃走？那人拿他的雞蛋來鎮政府，說明他不是招遙撞騙的壞人，真的是鎮政府的工作同志，或許經過這裏的幹部調查，會發還他的雞蛋，放他回家。

陳繼持思前想後，決定留在鎮政府等候。他看看屋中的情況，大廳的牆壁上貼着五個人的頭像，他都認識，順序是：馬克斯、恩格斯、列寧、斯大林、毛澤東。五個人的頭像，四個是大鬍子高鼻樑深目的外國人，只有毛主席是中國最高領導人，怎麼他排列在最後？難道他被那四個外國人領導？

這時又有人被巡管帶入來，陳繼持看看他，是個上了年紀的粗黑漢子。他被巡管帶入的時候，一陣陣煙絲的氣味在空氣中迴盪。那個巡管叫他等候，兩手挽着兩個竹籃子走入後面去。

陳繼持從自己的遭遇，猜到眼前的黑漢子是賣煙絲被押入來的。他的神情平靜，絲毫沒有驚惶擔憂。他見到牆邊的冷板凳，一屁股坐下去，然後從衫袋拿出煙斗、煙絲，擦火柴吸煙。吸煙斗的時候，煙雲從他的鼻孔噴出，煙霧在空氣中飄盪。

他悠悠然吸着煙斗，神態淡定，恍惚不當入官府是一回事。陳繼持見他坐，有他這個「同道中人」了，也在他身邊坐下來。黑漢子見陳繼持是個大孩子，心緒不寧，面露惶恐，曉得他年紀小，未經人生歷練，有意安慰他，對他說：「做做小生意，又不是去偷去搶，怕他甚麼？舊社會，我種煙葉，切煙絲去賣，民國政府都不理我，不拉我，如今解放了，就不准我賣，這是人民政府的政策？」

陳繼持是民國時期出生的，那時他年幼無知，不懂得舊社會是個甚麼世界。不過，他知道他父親在本鎮開衣布舖子，自由做買賣，民國政府完全不理他，所以他能賺錢致富，買田置地，起大屋。他又知道箇丹青開藥材舖賣藥賺錢，開棺材舖賣棺材賺錢，民國政府都不理他。

黑漢子喜歡說話，沒甚麼顧忌。在談話中，陳繼持才知道他是中農。貧下中農是光榮的階級，他又是從國民黨時期走過來的老人，親身經歷了改朝換代，新舊政權交替，懂得是非曲直，說話層次分明，有理有據。陳繼持只靜靜地聽他講，自己的冤屈不敢向他吐露，淚水只向心裏流。

黑老頭問他犯了甚麼事被押到鎮政府來？陳繼持有點害怕，想講又不敢講，期期哎哎應付他。黑老頭見他是大孩子心怯，這樣說：「你我萍水相逢，頭一次見面，你擔心是正常的。我和你的年歲相差得遠，做你老爸卓卓有餘——人老精，鬼老靈，你心裏想甚麼我估得到。你是不是賣雞蛋又無合理解釋他押你入來的？」

陳繼持看過《三國演義》，驚異眼前的黑老頭像諸葛孔明那樣料事如神，點點頭承認他說對了。

黑老頭說：「你年紀輕，初出茅廬，被他人、貨押入來，不免害怕。但不必太擔心，就是走私漏稅，也是貨物充公，人不會有事。」

陳繼持就是擔心他的雞蛋會被沒有。他的本錢是他大嫂給他的，若然失去貨物，就血本無歸，怎樣向大嫂交代？他知道，大嫂的錢得來不易，「土改」運動時，那些貧僱農清算鬥爭她的時候，她的金銀首飾都交出去了，財物也交出去了，變成赤貧。她的錢都是她開糧油舖子的父親後來給她買糧食的。若然他的雞蛋被沒收了，連她辛苦攢下的錢也沒有了，今後怎樣生活啊。他想起父母慘死，大嫂在鬥爭場上被人扯下褲子羞辱，自己被那些貧僱農高高吊在樹椏上，不禁憤恨悲傷，哭泣流淚。

黑老頭見他哀傷落淚，說：「你是男子漢，男兒要堅強，流血不流淚。有甚麼艱難，就要冷靜想辦法去解決，化悲憤為力量，渡過難關，才有出頭之日。」

黑老頭的話有道理，但是他的家庭成份是中農，他不會感受到地主被鬥爭、被侮辱、被歧視的悲哀。所以他賣煙絲被押入鎮政府並不害怕，鎮政府的幹部會把他怎樣？

陳繼持說：「大叔，多謝你的教導，我不應該在公眾地方流淚。」

黑老頭說：「你知道就好。就是你的家庭成份不好，也不要讓人家看穿，不是能夠信任的人不要告訴他。」

陳繼持想：這個老頭真是火眼金睛，甚麼都給他看穿，他居然看得出我是地主仔。但是他並不歧視我，還鼓勵我，同情我，是個老好人。他說：「我怎樣稱呼你？」

黑老頭說：「我姓孔，孔子的孔，你叫我孔伯伯好嘞。」

陳繼持說：「你是孔子的後人？」

孔伯伯說：「孔子是春秋時代魯國人，至今二千幾年了，我怎敢跟孔聖人攀親？童年時我讀私塾，先生教我讀《論語》，後來又去縣城讀中學，上歷史課，才知道孔子是儒家思想奠基者。」

陳繼持說：「《論語》是孔子寫的？」

孔伯伯說：「孔子只教學，不寫作，《論語》只是他的弟子後來記下他的言行、學說，輯錄成書，才有《論語》流傳至今。」

陳繼持說：「孔伯伯，你有大學問，怎麼不去教書而種煙葉做煙絲？」

孔伯伯說：「我中學還未讀完，家中環境變壞，逼得停學回家耕田。不過，家道中落變窮了也有個好處，若不是，解放了，我們家也是地主，同你家一樣被清算鬥爭，那就慘哩。」

陳繼持敬重他，想跟他做朋友，問他是哪個村莊人氏，若有機會去探望他。但是有人從門口入來了，中斷他們談話。

入來的是鎮長，他看看坐在冷板凳上的一老一少，逕自往裏面走進入他的辦事處。鎮長姓毛，毛主席的毛。毛主席領導解放軍打敗國民黨幾百萬大軍，解放全中國人民，改朝換代，成立新中國。講起來，毛樹清也是受毛主席的大恩惠，沒有毛主席領導解放軍解放全中國，他做夢也不能做新中國白沙鎮的首任鎮長。

解放前，他家三代貧農，兄弟姐妹幾個，家中人口多，田地少，收穫到的穀糧不夠食，沒有辦法，他的父親將大姐賣給地主家作婢女，他的大哥去地主家中做長工，他本人去一間小學做校工。校工的職責是打掃校園、煮飯、煲茶給校長老師飲食。因為他天天在學校做工走動，見到人家的孩子有書讀，學知識，唱歌遊戲很快樂，而自己天天煲水做飯侍候校長老師，地位卑微，人有知識學問多好啊。他決定學認字寫字。校中有個小圖書館，他入去打掃整理圖書的時候，能接觸到書本，有機會認字，不懂得的字就問別的學童，晚上躲在房子裏在煤油燈下看書寫字，日子久了，也學到不少知識，能看書報，也能寫簡單的文件文章。

解放了，窮人翻身當家作主了，他根正苗紅，覺悟高，思想前進，被選拔去縣城開會學習，學到不少共產主義的新知識、新理論。學成歸來，當上了新中國白沙鎮的首任鎮長。

到了午時，毛樹清從裏面出來，走到廳堂，就坐在辦公桌前，神情嚴肅，仿如戲台上的審案的縣老爺。陳繼持認得他是以前白沙鎮小學的校工，那個繳他的雞蛋的巡管站在毛樹清鎮長旁邊。他叫陳繼持上前。陳繼持向孔伯伯點點頭，從硬板凳上站起來，走到前面的辦公桌旁邊站立，等待毛鎮長處置他。

毛鎮長問陳繼持的姓名、年齡、家庭成份、住址。陳繼持一一回答。毛鎮長問：

「你炒買炒賣雞蛋是不是？」

陳繼持在市集上被巡管人貨並獲，不容他否認。他只好答是。

毛鎮長說：「你從鄉村人家收購雞蛋，在鎮上市集販賣賺錢，是搞資本主義，是剝削勞動人民，知不知罪？」

陳繼持說：「我同我大嫂、二哥耕幾畝瘦田，收成到的穀糧不夠食，才去別的村莊收購雞蛋回鎮上賣，賺幾個錢買糧食。我賣雞蛋時雙方講好了價錢，我願賣，人家願買，公平交易，哪是剝削勞動人民？」

毛鎮長說：「你用幾分錢一隻收購人家的雞蛋，每隻一角錢賣出去，賺這麼多錢，不是剝削勞動人民是甚麼？」

陳繼持說：「我用一日時間去鄉村收購雞蛋，用一日時間在鎮上的市集賣，若是旺市，雞蛋全部賣出去，前後兩日才賺三四塊錢。若是爛市，我的雞蛋賣不出去，還會蝕本，計起數來，賺到的錢很少。我用勞力辛苦賺到少少錢，怎可以說剝削勞動人民？講起來，你每月都有薪水領食政府糧，比我買賣雞蛋賺幾個錢好得多。」

毛鎮長像被人捅了一下站起來，大聲說：「你個地主仔，如今解放了，你以為是舊社會？舊社會，你老爸在鎮上開衣布舖，平價入貨，貴價賣貨，剝削勞動人民，肥了自己，苦了人民！你也想學你老爸做資本家剝削勞動人民？發夢啦你！」

陳繼持怯怯地說：「我只是買賣幾隻雞蛋，賺幾錢買糧食，做不成資本家……」

毛鎮長冷笑說：「共產黨要打倒資本家！消滅資本家！不准你再做買賣，斬斷資本主義的尾巴！」

陳繼持被毛鎮長訓斥一頓，惶恐不安，仿如啞巴，有口難言。

毛鎮長又說：「地主仔，你炒買炒賣雞蛋，要搞資本主義？舊社會的資本主義一去不復啦。國家現時已經實行統購統銷政策，人民出產的糧食、養的豬、牛、羊、雞、鴨、雞蛋、鴨蛋都拿去賣給政府的收購站；人民若要購買的東西，就去供銷社買。你違反統購統銷政策，你知道要怎樣懲罰你？」

陳繼持當然不知道要怎樣懲罰他。坐監？沒收他的雞蛋？他怯怯地說：「鎮長，以後我再不敢做買賣雞蛋的生意了，可不可以發還那兩籃子雞蛋給我？」

毛鎮長瞪眼訓斥他：「你炒買炒賣雞蛋，是囤積居奇、投機倒耙，違反人民政府的統購統銷政策，是犯錯犯罪。按照政策，要充公你的雞蛋，還要你寫悔過書！」

陳繼持吃了一驚，暗暗叫苦，充公他的雞蛋也算了，怎樣寫悔過書呢？他驚惶失措地說：「我不會寫悔過書。」

毛鎮長擺着審判官的架勢說：「不會寫？我知道你讀過幾年書，是不是不願寫？」

陳繼持說：「以前我在小學讀過幾年書，只認識字，不會寫文章，也不會寫悔過書。」

毛鎮長想：陳繼持這小子可能會寫，或許不願寫，不管怎樣，都要他留下白紙黑字的悔過書，保證他以後不做投機倒把的事。他說：「你不會寫，我叫人幫你寫，寫好了，你簽名打指模總會吧？」

站在毛鎮長旁邊的小幹部，小學畢業又讀了三年初中，略通文墨，這種悔過書，無論犯過甚麼過錯的，都是大同小異，他看過不少，也替不會寫的人寫過。他聽毛樹清的指示，拿來紙筆，坐在枱邊伏案寫了半句鐘草稿，再用十多分鐘時間謄清，才交給陳繼持過目。

陳繼持從那小幹部手中接過寫着半頁紙的悔過書，墨水筆字寫得端正整齊。他看的時候，每個字都鏗鏘有力，像警鐘一般敲打着他的心胸——我陳繼持，是××縣白沙鎮人，現年十五歲，有氣力耕田了。但是思想有問題，不安份守己在鄉鎮種田，膽大妄為去各個村莊收購人家的雞蛋，在白沙鎮市集販賣賺錢，剝削勞動人民，違反國家的統購統銷政策，犯了投機倒把的大錯誤。經毛樹清鎮長的幫助和教導，才知道自己炒買炒賣雞蛋是搞資本主義，是害人害己的錯誤行為，要不得！我深刻檢討反省之後，決心割掉這條資本主義尾巴，回家腳踏實地種田，生產糧食過活，保證以後都不做炒買炒賣賺錢的事了。

陳繼持看看小幹部代他寫的悔過書，心想：這是強加於我的罪過，屈辱我，如果簽了名，打了手指模，以後都不能做小生意了。他遲疑着，不想簽名，但是毛樹清拍了一下枱，要他簽名。他拿着小幹部給他的墨水筆，手腕顫抖，在悔過書下面簽上自己的姓名，再印指模。

毛鎮長拿了他簽了名的悔過書，沒收了他的雞蛋，才下令釋放他。

陳繼持離開鎮政府的時候，看看四周，不見孔伯伯，不知道他哪裏去了。他懷念他，希望以後有機會再見到他。

回到家中，大嫂見他空手回來，說：「今日旺市好生意，連竹籃都賣了？」

陳繼持苦笑一下，強忍着眼淚，把自己今天在鎮上的遭遇告訴大嫂，說斷了做小買賣賺錢的門路了。

大嫂心中也難過，卻安慰他，說新中國的政策不准人民自由做生意了，就回來一齊種田過苦日子吧！

11

新中國的政策，猶如車輪子，滾滾向前轉動，快得令人眼花繚亂。「土改」政治運動過了不久，鄉鎮就成立「農業合作社」，繼而成立「初級社」，初級社很快又合併為「高級社」。民眾還未適應，又躍升為「人民公社」。

「土改」時分給貧僱農的田地，是他們的私產，如今鄉鎮成立人民公社了，無論富農、中農、貧僱農的田地都合併起來，他們的私產一下子又變成公產了。

「人民公社」是新中國鄉鎮的新組織，把中國從古至今的農耕方法作一番大革新。這樣的大變革，很多農民都不願意自家的田地合併為公有，想做「單幹戶」。

陶貴表面上擁護政府號召的人民公社集體制，內心只想自己耕種自家的田。土改時分給他那塊上好的肥水田，他只分得一半，另一半分給仇富，中間築起一道田埂相隔，當時他和仇富都很高興，以為這三畝多的半塊肥稻田永遠都是他們的了。但是他們只擁有五年多又要拿去合併成人民公社了，這不是人民政府變個方法收回他們的田地？

人民公社是集體制，社員一起耕種，那塊讓人垂涎的六畝多的肥稻田，中間的田埂又要掘掉鏟平，回復成一塊了。早知如此，當初何必辛苦在中間築起一道田埂分隔？

白沙鎮周邊的大小村莊十幾個，成為「白沙人民公社」，一個公社分為十幾個生產大隊，一個生產大隊又分為十個生產小隊，每個小隊都有一個生產隊長，帶領隊員下田耕種，收穫到的穀麥，按照各人的勞動「工分」多少分糧食。公社各個生產大隊設立食堂，社員收工了，都高高興興拿碗箸去食堂吃飯。

鄉鎮如此快速轉變，令人驚異，恍惚中國農民一下子就進入共產社會主義天堂。

人民公社是「總路線」的一環，中央政府號召人民搞大躍進，要人民公社大大地增加糧產。社員只依照傳統的老方法耕種，不能大大地增產。怎麼辦？公社的領導人就奉命去縣城開會學習新的耕種方法。甚麼是新的耕種方法？那些「農業專家」說：密集播種，密集插秧法。

他們的理論是：一粒種子，在泥土中發芽生長成一棵稻，一棵稻長出一串穗，一串穗三十粒穀計，就是一粒種子生出三十粒穀，即是三十倍。如此類推，比如一塊田播十斤穀種，收穫時就有三百斤穀。若是在同一塊田中播一百斤種子，收穫時就有三千斤穀，這不是大大增產嗎？

這只是從理論上計算，結果會怎樣？沒有人敢提出不同的意見，因為這個「密集播種法」是思想前進的革命理論家設想的，如果你說他是紙上談兵，不可行，他就會說你別有用心，想破壞大躍進的政策，不抓你去勞動改造，也要你接受群眾批鬥，變成牛鬼蛇神一類人物。大家都這樣想：自家的田地都合併歸人民公社了，增產了，社員按照各人勞動所得的「工分」去領糧食；減產了，也是按照你勞動所得的「工分」去領糧食，為甚麼要說出「密集播種」、「密集插秧」的方法不可行惹禍上身？上頭叫你一畝田播一百斤穀種就播一百斤，叫你一畝田播五百斤穀種就照他們的話做，明哲保身，等待看好戲就是了。

播穀種落田了，種子在泥土中發芽生長，因為禾苗太密集，沒有空間讓禾苗生長，禾苗密密麻麻擠在一起，陽光空氣不足，禾苗不但不能生長茁壯，反而軟弱無力，折腰倒下去枯萎。最糟糕的是，因為禾苗密密麻麻，人無法下田去除草施肥，雜草的生命力頑強，瘋狂地生長，喧賓奪主，侵佔了禾苗的空間、陽光、空氣，彼消此長，很快就只見雜草不見禾苗了。

怎麼辦？禾苗無法生長，長不出穀穗，沒有稻穀收穫，大家都沒有穀糧分，不是都沒有飯食？公社大隊的社員只好私下商議，好不好下田去拔掉大量的禾苗，騰出空間讓少量的禾苗有空間、陽光、空氣生長？

但是下田拔去大量的禾苗，等如破壞上頭頒佈的「密集播種法」，沒有依照密集播種法的理論去做，怎能大大地增加糧產？誰擔當得起破壞「密集播種法」的罪責？

在新中國的人民公社制度中，出產的穀糧不是社員的辛勞耕種得來的，是公社領導人口頭報上的數字所得，公社與公社之間作數字的競賽就可以了。甲公社的領導人說，他們的公社可以畝產糧食五百斤。乙公社的領導人說，他們的公社可以畝產一千斤。丙公社的領導人不甘示弱，說他們的公社可以畝產五千斤。丁公社的領導人更上一層樓，說他們的公社能畝產一萬斤。這些公社的領導人你來我去報上的數字一次比一次多，數字上的競賽高到可以畝產十萬斤。到了高峰期，公社的領導人不作數字競賽了，都說：人有多大膽，糧有多高產。全中國的人民公社都能完成或超額完成大躍進的最高指標，創造出古今中外畝產十幾萬斤糧食的奇蹟。

一畝田能產十幾萬斤糧？白沙公社這麼多稻田，出產的稻穀多少個十幾萬斤？堆起來不是像一座大山那樣高？堆積如大山的稻穀每個社員能分到多少萬斤？真的是「人有多大膽、田有多高產」嗎？若然是，新中國的人民真的是膽大包天啊！

這樣驚人的高產的消息一傳出去，各地的公社都派人來白沙公社參觀取經。這時社員們都緊張起來，人家來參觀，虛報作大糧產的事不是要暴露在人家眼前？

毛樹清是白沙鎮的鎮長，又兼任白沙公社的最高領導人。這樣空前絕後的畝產糧食十幾萬斤的數字是他報上去的，他怎樣向來參觀的人說？他想不出辦法交代，他假謙虛地說：一個計短、二人計長，叫社員出謀獻策，他又補充說，能想出應付辦法的，重重有賞。

一時之間，大家都想不出好的辦法，稍後仇富説，她想到了，問毛清她的辦法可不可行？毛樹清聽了，說她的辦法是天才發明，號令大家馬上去做。

白沙公社的人多，人多好辦事。有人去番薯地挖番薯，把挖到大量的番薯都搬到一塊田裏，堆積在田上，把田裏的泥土都蓋過了；有人去別的田裏摘玉米，把摘到的大量玉米都搬一塊田裏，綁在玉米株上；有人去稻田中割禾打穀，把所有的稻穀都挑一塊稻田裏，稻穀堆滿整塊田，像小山那樣高。

一切都做好了，外縣外鄉的人民公社的代表來白沙公社參觀，見到白沙公社的「衛星田」如此高產糧，都眼界大開，嘆為觀止。那些站在田邊參觀的人，交頭接耳低聲說，雖然有人懷疑這種事是弄虛作假，卻不敢說出來。與此同時，專區的電台、報社也有記者來拍照採訪，只好作表面的報道。

專區電台、報社的報道，消息如雷貫耳，本省外省的報紙都有大篇幅的圖文並茂轉載，白沙人民公社的名聲頓時傳遍全中國，中央的領導人都知道。

新中國的人民具有如此大的潛力，能夠發出這樣驚天動地的力量，真的令中國人振奮，歐美國家的人惶恐。人民政府搞大躍進，要五年超英（國）十年趕美（國），看來並非難事。與此同時，中央人民政府又頒布另一政策，號召各省各縣的地方幹部動員人民搞「土法煉鋼」。

怎樣做才是「土法煉鋼」？洋法、土法煉鋼，白沙鎮的人民都沒有人懂得煉，上頭又沒有派煉鋼技術人員來指導——這回令他們為難了。搞畝產十幾萬斤糧的「衛星田」，他們做到了，已經成為樣板，也成為全國模範人民公社了。如今他們對「土法煉鋼」一竅不通，怎麼辦？

「土法煉鋼」怎樣煉是一大難題，又是辛苦的勞作。陳繼持是地主仔，又做過炒買炒賣雞蛋的反動行為，生產大隊的黨支書就派他上山和別人一起做「土法煉鋼」，若然他在煉鋼場上犯錯，就有他好看的！

那時中國各地都流傳一本叫《鋼鐵是怎樣煉成的》的書，陳繼持原先只在公社的生產隊種田，不必煉鋼，沒找來看。如今他們大隊的黨支書要他去煉鋼，他才向別人打聽在甚麼地方才可以得到這本書。他問過幾個人都是這樣回答他：不知道。後來他從一位小學教師口中得到模稜兩可的回答：縣城的新華書店可能有。

陳繼持懷着一點希望，向生產大隊長告一天假，生產大隊長當然要審查他，問他何故告假。他說：大隊的黨支書要他上山參加煉鋼，他要去縣城的新華書店買一本關於煉鋼的書。生產大隊長考慮一下，才准許他告一天假。

他很高興，因為這是難得的機會。從白沙鎮至縣城沒有公路通車，他只能徒步去。到達縣城向途人打聽新華書店的所在地。到了新華書店，他在書架前面瀏覽尋找，木架上的書有《資本論》、《馬克斯與思格斯的友誼》、《駱駝祥子》、《毛澤東選集》、《吶喊》等等。他對這些書沒有興趣，瀏覽一下就離開。書店裏幾個木書架，他花了很多時間尋找，其中的書架上有一本書脊向入，他伸手拿下來一看，竟然是他要尋找的書。他十分高興，仿如得到心愛的寶物。他看看書背面的訂價並不貴，買得起，隨即去服務台付款，買了這本書徒步回家，一有時間就看。

黃昏時分，生產隊員下工了，他和大嫂、二哥從田野回到家中，食了晚飯，洗臉洗身之後，點亮煤油燈，在蚊子嗡嗡飛舞中拿着書本閱讀。全神貫注看了幾頁，才知道這本書不是講煉鋼鐵的，而是一本故事書。他看這部書學不到煉鋼鐵的知識，並不懊喪、失望，有機會看故事書也是好的。一頁頁看下去，感覺很有趣味性，愈往下看愈有意思。白天在田間勞動了一日，下工了已經疲累了，每個晚上他還在家中對着微弱的油燈閱讀，花了幾個晚上的時間，在蚊子的叮咬下讀到深夜才讀完全書。

讀畢全書，掩卷之時，意猶未盡，又讀了附錄在書末的作者生平簡介。本書的作者是俄國烏克蘭的尼・奥斯特洛夫斯基，這部小說的主角保爾・柯察金基本上是作者自己的寫照，可以說是他的自傳式小說。主角保爾・柯察金是工人家庭的兒子，他在貧困的環境中長大，十二歲就在社會上做工掙錢幫補家計，受資本家的欺壓剝削，吃了不少苦頭。後來他覺悟了，投身革命，加入革命黨的紅軍，與沙皇的軍隊作戰，在嚴寒冰天雪地的戰場上拚命衝鋒陷陣中受槍傷，而且因為傷患導致雙目失明變成瞎子。但是他的人生目標明確，有崇高的革命理想，而且他的意志無比堅強，革命的熱情如熊熊烈火，並不因雙目失明而消極氣餒，反而激發他的人生鬥志，在極其艱難的環境中苦練自學，最終還在為盲人而設計的紙板上寫成一部四百多頁的自傳體小說。

他在這部小說中，寫下令陳繼持永不忘懷的語句——人最寶貴的是生命；生命屬於人只有一次，人的生命應該這樣渡過：當他回憶往事的時候，不會為虛度年華而悔恨，也不會因碌碌無為而羞愧，在臨終的時候，他必須這樣說：我的整個生命和全部精力，都已經奉獻給最壯麗的事業……

主角保爾•柯察金的堅強鬥志和生平奮鬥的事跡，令陳繼持感動不已。他暗暗下決心終生學習奮鬥，盼望有出頭成功之日。

讀了《鋼鐵是怎樣煉成的》，他學不到煉鋼鐵的知識，卻學懂了甚麼樣形式的書是文學小說，這是他花時間讀了這部書的最大得益。反正煉鋼又不是他主持，去到煉鋼場時，那裏的領導人要他怎樣做就怎樣做，煉不煉得成鋼不必他負責任，他照煉鋼場的負責人的指示做就可以了。

* * *

陳繼持到達的煉鋼場，位處距離白沙鎮不遠的山坡上。山坡上已經蓋搭着幾排茅草房子，前排幾間是煉鋼場領導人的辦事處，近河邊那間大屋是廚房兼飯堂，後面幾排長長的茅屋，是參加煉鋼人員的宿舍。山坡那邊，幾個像磚瓦窰的爐子，有的已經起好了，有的正在施工建造。陽光下，工地上有人挖土弄泥漿，有人在搬磚頭砌煉鋼爐，人聲、挖土聲、打磚聲響成一片，塵土飛揚。

他見到辦事處門口的招牌，走入屋。主管這個煉鋼場的是個中年女人，她的頭髮又直又短，髮腳剛好蓋着兩耳，沒紮辮子，只在耳邊插着髮夾子夾着短髮。她的皮膚黝黑粗糙，神情嚴肅略帶剛強。她身邊的中年男人，拿着茶杯喝茶，他見陳繼持入屋，問他甚麼事？

陳繼持說，是來煉鋼場報到的，接着從衫袋拿出公社出的證明書給他看。中年人在人事簿上記下他的資料，收了他的證明文件，才編排宿舍的牀位、飯票號碼紙咭給他，帶他去後面的茅草房宿舍，指點牀位位置給他，說晚上收工後就睡在××號牀位。

這時已到中午，煉鋼人員從山頭那邊回來食午飯，大家一窩蜂向飯堂門口走去。陳繼持手上有了編號的飯票了，馬上加入人群去飯堂取飯。

當天早上，他在家中辭別大嫂、二哥，出門上路，翻山越嶺，徒步來到煉鋼場。這時又餓又渴，走入飯堂就在木桶裏舀一碗水飲了，才去前面排隊領飯。

飯堂裏頭架着大爐灶，廚師從大鐵鑊中把蒸熟的白米飯一盅盅拿出來，放在前面的枱板上。另一個男人上身赤裸，肩膊上搭着一條染滿汗跡的毛巾。排隊的人交上飯票號碼的票子，廚師才拿起飯盅遞給他。蒸飯的瓷盅，下面是白米飯，飯面上有少少肉絲夾着白菜，熱氣騰騰，溢出飯香。早領到飯的人，在裏面的長枱坐下來食。遲到的人沒有位坐，拿着飯盅、湯匙去外面的草地上食。

陳繼持頭一次食到這種瓷盅蒸飯，因為太餓，饑腸轆轆，感覺比甚麼東西都好吃。食光了瓷盅的飯菜，舔舔嘴，還想食，但是每人限定一盅飯，不理你飽不飽也沒有飯可添了。他在自己的公社，初時也有「大鑊飯」食，但是公社的飯堂像曇花一現，很快就沒有米落鑊停辦了，沒有「大鑊飯」給社員食，連番薯雜糧都食不飽，經常在半饑半飽的情況下落田勞作。而今他剛剛到達煉鋼場，還未上山勞動就有飯食，不是很好？

每個瓷盅的飯菜份量都一樣，沒多也沒少，飯量小的人食得飽；飯量大的人食光了也不飽。陳繼持年青力壯，氣力大，飯量也大，一瓷盅飯填不飽肚，那是他的，沒人虧待他，怨不得人。如果是「大鑊飯」任他去盛，他必然狼吞虎嚥，食完一碗又去盛，會食多過別人。

在自己的人民公社，社員集體耕種，按照自己勞動所得的「工分」多少分糧，多勞多得，若然不天天出工勞動掙「工分」就沒有糧分給你，等着捱餓。大隊黨支書派他來煉鋼場中勞作，每天早晚兩餐都可以領取一瓷盅飯食。有白米飯裹腹，還有甚麼苛求？

陳繼持奉着瓷盅邊食飯邊想：這些白米飯是哪個政府部門供給的？這個煉鋼場是哪個政府部門開辦的？中央人民政府號召群眾搞土法煉鋼，當然是當地政府開辦的了。參加煉鋼的人，無論是城鎮居民還是公社來的農民，都沒有工資拿，辛苦一天的報酬只是早晚一瓷盅飯，煉出來的鋼鐵都要交給政府，屬國家所有。

目前的土爐還未燒火煉鋼，這個煉鋼場一天能夠煉出多少鋼鐵還不知道。

大家食完午飯，歇息一陣，恢復體力了，就成群結隊上山勞作。陳繼持一組人，分配去挖礦石。他頭一日到來，未曾挖過礦石，不知道怎樣做。好在不是他一人單獨去做，而是大家一起做，人家怎樣做，他照樣做就可以了。

茅草棚那邊的工具房，有鋤頭、鐵鏟、扁擔、籮筐，人家去取這些工具，他也跟着去取。大家扛着鋤頭、鐵鏟、籮筐等工具，就拉隊上山去，人家先前在山上挖過礦石，知道山上甚麼地方有得挖，跟着他們走就是了。

這裏是丘陵地帶，沒有崇山峻嶺，山崗上都是花草樹木，砍下樹木劈碎作煉鋼燃料，往下挖掘時，都是黃土，沒有石頭。大家挖開泥土尋找石子，陳繼持也是這樣做。

陳繼持揮着鋤頭掘開黃土，偶然鋤頭碰着硬物，發出咣啷的響聲，他就曉得鋤頭碰到礦石了。他放下鋤頭，蹲下來，徒手撥開泥土，見到石子，撿起來，放入籮筐中，再站起來，揮鋤挖黃土。

揮鋤頭挖掘泥土並不難，也不感覺艱苦。他在城鎮出生長大，拿鋤頭翻土種菜、種豆、種番薯是尋常事，跟揮鋤挖黃土撿礦石沒太大分別。在自己公社的生產隊耕種，沒有飯填飽肚子都是這樣勞作，而今在煉鋼場勞作有飯食，好得多了。

挖開山崗上的泥土，都是大大小小的樹根，樹木的根深入泥土中。他們掘斷了樹根，扔到上面去，再在泥土中尋找礦石。

大家勞作到黃昏，太陽下山了，山上幽暗，視野模糊，看不清楚東西了，大家才停止工作。有人挖到一籮筐礦石，有人只挖到半籮筐。不過，挖到多少都不要緊，又不是多勞多得，挖到多無獎賞，挖得少也不會受懲罰，一早做到晚，為的是早晚有一盜盅飯菜裹腹。

陳繼持頭一日就挖到滿滿一籮筐礦石，有百多斤重，他分一些給挖得少的女人，讓她挑回煉鋼場，自己也減輕負荷。大家把礦石倒在煉鋼爐旁邊，堆在一起，就爭先恐後去飯堂門口排隊領飯。

有了礦石，開始燒煉鋼爐煉鋼。山坡上有兩個土高爐已經起好了。高爐外面架着木架子，有人在爐口用柴枝燒火，爐中火光熊熊，爐頂的煙囪噴着黑煙。有人爬上木架上，用竹箕裝着礦石，從上面的孔口倒入爐中去，因為煉爐燒熱了，溫度高，上面的人只倒了幾竹箕礦石，熱到抵受不了，從木架上像滾雪球似的滾落地，另一個人爬上木架上接力倒。幾個人輪流接力倒了百多竹箕礦石，差不多倒夠了，才停止再倒。

下面爐口燒柴火的人，因為煉爐太熱，只好換人接力燒，輪流歇息。人可以停手，爐火日夜都不能停頓。爐火熊熊燒了三日三夜，都沒有鐵漿流出來。大家都疑惑，旺盛的爐火日以繼夜燒了這麼久，爐中的礦石為甚麼還不熔？還要燒多久才熔？繼續燒還是停火讓土爐冷卻了，看看爐中的情況怎樣才想辦法再做？大家都沒有煉過鋼鐵，又沒有煉鋼技術人員在這裏指導，一切都要大家去嘗試、摸索、觀察才知道情況，再作應付。

過了三日三夜，煉爐冷卻了，大家都心急，想快些知道何故燒了這麼久都燒不出鐵漿來，要揭開這個神秘的謎底。

首先扒開煉爐口的炭灰，向裏面望，但是看不到裏面的礦石燒成怎樣。有人爬上爐頂，從孔口向裏頭看，才看到那些礦石燒成白色，原來那些石子都燒成白灰了。

煉鋼場中的群眾，其中有人曾經在鄉間砌土爐，在山上挖石頭放入火爐，用柴火燒了一日一夜，爐中的石頭就變成一塊塊石灰了。因此，煉鋼場中有人認為在山上挖到的石子不是礦石，放入煉爐中去燒，當然燒不出鐵漿了。

真相弄清楚了，謎底揭開了，因為是煉鋼場的領導人指示大家這樣做的，沒有人敢講出他們犯的錯誤，只是白做一場，消耗了不少人力物力。

從山上挖出來的石子不是鐵礦，去哪裏挖掘才有鐵礦？據說鐵礦是在鐵礦山開採的，歸國營鋼鐵廠所有，中央人民政府號召人民用「土法煉鋼」，又沒有派煉鋼技師來鄉鎮的煉鋼場指導，沒有供給鐵礦石，怎麼辦？難道停手不幹了？

當然不能半途而廢，不能違反人民政府的「土法煉鋼」政策，正在進退兩難的時候，煉鋼場上的領導人想出一個好的辦法，指示大家去民居拿他們家中鐵犁、鐵耙、鐵鏟、鐵鍋、門較、鐵鎖，撬民居窗戶上的鐵欄、鐵門閘扛回煉鋼場燒煉。

有民居的人不甘家中的鐵器物品被拿走，站出來抗爭：「你們拿走我家的犁、耙、鋤、鏟，我們用甚麼工具去翻土種田？」答曰：「我們是奉領導人的指示做，拿你家的農具去煉鋼鐵，煉出鋼鐵了，製造拖拉機給你們翻土耕田，有了這樣先進的機器耕田，還要這些落後的犁耙做甚麼？」

又有人問：「你們拿走我家的鐵鑊，我們用甚麼東西煮飯？」答曰：「沒有鐵鍋煮飯，就用瓦鍋煮。」

有人又問：「你們撬去我家的鐵門較、鐵門鎖、鐵窗框，有賊佬入來偷竊怎麼辦？」答曰：「如今是社會主義，天下太平，心心向太陽，沒有盜賊了，還怕甚麼？」

有些根正苗紅的貧儂農不甘損失，再抗爭，就得到煉鋼人員這樣的回敬：中央人民政府號召群眾搞土法煉鋼，你不讓我們拿去你家的鐵器去煉鋼，就是反對毛主席、共產黨頒布下來的土法煉鋼政策，難道你要破壞人民政府的政策做反革命？」

大家都知道，人民一旦成為反革命，不被批鬥、坐牢、槍斃，也要被捉去勞改場勞動改造。誰還敢抗爭找死？所以都忍氣吞聲讓家中所有的鐵器眼睜睜被煉鋼人員拿走。

煉鋼爐停火了，這是不行的，因為「土法煉鋼」一上馬，就要搞得轟轟烈烈、有聲有色、熱火朝天，不能停頓。有人在山邊的地洞投下石子，用柴火去燒，燒到火光沖天，保持煉鋼場的煙火不斷。雖然這樣做也燒不出鐵漿來，也能保持煉鋼場的煙火不絕，顯示大家都在不停地煉鋼。

山上的樹木砍下來了，挖礦石時挖出來的樹根堆在一起，燃料早就準備好了，現時大家在各地民居得來的各種鐵器扛回煉鋼場了，還怕煉不出鋼鐵來？

先前燒成石灰的煉鋼爐扒出白灰，清理好爐中的殘餘物體，把鐵犁、鐵耙、鐵鏟、鐵鍋、鐵鎖等等鐵器掉入煉鋼爐中，點燃柴火去燒。這回只燒了十多個鐘頭，就有鐵漿從爐口流出來了。從爐口流出來的鐵漿紅紅的，仿如紅蛇一般爬行在沙土上，過了片刻，鐵漿冷卻了，變成鉛塊一樣的色澤。

拿民居的鐵犁、鐵鍋等用具燒出來的鋼鐵，有人真高興，有人假高興，無論他們的想法是真還是假的高興，都拍掌歡呼土法煉鋼成功了！最高興又自豪的當然是煉鋼場的領導人，他們可以向上頭報告，他們主持的煉鋼場每天能夠煉出鋼鐵若干噸了。

那位圓臉短髮的女領導，她一知道燒出鋼鐵了，馬上從辦事處走到煉鋼爐邊視察，拍掌向大家祝賀「土法煉鋼」的偉大成功。

但是從民居拿來的各種鐵器不多久就燒完了，沒有鐵器可燒了，怎麼辦？煉鋼場的領導人絕頂聰明，頭腦靈活，又想出另一個辦法，派人去寺廟拿和尚的鐵禪杖、練武的兵器、大銅鐘、鐵香爐、寺門的鐵環……

小和尚正在打掃庭院，見這麼多人來破壞掠奪，站出來保衛、抗爭，爭奪之聲驚動了正在禪房打坐靜修的老和尚。老和尚雖然不問世事，與人無爭，但是他不是不食人間煙火，他知道共產黨人是無神論者，他們要的東西，不理是民居還是寺廟，他們都要拿走，不容你不給。他從禪房出來，合什對小和尚說：「阿彌陀佛，善哉善哉，不得無禮，讓他們拿去吧。」小和尚說：「他們拿去廟中的兵器，我們用甚麼練武功？」老和尚說：「沒有兵器，就練拳腳，練太極，練棍棒。」

沒有兵器，練拳腳也可以強身健體，不一定要耍刀舞劍。小和尚說：「師父，他們抬走廟裏的大銅鐘，早上沒有鐘敲，不知道醒來做功課。」

老和尚躬着身，俯首低眉，雙手合什說：「只要心中有佛，心中有鐘，自然知道何時醒來做功課。」

陳繼持平時勞動慣了，有氣有力，他和別人一起去寺廟搬鐵器。

寺廟中的鐵禪杖、刀、槍、劍、大銅鐘、鐵香爐、鐵門環、金身佛像，用大板車搬回來了，鄉村祠堂的鐵香爐、鐵窗框、鐵門環也搬回來了，煉鋼場又有鐵器燒鋼了。

那位圓臉短髮的女領導見機不可失，在煉鋼爐旁邊指揮大家煉鋼。她叫煉鋼人員在爐口外面撥沙做成一個模型，等待煉爐中的鐵器燒熔了，鐵漿流出來流到孔口了，沿着沙坑流入模型的筆劃中，紅紅的鐵漿冷卻凝固了，就是「大跃进」三個大鐵字。

煉鐵人員在那位女領導的指示下，把「大跃进」三個大鐵字搬上一架牛車中，在大鐵字掛上五星紅旗，插上紅花，一頭大黃牛在前面拉車，後面的人敲鑼打鼓送去縣城。到達縣政府門前，人群站在那裏看熱鬧，歡呼聲彼起此落，祝賀「土法煉鋼」取得偉大成功。

白沙鎮的煉鋼場煉出「大跃进」三個簡體大鐵字，那位圓臉短髮的女領導沾沾自喜，以為是她的天才創作。但是她想不到，別處的煉鋼場卻用牛車送來一個更高更大的鐵漿「忠」字。「忠」字兩邊還有一副紅紙黑字的對聯貼在兩塊長條木板上。上聯：戰天鬥地創造佳蹟，下聯：多快好省超英趕美。

在眾多的鐵漿字中，經評判選出「忠」第一名，獲得縣政府的最高讚譽。白沙鎮煉鋼場煉出的「大跃进」三個字也好，不及「忠」字的意義大，屈居第二名。事後他們檢討推敲，覺得還是人家的「忠」字好。「忠」，是忠於毛主席、忠於共產黨、忠於人民政府。

大家都知道，這些參加比賽的鐵漿「忠」字、「大跃进」鐵漿字，都是民居、寺廟、祠堂拿來的鐵器燒出來的。但是這些鐵香爐、鐵兵器、鐵農具燒完了，那裏還有得拿？煉鋼場與煉鋼場之間，又像搞「衛星田」那樣作數字競賽了。甲煉鋼場自稱他們每日能煉出鋼鐵十噸。乙煉鋼場不甘示弱，自稱他們每日能煉出鋼鐵一百噸。丙煉鋼場突飛猛進，自稱他們的煉鋼場每日能煉出鋼鐵一千噸。

陳繼持心想：新中國的國土這麼廣闊，煉鋼場千千萬萬個，每個煉鋼場每日都能煉出鋼鐵百噸、千噸，加起來每日不是千萬噸、萬萬噸？一年煉出來的鋼鐵不是天文數字？如此驚人的鋼鐵產量，何須五年超英十年趕美？英國美國不是要向中國人民政府學習「土法煉鋼」？

中國人民搞大煉鋼、大躍進，文化文學也要大躍進。陳有的覺悟最高，思想最前進，她在心中想了很久，斟酌推敲，作了一首令人稱頌的詩，貼在牆壁上，讓人看：

我的身體為何咁溫暖？
因為地上有個紅太陽。
天上的太陽太遠啊，
不及地上的太陽暖我心。

陳有作的詩一傳出去，白沙鎮的群眾都挖空心思學習作詩。有人想到的詩句寫在紙上，有人邊勞動邊吟誦，一時之間，認不認識字的男人女人都成了詩人。

陶貴不願陳有尊美，他在心中想了很多天想好一首詩，但是他不會寫字，只在口中念道：

毛主席講過人多好辦事，
大家都要多生仔。
子女哪裏來？
老婆都要攬着老公睡。
只要男人勤打種，
不怕女人不大肚。
我無老婆睡，
女人要我打種快快來！

白沙鎮有個不識字而喜歡唱國歌的老頭，他頗有作詩的頭腦，因為不識字，只在口中高唱，讓別人代筆寫出來——

抱着敵人的老婆，
前進、前進，進！
抱着敵人的老婆，

我進，我進，進！

白沙鎮算簡丹青最有學問，他除了熟讀醫藥書籍，還會背誦《詩經》，會背誦唐詩三百首，會做舊體詩，也會寫對聯。但是他寫不出大躍進時代的新詩，他做不成新時代的詩人。

12

煉鋼場忽然停頓不煉鋼了，陳繼持感覺驚異又彷徨。去年人民政府大張旗鼓發動全國人民搞「土法煉鋼」，公社大隊的黨支書派他加入煉鋼大軍煉鋼，在煉鋼場勞作有飯食，解決了食飯問題。如今不知道甚麼原因煉鋼場忽然停頓了，他又沒有別的可以掙飯食的工作做，事情如此，他只能回公社的生產隊種田了。

徒步回到家中，大嫂、二哥告訴他，早前公社改變了傳統的農耕方法，取用「密集插秧法」，禾苗密密麻麻，缺乏空間、陽光、空氣、雜草生產得快，蓋過禾苗，不能生長茁壯，長不出穗，沒有稻穀收穫，社員沒有糧食分，沒有飯食，都變成饑民。

這樣搞亂農耕方法造成饑荒，是誰的錯失？誰應該負責任？人民政府說，是「自然災害」。自然災害是天災，要怨就怨天吧！

饑荒之事，各個朝代都有發生，不是新中國才出現。不同的是，以前的饑荒，只是一個省或兩個省，是局部的。新中國發生的饑荒，遍級全國大地，無一地方倖免，饑民身體漸漸瘦弱，面黃肌瘦，缺乏氣力。但是他們的頭腦靈活，會變通——沒有米糧吃雜糧；沒有瓜菜吃野菜；沒有番薯吃薯葉；沒有草葉吃草根；沒有香蕉吃蕉樹；沒有樹葉吃樹皮——凡是可以裹腹的東西都吃。

「土改」運動時，陳家的家庭成分是地主，他們的家財田地都被沒收，家中的牲口和糧食都被貧僱農拿去分了。那時不是天災，只有陳家幾人沒有米糧吃。他們只好上山摘野果野菜充饑活命。如今是「自然災害」歲月，無論是甚麼階級都沒有飯食，已經翻身當家作主的窮人也要上山摘野果野葉之類裹腹。

不過，情況並不相同，那時白沙鎮只有陳家幾人去山野尋找食物，如今鄉鎮的人都去田野山上尋找能充饑的東西，饑民多了，人多爭食，處境比他們當年困難得多。

饑民沒有糧食填飽肚子，缺乏營養，個個都餓到皮黃肌瘦，有的皮肉浮腫，老弱者餓到走不動了，奄奄一息，到了死亡邊緣。有人不願坐以待斃，各出其謀，大膽的去偷去搶，膽小善良的去城市乞討。城市中有些人見到這些皮黃肌瘦的飢民，起了同情心，但是他們的糧食由市人民政府配給，每人每月只配給三十斤米（不是公斤）他們都不夠食，在半饑半飽的情況下過日子，當然沒有食物可以施捨給饑民。

「自然災害」時期，在白沙鎮中，陳家大小幾人的生存比別人更加困難，他們餓到皮肉浮腫，快將死亡。簡丹青是中醫師，他在《本草綱目》中學到不少藥物知識，他教陳繼世、陳繼持兄弟去樹林中割剝樹皮，在自己的家門地上曬乾，放入石舂中搗爛成粉沫，用水煮熟了像製作豆腐一樣沉澱，凝固了切成碎片當糕餅吃。

這種用樹皮製作「糕餅」的方法，很快就傳揚出去，饑民有樣學樣，大家都去樹林割剝樹皮製作「糕餅」吃。但是樹皮有限，饑民的需求無窮，他們男男女女，仿如漫山遍野的蝗蟲食青苗，大樹小樹的樹皮都被剝光了，棵棵都變成無皮樹。樹木沒有皮就無法生長，漸漸枯毀倒下去，變成廢柴。

沒有樹皮製作「糕餅」了，有人去野外的低窪地方捉田雞（青蛙）捉田鼠，有人去白沙河捉魚摸蝦回家煮熟吃。但是饑民天天都去捉，這些小動物生長沒那麼快，大的捉完了捉小的，大小動物都被饑民吃入肚中。

青蛙是兩棲動物，入水能游出水能跳，跳得又快又遠，不輕易被人捉到。山野低窪的地方倒有很多癩蛤蟆，牠們的樣子醜怪，而且身體含有毒素，沒有人敢吃，恐怕吃了牠會中毒身亡，比餓死更悲慘。

簡丹青讀過不少古文古書，也讀過不少新書、醫學書，學問淵博，曉得癩蛤蟆的學名叫蟾蜍，蟾蜍可以入藥，和別的藥材一起煎，醫好不少病人，為何不可吃？河豚的身體也有毒素，因為牠的肉質鮮美可口，很多人都喜歡吃。問題是，宰殺牠們的時候，曉得除掉牠身上有毒的部份，煮熟了就可以大享口福。同樣道理，癩蛤蟆的皮層和頭部的「噴泉」才含有毒素，宰殺牠們的時候，去除牠醜樣的皮層、頭顱，吃牠的肉不必怕，而且牠的肉蛋白質高，營養豐富，補氣補血，對饑餓者大有好處，吃得愈多愈能保命。

凡是含有毒素的動物，用火烹煮，牠的毒素也會消失。火是遠古人類一大發明，燧人氏鑽木取火，獵到的野獸，把牠血腥的肉烤熟了吃，又香又爽脆，大快朵頤，好吃過癮。禽獸至今都是茹毛飲血，都是生吞活吃。世上只有人類才懂得用火烹煮食物，把難吃的東西烹調到香味四溢的食物，大飽口腹，有益身體，保持健康。

簡丹青和陳民利是好朋友，陳簡兩家又是親戚，彼此的感情一直以來都很好，互相幫忙。他們的家庭成分都是地主，同一階級，同病相憐，能體會對方的苦難。他叫陳繼世、陳繼持去捉癩蛤蟆，暗中教他們除掉癩蛤蟆的皮層和頭顱，煮熟了就可以吃，不會中毒，反而吃了對身體有益。

陳家大小幾人吃了癩蛤蟆，他們的皮肉漸漸消腫了，面部有了血色，康復體能。有人知道他們去捉癩蛤蟆吃了沒中毒，也去捉來煮熟吃。但是有人吃癩蛤蟆中毒身亡，大家都感覺奇怪，怎麼陳家的人吃了沒事，別人吃了喪命？難道陳家幾人的身體能抗毒？他們是地主，是階級敵人，必須去審問他們！

仇富的兒子吃癩蛤蟆中毒死了，她哀傷又憤怒，兒子的屍體還未埋葬，她就和她老公去陳家興師問罪。他們走入陳家，陳繼持和二哥正想出門去外面尋找食物，仇富指罵他們，大聲說：「地主仔，我問你，你們食癩蛤蟆沒有中毒死，怎麼我兒子食了會死？！」

地主是二十世紀中期的賤民，如同罪人，面目無光抬不起頭做人。陳繼持一聽到「地主仔」這個詞，心怯又惱怒，他說：「你兒子食癩蛤蟆死了，關我甚麼事？」

仇富說：「怎麼你們食了沒有死？」

陳繼持說：「我們的命硬，食甚麼都死不了。」

仇富說：「命硬抗得了毒？一定是你除掉癩蛤蟆身上的毒，你怎樣煮牠食？」

陳繼持說：「我們太饑餓了，連皮帶肉一齊煮熟食。」

陳繼世明白小弟是故意說氣話，恐怕會惹來更大的麻煩，正想糾正時，仇富搶着說：「聽人講，癩蛤蟆的毒在皮上，你們怎會連皮帶肉一齊食？分明是你在耍陰謀詭計，想毒死群眾！你再不講真話，就開群眾大會鬥爭你！」

陳繼世要為小弟解圍，這樣說：「癩蛤蟆是我劏了煮熟給他食，他不知道我已經剝了皮，才這樣說，不是有心騙你。」

* * *

陶貴是民兵隊長，出入肩膊上都掛着長槍。這天他在山邊巡邏，發現叢林中有個紙盒子，他彎腰看看，紙盒上面寫着六個黑字標語。但是他不認識字，不曉得這六個字是甚麼意思。紙盒子是用防水油紙包裝，脹鼓鼓，裏面似乎裝滿了物品。他想，是甚麼東西？好不好食？

他的肚子空空，饑腸轆轆，他想，盒子裏最好是食物。他拿起草地上的紙盒子，撕扯掉包裝紙，打開一看，滿盒子都是麥餅！他拿起一個就往嘴裏送，大口咬嚼，又甜又香。一連食了幾個，肚子半飽了，才想問題：這樣的大饑荒，大家都餓到半死，誰有麥餅放在山邊草地上？難道是天帝可憐地上的饑民從天上掉下來的？

食了幾個麥餅，紙盒還有幾個，他抓起來放入衫袋中，想留下來給老母食。

他食了幾個香噴噴的麥餅，身子活泛了，精神振奮，邁着大步向山上走。進入樹林時，見到一個女人拿着鐮刀彎腰割野菜。她年輕漂亮，他認得她是吳玉卿。

吳玉卿是陳繼祖的妻子，她嫁給陳繼祖不過個多月，他就留下她去省城讀大學了，至今將近十年了，未回過白沙鎮，她帶着一個小兒子在家過苦日子，猶如守活寡。現時她不過三十歲，豐胸細胞肥臀，平時她在街道上行走的時候，腰肢柔軟，肥臀扭動，很有成熟女性的誘惑力。陶貴暗暗跟着她走，觀賞她美妙的身子，走路的美態，目送她入家門才離去。

如今是饑荒歲月，大家都沒有飯食，她當然餓到發昏。陶貴悄悄走到她身邊，她嚇了一跳，疑惑地望着他。他從衫袋拿出兩個麥餅，涎着臉對她說：「我有香甜的麥餅，請你食。」

吳玉卿知道這個傢伙不懷好意，餓極了也不接他手中的麥餅，不理他，又彎下腰割野菜。樹林中只有他和她，他想，麥餅引誘不到她，機會難逢，還不動手？他扔下步槍，一個鑽步走上去，搶她手中的鐮刀，推她倒地，她大驚，邊掙扎邊大呼救命。他右手按住她，左手掩着她的口，她已經餓到軟弱無力，無法掙脫他的魔掌。他的左手掩着她的口鼻，幾乎不能呼吸，臉孔紫脹，就要窒息了！她在半昏迷中睜開眼睛，他暈倒在她身邊，不能動彈了。

吳玉卿不知道何故會如此，從草地爬起來，驚魂甫定，才見到陳繼持在眼前。她對小叔說：「你救我，你殺了人啊！」

陳繼持倖倖然說：「這個狗雜種死了倒好！」

吳玉卿說：「你殺了他要償命啊。」

陳繼持說：「他只是暈倒，死不了，不用怕。」

吳玉卿問他怎麼會來救她？陳繼持說：「前望（吳玉卿之子）」告訴我，說你一個人上山割野菜，我擔心你會出事，即刻來找你，到了山邊就聽到有人叫救命，走到這裏才知道這個狗雜種強暴你，我急了，就拿起草地上的步槍，向他的腰背大力砸去……」

正如陳繼持所料，陶貴死不了。過了一陣，他甦醒了，掙扎着爬起來，才知道自己在狂亂時，後背心捱了重重一擊是陳繼持所為。他強暴吳玉卿功敗垂成，又怒又恨對陳繼持說：「你砸我？我要押你回去給群眾鬥爭！」

陳繼持一點都不怕他，說：「不用你押，我同你一齊回去！」

他們三人回到白沙鎮，那些餓到發昏的人紛紛向外面走，仿如逃避地震一般向野外走去。原來饑民聽到山林田野上有麥餅拾，這些麥餅用防水油紙包裝，每個紙盒都裝着十幾個麥餅，而盒子上面都寫着「國軍反攻大陸」、「殺朱拔毛」、「大陸民眾團結起來推翻暴政」等標語。

饑民都不理這些標語，拾到紙盒子就急急扯開包裝紙拿麥餅食。這樣的饑荒時刻，是誰有麥餅放在山林田野上？是天帝掉下來救濟饑民？不理怎樣，有麥餅就食！

公社的領導有人有些知識，說：這是台灣國民黨知道大陸發生大饑荒，餓死不少人，派空軍駕飛機飛過來空投食物，搞心理戰，不可上國民黨的當，拾到的麥餅都要拿回公社處理，不可一拾到就食。

不可拾到就食？麥餅又不是有毒，怎麼不可食？你不食我食。沒有人拿麥餅回公社，拾到的人都即時狼吞虎嚥食光了，只有紙盒上的宣傳標語撒在山野上。

饑腸轆轆餓到半死的人，只想有食物充饑，開鬥爭大會喊口號他們沒有太大興趣了。這些從天上掉下來的麥餅，饑民知道了都去山上田野中尋找，由發現當日早上起，到中午已經拾光了，再沒有了。人們都在心中期望，再有天降下來的麥餅或別的食物就好囉。但是饑民都失望了，這樣千載難逢的事再沒有了。

陶貴非常憎恨陳繼持破壞他的「好事」，非召集群眾鬥爭他不可！他現時都三四十歲了，從未嘗過女人的滋味。白沙鎮的女人，要數吳玉卿最漂亮，她新婚不久，懷着胎兒，她的丈夫就去省城讀大學了，至今將近十年都沒回來同她睡覺，這麼多年了，她的身子如黃花閨女一樣美好。要是陳繼持這個小子沒來山林中攪局，他已經得手睡她了。

鬥爭大會照列在城隍廟旁邊的場地上舉行，因為鬥爭陳繼持沒有「果實」分，參加的人寥寥可數。就是來參加鬥爭會，也是抱着看熱鬧的心理，都不喊口號，只有陶貴一人在控訴，說陳繼持用槍頭砸他的腰背，當時痛到昏迷倒地……

群眾中有人問：「陳繼持有槍嗎？他沒有槍，怎樣用槍頭砸你？」

陶貴說：「我的長槍放在草地上，他拿起來就用槍頭砸我。」

群眾中有人問：「你的槍為甚麼放在草地上？」

陶貴猶豫一下才說：「我要屙尿，沒放下長槍怎樣屙？」

吳玉卿說：「陶貴惡人先告狀，大家都不要相信他！當時我在山上割野菜，他見山裏只有我一個女人，走到我身邊，說給我麥餅食。我知道他不安好心，沒要他的麥餅，他就發惡，一把推我倒在草地上，扯我的衫褲，我驚到手騰腳震，大聲喊救命，他就一隻手掩着我的口，一隻手除我的褲子。這個時候，我小叔（陳繼持）來到了，見他壓我強暴我，才拿起草地上的長槍砸他背心。他暈倒了才鬆開手，要不是，我就被他姦污了！」

吳玉卿羞愧難當，嗚嗚地哭了，泣不成聲。

鬥爭會在一片噓噓聲、彼起此落的咳嗽聲中散會，群眾離去。

13

「三年自然災害」造成的大饑荒，白沙鎮和別的鄉鎮一樣，時常都有饑民餓死或缺乏管養病死。貧困的人，他的親人餓死了，沒有錢買棺材殮葬死者，不得已，只好用一張草蓆把他的屍體捲起來，拿繩子綑牢，用竹桿穿着，兩個人或四個人抬上山，挖個坑埋葬，做個墳頭了事。

人死歸土，屍體沒有棺材殮葬一樣腐爛。不過，人到底有靈性，有慎終追遠的習俗。「先死為大」，死者的親人就是窮到無飯食，賒借人家的錢都要買一副簿木棺材殮葬先人，才會心安理得。

饑荒時期，人多病死餓死，簡丹青的棺材舖生意興隆，天天都有人來買棺材。有人說，簡丹青不安好心，是發死人財。但是他的木工場、棺材舖要按人民政府的政策，前年已經「公私合營」了，賺到的錢，他得一半，鎮政府一半，那麼，鎮政府不是參與發死人財？

在簡氏棺材舖打理業務的老伙計顧仁，雖然年近古稀，但是他白髮童顏，身體和精力尚好，做事能力不減當年。簡丹青對他說：「幾十年來，你盡心盡力為我做事，沒有功勞也有苦勞，如今你都老了，我給你一筆錢，退休回家過清閒的日子好不好？」

顧仁說：「若是以前，我會接受你的好意，而今你的木工場、棺材舖都公私合營了，鎮政府又派人參與管理，若是我退休回家，沒有我在舖裏看守，他們就會亂來，以公謀私，肥了他們。所以我有一口氣也不願離開舖子回家。」

簡丹青頗為感動，他說：「你大半生都誠心誠意替我做事，為我的利益着想，我好感謝你。」

顧仁說：「說感謝的應該是我。我一個窮人，你關照我兩父子在你舖子做事，我們才衣食無憂。不止如此，你又將簡貞姑娘給我做新抱（兒媳婦）這樣的大恩大德，我們都沒齒難忘。最好的是，我年青時只在村中耕幾瘦田過苦日子，後來解放了，改朝換代，我父子兩個都成為鎮民，有鎮政府配給的糧油票、衣布票，有飯食，有衫褲着。若不是，我們是村民，遇到這樣的饑荒年月，不是都像那些村民一樣變成饑民等死？」

簡丹青不喜歡別人吹牛拍馬、虛假奉承，喜歡聽人家的真心話。顧仁的真情流露、肺腑之言，他十分受落，點頭認同。

*　　*　　*

鎮壓反革命運動時，簡龍在白沙鎮小學任教，某日早上，兩個公安人員進入學校逮捕他的時候，他問他們為甚麼拘捕他？公安同志沒有解釋，只說：到時你就知道。

但是他們坐上馬車，到了縣城的公安局，沒有人查問他，也沒有人審判他，即時押他入牢房監禁起來。

這個監獄，是民國政府遺留下來的，解放後給縣人民政府所用。監獄沒有修改翻新，只在周圍的牆頭上面插上玻璃片，掛上鐵絲網。監獄分成兩部份，一部份牢房監禁偷雞摸狗之類的刑事犯，另一部份牢房監禁政治犯。

簡龍是鎮壓反革命被捕入獄的，自然是政治犯了。解放前他和他的雙胞胎弟弟簡虎在縣立中學讀書，簡虎的性情衝動，思想激進，兄弟兩人高中畢業，就各奔前程，簡虎沒有去省城投考大學，也沒有留下片言隻字，就去參加共產黨搞革命了。簡龍曾經參加大學入學試而榜上無名，不能升讀省城的大學。沒書讀了，才在白沙鎮小學教書。最大的原因，他對營商沒有興趣，又不想繼承父業，才投身教育事業，做小學教師。但是解放後他在白沙鎮小學只任教一年多，就不明不白被捕入獄了！

他們這個牢房，幾個囚徒都是「鎮壓反革命」時先後入獄的，其中一個上了年紀，三個像簡龍一樣的青年人。簡龍膽小怕事，初時不敢跟別的囚友談話，默默地坐在牢房的稻草上，囚友問他入獄的情況，他只回答一言半語就停止，不敢多說話。當然，他不是不想了解囚友的情況才不多言，只是擔心惹來更大的麻煩。

牢房中沒有牀，沒有枱凳，地上只有一層散亂的稻草，稻草已經發霉，溢出一陣陣嗆人的氣味。幾張破爛的薄棉被堆在稻草上，囚徒若感覺寒冷才拉來蓋在身上保暖。破棉被裏是跳蚤臭蟲的溫牀，蓋在身上，牠們就爬到人的身上叮咬吸血，令人騷騷痲痲，痕癢難受，要伸手拍打牠、捏牠。但是跳蚤、臭蟲太多了，被牠們騷擾到無法入眠。

囚徒不能離開牢房去外面拉屎撒尿，只可以在牆角的木桶解決。囚徒痾屎痾尿的時候，沖撞起木桶中的糞便，臭氣在空氣中迴盪，久久不散，令人作嘔。木桶中的屎尿滿了，持槍的獄警來開牢房門，囚友輪流每日提便桶去外面的糞池倒掉，再拿木桶回牢房，獄警再鎖牢門，幾個囚徒又困在幽暗悶熱的牢房中。

簡龍疑惑不安，他和劉校長同時同地被逮，同時被押上一架馬車來到縣城的公安局，他沒經審訊就被押入這個牢房。但是他的上司劉毅校長沒有押入來，他不知道公安怎樣處置他。難道他真是潛伏在白沙鎮小學的反革命要關他在特別的牢房？還是押他去了勞改場勞動改造？從此，再沒有他的任何消息，不知道他尚在人間還是死了，這位好校長的音容只偶爾在他午夜夢迴中浮現。

簡龍是新入這個牢房的，牢房的便桶每日要倒一次，輪到他倒便桶時他當然要倒，輪到別的囚友了，他也替別人倒，他這樣做，可以去外面走動一下，吸吸新鮮空氣，看看有沒有劉校長的蹤影。

那位上了年紀的囚友見簡龍替他倒便桶，免去他的苦差事，內心高興，說他「孺子可教」，喜歡他。關了一段時間，箇龍跟他混熟了知道他姓江，單名流。江流讀過很多書，學識豐富，懂得很多事情，跟他談話，出口成文，語驚四座。要不是身處牢房中，讓他隨意發揮，他的演說必然讓人動容、拍掌叫好。據他說，他年青時在省城的中山大學讀文科，攻讀現代文學，五四新文學以來的作家的作品他都讀過，尤其喜歡讀小說，古典的，現代的，日本、歐洲、美國翻譯成中文的小說，他都讀了不少。後來他當教師，在課堂教現代文學，對學生分析課文，拿魯迅先生寫的《狂人日記》和俄國果戈理寫的《狂人日記》作對比，兩人的小說題目相同，兩篇小說都是以第一人稱日記形式寫成的，而內容也差不多，分別只是國境、地域、人名不同而已。

稍後他的觀點言論被他的學生傳揚出去，就有積極分子抓着他的言論，說他別有用心，明顯是詆譭偉大的文學家、思想家、革命家魯迅先生。他的觀點不言而喻是說魯迅先生抄襲俄國果戈理的作品。

江流受到積極分子的攻擊，他解釋說：魯迅先生的《狂人日記》，是他發表的第一篇白話小說，用日記形式寫成，技巧新穎，他只是模仿，不是抄襲；世上初學寫作的作者，初時往往都是受前輩作家的影響，而模仿前人的寫作方法，不能說他是抄襲……

但是江流的解釋只是白費唇舌，沒有用。他被逮捕了，也沒有經人民政府有關部門的審判，就被公安人員投入監獄中。

簡龍聽了江流入獄的原因，對他說：「你坐牢是因為你的文學觀點言論冒犯了魯迅先生。我只在小學教書，按照課本的內容教學生，上課時的說話沒有超越課文的知識範圍，也沒說過甚麼反動話，就被他們逮捕押入牢房。不知道我犯了甚麼罪。」

另外幾個青年囚友，整天都不說話，愁眉苦臉地坐着，很多時候都是躺臥在稻草上給蚤子臭蟲叮咬捉虱子，不耐煩地嘆着氣。有人打開牢房門送飯來了，他們才像獲得赦免一般提起精神領飯。

飯餐早、午、晚三次，都是一名頭髮花白的老頭送來。所謂飯，多是番薯混和一些稀粥，分別裝在幾個瓦缽中，每個囚徒一缽，無論你的食量大小，食完了飽不飽是你的事。食飯的時候，有囚徒捧着瓦缽仰起頭呼嚕呼嚕喝完稀粥，然後才用筷箸食缽中的番薯。有囚友喝一口稀粥食一口番薯，有囚友食完番薯才喝稀粥。

江流領到一份飯，是他自己的，囚友們食完了飽不飽，也不能食他的。所以他靠着壁坐在地上，捧着瓦缽，慢條斯理食他的飯。雖然他已經餓腸轆轆，也吃得斯文優雅。

簡龍年青，飯量又大，他在白沙鎮小學教書的時候，每餐都食三碗米飯。如今在牢房中，每餐只限制他食一瓦缽番薯稀粥，只能在半饑半飽的狀態中度日。他一領到飯，就像餓狗搶屎一樣狼吞虎嚥，瓦缽中的東西很快就食光，舔舔嘴，幾乎想把瓦缽也吃下肚去。他在心裏問：怎麼上頭給囚徒的糧食這麼少？是監獄方面從中尅扣去了？是伙夫煮飯時私吞米糧？還是由上到下層層尅扣才這樣？

監獄是為罪犯而設。他簡龍犯的是甚麼罪？從被逮捕至今都沒人查問過他，也沒有公安審判過他，他有沒有機會獲得釋放？要到甚麼時候才可脫離牢獄之災？日子久了會不會餓死、病死在牢房中？

那兩個公安在白沙鎮小學逮捕他的時候，他正在課室開始教課，身上有墨水筆和白紙，公安沒有沒收去。他問囚友可不可以寫信回家？江流說可以，但是必須監獄方面查閱。簡龍想，查閱就讓他查閱吧，又沒有甚麼不可告人的事。問題是，他沒有信封、沒有郵票怎樣寄出去？

簡龍十分惦念父母、妻子和兒子，他當然也知道家中的親人也掛念他。寫信寄回家的念頭在他的腦海中縈繞好多天了，都不成事。父母、妻子知不知道他被囚禁在這個監獄裏？當局讓不讓囚徒的親人探望？

簡龍呆在牢房中這麼多日子，囚友們都沒有親人來探望他們。他們都沒有親人？當局不准來探望？囚徒要與外面的世界隔絕？這些問題好不好問他們？

滿腹疑惑。牢房外面有開鎖的響聲。牢房門打開了，獄警叫他出去。他想：出去審判？若是審判也好，至少可以知道自己犯了甚麼罪坐牢。兩個腰間插着手槍的獄警一前一後押他走，過了一條通道，進入一間屋子，辦公枱邊站着一個女人。她見有人入屋，轉過頭來，原來是他的老婆陳帶弟。他又驚又喜，總算可以見到親人了！

陳帶弟的神情憂傷，見到丈夫眼睛一亮，面孔泛紅，楚楚可人。公安邪乎的眼神望着她。她垂下頭避開他們的目光。

簡龍先開口問她：「爸媽他們都好吧？」

坐在辦公枱前的公安大聲說：「誰准你講話？！」

簡龍一怔，知道自己犯錯誤，立正對公安說：「報告長官，我想同我老婆講幾句話可不可以？」

公安說：准！

簡龍抓緊時間，對陳帶弟說：「我在這裏很好，你回去對爸媽說，莫擔心我。」他頓了一下又說：「這裏供給的粥飯食不飽，下次來要帶飯給我食。還有，拿幾個信封和郵票來……」

陳帶弟點頭說知道了。在公安虎視眈眈的眼神下，他不敢靠近妻子，也不敢對她說別的話。能見妻子一面，他知足了。

獄警押他回牢房，鎖上牢房門。他想到妻子一人遠道而來，那些公安的眼神對她的美貌垂涎欲滴，有沒有對她有非份之舉？若是她受了屈辱，他不是害了她？

有了這個顧慮，簡龍又不想妻子來探望他了。但是片刻他已經被押回牢房了，怎樣告知她不可再來呢？

江流見他被押回來，牢房門一關上，就問他這麼快就回來？他說：「我老婆來探望我，我們在公安面前不敢多逗留、多說話。」

江流說：「她帶甚麼來給你？」

簡龍說：「沒帶甚麼東西來，只是來看我。」

江流說：「你沒叫她帶食物來？」

簡龍說：「她不知道我在這裏食不飽，下次會帶來。」

江流說：「青年女人真不曉事，你是在這坐監，又不是在這裏做官：當官才有好飯菜食。如今的犯人哪有食得飽的？」

簡龍想：她是年青女人不懂事。父母都一把年紀了，甚麼事情都懂得，怎麼沒叫她帶些食物來？怎麼老人家不來讓她一個年青女人來？倆老都是慈父慈母，非常愛惜關心自己的兒女，擔心兒女的禍福安危，如今他們的兒子不明不白被投入監獄，他們為人父母，必然焦慮不安，所以讓帶弟先來打探消息才作後着吧？

第三天中午，囚徒吃了午飯不久，牢門又打開了，獄警叫簡龍出去。像前兩日一樣，他們一前一後押簡龍去那間屋子。他們一入屋，他就見到父母站在牆邊，父親的神情平靜，母親苦着臉。她見到兒子就走到他身邊，在他的面上撫摸一下，說他瘦了。

簡龍有了前兩日會見妻子的教訓，見到父母，不敢對他們說話，他立正對公安說：「報告長官！我想同我父母講幾句話。」

公安擺起官架子：准！

因為時間有限，簡龍對父母說：「爸媽，兒子不孝，在這裏坐盛，要你們擔心，對不起，罪過、罪過！」

母親問他犯了甚麼罪要坐監？簡龍說不知道。

父親說：「人民政府捉你坐監，自有原因，你要好好服刑……」

簡龍知道說別的話沒有用，他抓緊時間說：「我胃口大，在牢裏食不飽……」

父親說：「我知道了，已經帶飯來給你食。」轉身向公安說：「請長官恩准。」

簡龍知道時間有限，說：「爸、媽，我是清白的，不會有事，請放心。帶弟母子在家都好嘛？」

父親說：「我會看着他們，放心……」

公安對簡丹青說：「把飯給他拿回牢房食！」

簡龍從父親手中接過竹籃子，裏面裝着食物。他見了，垂涎欲滴，連跟父母道別的話都沒有說，獄警就把他押走了。

回到牢房，牢門一關上，他就打開竹籃蓋子，籃中的大瓦缽裝着肉碎炒飯，飯缽旁邊還有幾隻白白的熟雞蛋。別的囚友挨過來看，嚥着口水，以羨慕的目光望着他。他拿出幾個熟雞蛋，見者有份，每人分給他們一隻。

簡龍坐在地上，捧着瓦缽，用手抓飯吃。肉碎炒飯久違了。父母遠道送來，時間久了，炒飯已冷硬。但是肚餓了，生米也好食。何況肉碎炒飯？他奉着瓦缽抓飯吃，不知道哪來這樣的吞嚥能力，瓦缽的肉碎炒飯轉眼就吃光了。吃完飯，舔舔嘴，摸摸肚子，肚皮微微隆起，才有一點點滿足感。人生能獲得幾回滿足？能滿足口腹之欲實在好！

江流在牢房中饑餓，他見簡龍仿如餓鬼投胎一般用手抓飯食，同情他，可憐他，說他真能吃。若然他參加吃飯比賽，必然第一名。

簡龍苦笑，說：「我是飯桶，入來（牢）至今，頭一次食得飽。」

江流說：「人饑餓了才好。百姓要捱餓，我們囚犯更加要捱餓。」

簡龍說：「他們要我們犯人捱餓，是要犯人受活罪。但是要百姓捱餓，對他們的管治有甚麼好處？」

江流說：「大有好處，是他們改造人思想的最好方法。」

簡龍說他不明白。江流說：「你不明白？我跟你講一個故事你就明白。故事是這樣的——上帝造人的時候，天使不同意。天使的理由是：上帝啊，你千萬不可造人；你造出人了，他們的後代就會爭權奪利，互相打鬥，互相殘殺，血流成河，屍橫遍野，天下從此永不安寧。但是上帝不同意天使的意見，祂說：「我要造人，讓他們代替我向人類說話，代替我管理凡間世界。」說完，祂就用泥土捏了一個人，賜名亞當，然後又將宇宙萬物的名稱教給他。某日，上帝把天使都召集起來，問他們：這個是甚麼名稱？那個是甚麼名稱？天使都說不知道，又說：「你又沒告訴我們，我們怎麼知道啊。」上帝對亞當說：「亞當，你替我向他們逐一說說這些宇宙萬物的名稱吧。」亞當自然曉得（上帝已經教了他）他逐一說出來。天使們聽了大為折服，說：「人果然強過我們！」上帝說：「你們服了就應該俯首膜拜他。」天使都按照上帝的話做了，只有一名叫扎肌力的天神不服氣，他說：「我是火精造成的，亞當是用泥土捏成的，我比他強，比他高貴，憑甚麼要我下拜他！」

上帝大怒，懲罰他，先把他投入火獄煉他一千年，經歷千年的煉獄，他還是不服。上帝又把他投入冰獄冷凍他一千年，但是他仍然不服。上帝見他如此頑強，火獄、冰獄他都不怕、不服，才把他投入餓地獄，過不了幾年，他餓到頂不住了，大聲呼叫：「我快餓死啦，捱不住啦，我服了！」

故事講完了，江流接着說：「簡龍，你看，甚麼懲罰的力量最大？甚麼活罪火精神扎肌力都受不了？火獄煉他千年不服，冰獄煉他千年不服，只有讓他入餓地獄捱餓才服！全中國的老百姓都是從舊社會過來的，受過父慈子孝的傳統教育，所以人人都要接受新社會的思想改造。他們用甚麼方法改造人民？思想教育改造？中國這麼多人，大部份人都不認識字，他們有天大本領也不可能把全國人民教育改造得好，只有用饑餓的方法行得通。因為人人都要吃飯才可以活命，餓到你饑腸轆轆你還不服？餓你幾年，別說人，連野獸都能改造得好。最高領袖說甚麼你都要服從，要向他高呼萬歲。」

簡龍說：「甚麼上帝、天使、亞當都是西方國家的傳說……」

江流說：「你不相信？好，我再講個東方故事給你聽。你學過佛教嗎？就是沒學過，也知道每間寺廟的大雄寶殿都有釋迦牟尼佛祖坐蓮像。佛經很早就從印度傳到中國了，不止高僧、和尚曉得，很多凡人都曉得。佛經中說的『六道』，次序是：地獄、餓鬼、畜牲、阿修羅、人間、天上。餓鬼道僅次於地獄道，最苦的就是餓鬼。所以最高領導人就是要讓全國百姓捱餓；饑餓才能改造得好我們。」

簡龍說：「你是老犯人，在這個牢房餓了這麼久，你改造好了嗎？」

江流說：「我叫做江流，『江流石不轉』，如果我改造好了，放出去了，就不會在這裏講兩個中西方神話故事給你聽囉。」

簡龍開竅了。他想不到在監獄中可以認識一位學問淵博的好人，從他的口中學到外面世界學不到的知識。誰敢說牢獄之災、鐵窗生涯完全沒有好處？

江流以前在課堂上對他的學生說，魯迅先生是受俄國作家果戈理的影響才寫出《狂人日記》，結果被人抓着把柄，上綱上線，說他別有用心，詆毀偉的文學家、思想家、革命家魯迅先生，才被打成反革命入獄的。簡龍被逮捕入獄，沒有人查問他，沒有人審判他，他是甚麼罪名要坐牢？至今他都不知道，他的父母妻子也不知道。

宋代抗金英雄岳飛被打入天牢，他問逼害他的人，他犯了甚麼罪？答曰：莫須有。他簡龍也是犯「莫須有」罪入獄嗎？

他的親人已經知道監獄方面每餐只給他一瓦缽番薯稀粥吊着犯人的命，死不了就算你命大。所以每隔幾日，不是父母就是妻子送食物給他。食物除了米飯，有熟雞蛋，有燒餅。他當熟雞蛋、燒餅是珍寶，是救命靈丹，每次親人送食物來，他只食飯、熟雞蛋，燒餅留着等到餓極了才食一個。父親在監獄接待處見到他的時候，對他說，家中的糧食得來不易。他當然明白父親的意思。

江流看他食東西時，目光顯得無限羨慕他，時不時吞嚥口水，樣子仿如搖尾乞憐的小狗。一位落難的老知識分子，真的變成「臭老九」，乞憐的老狗了。江流的學問淵博，見解深刻，他十分敬愛他，同情他。但是彼此都是落難人，他自身難保，有甚麼辦法幫助別人呢？同情他又有甚麼用？

父親行醫濟世，他的醫術好，醫德也好，是善心人。他說家中的糧食得來不易。「不易」，暗示「難求」，給他送來的食物，明顯是他們節衣縮食省下來的口糧啊！家中幾口人，有老有小，他們的日子當然不會好過。但是為他在監獄中多吃一點，每隔幾天就送食物來給他充饑。路途遙遠，又要遭公安獄卒為難，實在令他感動又愧疚！

妻子賢淑，任勞任怨，不怕路途辛苦送食物給他。但是她是年青漂亮的女人，恐怕她會被公安獄警污辱，他不讓她送食物來，送食物的苦差事就落在老父母的身上。

江流沒有親人送食物給他，平時食監獄方面供給他番薯稀粥，捧着瓦缽慢慢食，恍惚並不饑餓。其實他十分饑餓，只是不想一下子就食光，慢慢咀嚼當是一種「食的樂趣」。他看簡龍食他父親送來的燒餅，燒餅香噴噴，聞之垂涎欲滴，禁不住向簡龍伸手討乞。簡龍看到他被饑餓磨掉了讀書人的尊嚴，變成乞兒，一塊燒餅咬了一口，才讓剩下來的半塊給他吃。

江流說過饑餓能改造人的思想，他從自信自尊的讀書人「改造」成不顧廉恥伸手向別人討食的乞兒了。「江流石不轉」，滔滔的江水推不動江中的大石頭，改造不了大石頭。饑餓可以改造貧下中農，可以改造官僚地主，也能改造特立獨行的讀書人。「士可殺不可辱」，殺頭不可怕，凌辱不可怕，饑餓最可怕！

在監獄這麼久了，沒有人來探望過江流。他沒有親人？或許有，或許另有原因不能來監獄探望他。他是讀書人，被困在牢房中沒有書報給他讀，他終日坐困愁城，只能像老牛反芻他以前學到的種種知識過苦悶的日子。簡龍若有不理解的問題問他，他都耐心詳細解答，似乎並不擔心那幾個年青囚友告發他。以前他在大學教書，授業、解惑是他的職責，習慣了，如今在牢房他的習性也不改。簡龍跟他學到在外面社會沒學到的知識，心中感謝他，當他是恩師一般敬畏他。

父母、妻子很久沒來了。監獄方面不准他們來探監？家中出了問題？外面又搞政治運動了？外面發生的事，他管不了，當他沒有發生過。他在乎的，是父母、妻子有沒有送食物來給他，若然因某種原因不能來，他只能食監獄供給他每餐一缽番薯稀粥，時時在饑餓的狀態中過着不見天日的囚徒苦悶日子。當局真的是要用饑餓的方法改造他們？要是這樣，他還沒改造好就已經餓死了！

外面有開鎖的聲音打斷他的思緒，以為獄警叫他出去會見他的親人，精神一振。但是他的想法錯了，獄警把一個人推入來，那人跌坐地上，牢門又鎖上了，牢房又回復昏暗、不見天日。

投入來的是個年輕男子，身子高高瘦瘦，嘴唇過早長出鬍子，眼神茫然，似乎未適應牢房的髒亂、昏暗。他不知所措坐在地上。簡龍曉得他不可能是偷竊、殺人的刑事犯，因為他們這個牢房只是監禁反革命之類的政治犯。

江流看看剛剛投入來的年青人，說：你加入我們的「大家庭」，是同道中人哩。我們的牢房沒鋪位，隨便你坐哪裏睡哪裏。

他茫然的神態減退了，說：「各位同志……不，各位兄弟，我初來埗到，甚麼都不曉，請指教。」

江流說：「目前不曉，很快就曉，他們（公安）會教訓你。」

簡龍問他犯甚麼罪入獄。他說：「他們捉我的時候沒有講，不知道。」

「他們在甚麼地方捉你？」

「在學校。」

「你是教師還是學生？」

「剛剛做教師。」

簡龍想：他的入獄情況和我差不多，分別是我教書比他多幾年而已。一個剛剛當教師的年青人就是反革命？他講了甚麼話做錯甚麼事被打成反革命？這種事平民百姓不知道、不理解。

其實，理不理解並不重要，公安逮捕你入獄，你是不是反革命，都要服刑，都要在髒兮兮、不見天日的牢房捱餓。

被投入這個監牢的，有年青人，也有上了年紀的，他們都是未經審判的反革命，而且都不知道自己要在監獄中服刑多少年。

簡龍和他學校的劉校長一齊被捕的，在同一架馬車中被拉到這裏來。他不知道甚麼原因劉校長沒有被投入這個牢房，這幾年來，他去那邊的沖涼房洗回洗身，去外面倒便桶、放風也沒見過他，到底他被押去哪裏了？是被投入別處的監獄還是被槍斃了？

很多年後，簡龍聽到一個無法證實的消息：劉校長早就死在粵北山區的勞改場中。

14

簡龍獲得釋放了。他被逮捕投入監獄，沒經審判，坐了幾年監才放出來。釋放他的時候，公安對他說，是人民政府寬大他，提早釋放他。

回到白沙鎮的家，他的父母、妻子才知道他放監，脫離牢獄之災。他在監牢服刑食不飽，缺乏營養，皮黃肌瘦，面頰凹陷，短短的頭髮直豎，唇上的鬍鬚沾着鼻涕，衫褲破舊，身上發出難聞的氣味，樣子像乞丐。他的父母、妻子見他可憐兮兮，大家都不知道說甚麼話，只傷心落淚。

簡龍從縣城徒步回來，又餓又累，跌坐在地上，幾乎昏厥。

簡丹青說，一個饑餓極了的人，不可給他飯食，先給他一碗稀粥喝，等他的腸胃有一點食物了，才可給他食飯。陳帶弟按照公爹的話做，照顧丈夫。

簡龍喝了一碗稀粥，有了氣力，除下身上破舊的衣服，衣服上沾滿了臭蟲虱子，臭氣熏人。陳帶弟拿他除下的衣服走去門外，點火燒了，又煲柚子葉水給他洗頭洗身，換上她拿出來的乾淨衣服，他才回復原來的容貌。

他被拘捕入獄的時候，兒子只是小童，如今長大一點了。他從外面回來，叫他爸爸。單是一聲爸爸，他就感動得熱淚盈眶，擁抱兒子，摸摸他的頭、臉蛋。

第二日，他食飽飯，離家去白沙鎮小學看看，校園依舊，人事全非，他的職位早已被別人取代了，校長也早已換了人，很多師生都是新面孔。身處校園中，他看看別人，人家看看他，沒有人跟他打招呼談話，他茫然落寞離開校園回家。

陶貴知道他出獄回來了，去鎮政府報告鎮長毛樹清。毛樹清傳他去公社辦事處，問他放監了為何沒有來報告？他回答不知道要這樣做。晚上社員收工了，毛樹清召開群眾大會，要他當眾作報告。

簡龍當教師多年，對學生講課時口若懸河，神采飛揚。在監房中禁閉幾年，少說話，變得寡言呆滯，膽小怕事，如今面對群眾，木無表情，開始說話：「得人民政府的寬大，人民的原，我才可以放監……」

站在台上的毛樹清說話打斷他：「人民政府光明正大，寬大你，但是人民不會原諒你犯的罪，要你在公社的生產隊繼續勞動改造！」

簡龍在監獄中幾年，捱餓、受折磨痛苦，以為外面的世界會好些。放監出來了才知道全國正處在「三年困難時期」，大家都沒有糧食，都變成了饑民，還有不少人死於饑餓。父親的木工場、棺材舖已經和鎮政府「公私合營」了，鎮政府派人來舖子監管，實際上鎮政府掌握了話事權。他想去木工場、棺材舖工作都不可能了。

目前家中幾口人的生活費用，主要收入是靠賣藥材賺錢和父親行醫得來的診金買糧食。全國的一切食物都是人民政府統購統銷，沒有自由市場了，人民所需的東西都要去供銷社購買，而且買糧要交糧票，買布買衣服要交布票——這些糧票、油票、布票都是鎮政府按照人的戶口配給的，沒有票子有錢也買不到食品、用品。

簡龍坐監這麼久，他的鎮城戶籍早已被鎮政府取消，變成沒有戶籍的人了。沒有城鎮戶籍就沒有糧、油、布票配給，他在糧站就買不到糧食，只有在公社做農民耕種憑勞動所得的「工分」分糧食了。

棺材舖的老伙計顧仁知道他無緣無故、不明不白坐了幾年監，在監獄中幾年被折磨到半死才放他出來，失去了城鎮的戶籍，失去了學校的教職，生活無着落，同情他，可憐他，對簡丹青說：「令郎（簡龍）原是個好青年，被枉屈，搞到如今這個地步。你的木工場、長生店（棺材舖）又被鎮政府以公私合營的名堂派人來監管，實際上是搶去我的職權。如今我老了，無用了，我想退休讓出我的職位給令郎，讓他有工作做領工錢，有飯食——我這樣做，算我報答你幾十年來對我兩父子的恩情。」

簡丹青說：「你的好意我知道。不過，他們（鎮政府派來的監管者）同不同意不知道。」

顧仁說：「木工場、長生店只是公私合營，又不是他們的，你還有一半話事權，我再幫你們據理力爭，不到他們不讓。現時我同你們一齊去解決這件事。」

鎮政府和一個小小的木工場、棺材鋪公私合營，只派來一個沒甚麼本領的中年人做監管。他叫施維。

簡丹青、顧仁、簡龍三人一來到棺材鋪，顧仁對施維說明自己年老體弱，要退休回家過清閒的生活，讓出自己的職位給簡龍繼位。

施維對這樣突然而來的變更，仿如被對手殺個措手不及，支吾說：「這件事鎮政府還不知道，我拿不到主意。」

簡丹青說：「鎮政府派你來我鋪子做管理人，你是全權代表是不是？」

施維給戴了高帽，感到飄飄然。說：「我是全權代表還用說？」

簡丹青說：「咁就好，你同不同意顧仁的提議？」

施維說：「我要考慮考慮。」

顧仁說：「這樣的雞毛小事還要考慮，你怎樣做管理人？做大事之人，就要當機立斷，一句話決定。」

施維死要面子，這樣說：「簡龍犯罪坐了幾年監，不知道上頭准不准他在我們鋪子做事。」

簡龍說：「你說我犯罪坐監，我犯的甚麼罪？」

施維說：「你犯的是甚麼罪你知道。」

簡龍說：「我就是不知道。那時公安來學校捉我，我問他們我犯了甚麼罪要捉我，他們沒有講；我坐了幾年監，又沒有人審判我，如今釋放我，只是說人民政府寬大我。我一直都不知道我到底犯的是甚麼罪。」

施維說：「當然是你犯了罪，公安才捉你去坐監。」

簡龍說：「既然我犯了罪，公安為甚麼不說、蒙我在鼓裏？」

簡丹青恐怕這件事牽涉到人民政府，惹來更大的麻煩，他說：「那是題外話，與我們舖子的事無關，莫說他。木工場、棺材舖公私合營了，我還是老闆，也有一半話事權——我要讓簡龍代替顧仁的職位，可不可以？你是鎮政府派來管理我們舖子的全權代表，同不同意是你說了算。」

顧仁說：「簡先生講得對。他是木工場、棺材舖的創辦人，公私合營了，他老人家還是老闆，舖子的人事變更他還有話事權。他老人家宅心仁厚，尊重你，才跟你商議，要不是他可以自己決定。」

施維無話可說了，簡龍即日起代替顧仁的職位，顧仁知道口講無憑，恐怕施維會否認他的承諾，他即刻用墨水筆寫了一份同意書，讓施維過目，雙方簽名、印指模。做好這件事，他又向簡龍交代木工場、棺材舖的事務，以後應該怎樣做。一切都做好了，沒有問題了，他才執拾自己鋪蓋物品告老回家。

顧仁回到村子家中，兒媳婦（簡貞）見他忽然歸來，感覺意外。他放下行李，喝了一碗茶水，才將自己告老回家的過程告訴她。

簡貞知道大哥放監回來了，悲喜交集，隨即煲了幾隻雞蛋，用花紅粉染紅了，放在籃子裏，趕路去白沙鎮娘家會見親人。

幾年不見，大哥在獄中被饑餓、痛苦折磨到面黃肌瘦，像個小老頭，完全失去當年青春活力的神采。兄妹兩人抱頭痛哭了一陣，哀傷宣洩在悲憤的眼淚中，才減輕心中的冤屈。

* * *

簡龍忽然出獄回家，簡虎也忽然遠道回家。那年簡虎在縣立中學高中成績優異畢業，他沒有去省城投考大學，也沒有留下片言隻字就秘密去參加共產黨搞革命。他當然不是無情無義的人，他不辭而別，是怕父母兄妹阻撓他，不讓他去做他理想的革命事業。他離開家鄉不久，共產黨就解放了全國，（只有台灣仍在國民黨手中）。土改運動時，他的父親被農會劃為資本家地主，是階級敵人，因此，他沒有寫信回家和親人聯繫，他仿如在人間消失了，讓父母兄妹思念了這麼多年。

如今簡虎回到家中，父母都老了很多，他頗為傷感。不過，在父母心中，失去蹤影多年的兒子忽然回來，猶如失而復得的珍寶，喜從天降，熱淚盈眶。

簡虎精神奕奕，身着軍裝，英姿勃發。他是坐軍部的吉甫車回來的，有司機、侍衛，下車的時候，他對他們說：「我離開家鄉這麼多年，既然回來了，要在家中多住幾天，你們開車回去，五日之後才來接我。」

侍衛說：「我不在你身邊，不放心。」

簡虎說：「我有手槍，槍法又好，我會保護自己。」

司機、侍衛遵命開車走了。

簡丹青問兒子現時是甚麼軍階？簡虎說：軍中的事情要保密，我只能對你講，我在軍中做事，多說不好。

簡丹青想：兒子坐軍部的吉甫車回來，有司機，又有侍衛陪伴左右保護，想來他的軍階不小。有了這樣高級的軍官兒子，以後就不怕鎮政府、公社那些黨委書記整死哩。他說：「解放了，我家的成份是資本家地主，被他們清算鬥爭，沒收家產、田地，你哥又不明不白被捉去坐了幾年監，冤枉啊。」

兒子說：「這是人民政府的政策，他們只是按照政策做，沒有錯，不要怨他們。」

父親說：「他們這樣迫害我們全家，怎麼不怨恨？」

兒子說：「怨恨他們，表明你不悔改。」

父親說：「我行醫救死扶傷，賣藥治病，賣棺材給人家殮葬親人大半生做的都是好事，有甚麼要悔改？」

兒子說：「你買賣藥材、開棺材舖賣棺材賺錢，是搞資本主義，是剝削勞動人民，違反人民政府的政策，就應該悔改。」

父親說：「藥材舖、木工場、棺材舖都是我在民國政府時期開辦的，舊社會都讓我自由做買賣，沒干涉我，如今的人民政府，不止不讓我做，還要鬥爭我。早知如此，我就關門不做，不賺錢買田置地，做個貧農自耕而食，或是做個游手好閒的懶人好囉。」

兒子說：「那是以前的事，不可相比。如今你就要悔改才能適應新社會。」

父親說：「後生可畏，兒子教老子，我聽你的話去做，希望有好日子過。」

簡虎知道父親喜歡讀書，他書房的書架放滿了書，線裝書、新書都有，空閒時就在書房靜心閱讀。父親對他說過，童年時他在學堂讀私塾，老先生授課，講授四書五經，他學到不少中國歷史、古文。稍長又跟一位老醫師學中醫、學針灸，鑽研醫學，幾十年來醫治好太多病人。有些家貧的病人，他不收診金，還贈送藥物，使病人恢復健康。

簡丹青的舊學根底很好，懂得儒家思想的仁、義、禮、智、信，他的人生觀點跟兒子的階級鬥爭思想不同，父子兩人再談論下去，不會有結果，弄得不好，父子會反目成仇。他改變話題，說：「你哥在鎮上的小學教書，無緣無故被捉去坐了幾年監，幾乎死在監獄裏。早幾日放監回來，因為他在監獄中這麼多年，城鎮的戶籍被取消了，沒有戶籍，就沒有糧票、布票配給，有錢在糧站亦買不到糧食，生活不下去。如今你做了軍官回來，有權力，可不可以幫你哥取回戶籍？」

兒子說：「我是軍部的，他們是地方政府管員，這件事我管不了。」

父親說：「你做了軍官，我們是軍屬，難道一個小小的鎮政府都不給你面子？」

兒子說：「舊社會講關係、行賄、走後門，甚麼事都可以過關。現在是新中國，不同以前哩。」

簡丹青不相信新政府人人都大公無私，都是包丞包青天，都按政策規矩做事，連解放軍的大軍官都不給面子，不賣賬。如今那些黨委書記、縣長、鎮長都在舊社會生活過，一在新社會做個芝麻綠豆官都變成鐵面無私的包青天了？人的性情多種多樣，有正直善良的，有陰險惡毒的，有虛假奉承巴結上司的，有欺善怕惡的，有貪財納賄的，有看風轉帆的，有見錢眼開的，一解放，人就變成萬眾一心？

鎮政府的領導、公社的領導，他們知道簡虎穿軍裝，坐軍部的吉甫車回來，有司機為他駕車，有侍衛帶槍在他身邊保衛，他不是做了大軍官哪有如此架勢？他們都來簡家拜會他，請他去鎮政府吃飯，唯恐簡虎不賞面赴約。

簡虎說：「你們熱情請我食飯，我就登門見識見識。」

鎮黨委書記說：「簡同志太見外哩，我們都是為國家做事，為人民服務，你肯來食飯，我們感到光榮。」

簡丹青不失時機說：「我家簡龍得到人民政府寬大釋放回來，但是他的城鎮戶籍已經被取消了，公社的領導說人民政府寬大他，人民不會原讓他，還說要他在公社的生產隊耕田……」

鎮黨委書記說：「白沙公社歸鎮政府管，他講的話不算數。我會恢復簡龍的城鎮戶籍，配給他糧票、衣布票沒問題的。」

* * *

司機護衛開吉甫車來將簡虎接走了，簡丹青回想起兒子這麼多年來的經歷。據簡龍說，簡虎在縣立中學讀高中時，受到激進人士的影響，思想向左轉，參加學校激進師生上街遊行，反腐敗、反饑餓，高呼口號，引起縣政府的警告，干預才收斂，改變策略在校園開會，貼壁報，宣傳國共兩黨內戰對國軍不利的消息，打擊民眾對國軍的信心。當時簡龍一廂情願以為用手足之情勸告簡虎回心轉意，不可再和別的學生搞學潮，好好讀書畢業了去省城投考大學。但是簡虎充耳不聞，仍然參與搞學潮，替共產黨宣傳，直到縣政府派軍警來學校捉人，他就像獵狗的靈敏嗅覺、野貓一般敏捷向後園爬牆離開縣立中學逃跑，不知去向。

這個時候，國共兩黨的軍隊正在徐州、蚌阜一帶作戰，簡虎輾轉搭車北上，去到戰場，和千千萬萬農民為解放軍擔炮彈、擔糧食，幫助解放軍跟國軍打仗。他和當地的農民為解放軍擔彈藥、擔糧食的時候，他問他們是不是被強逼的？他們都說，沒有人強逼他們，都是自願的。他又問他們這樣做有甚麼好處？他們都說：共產黨打贏了，解放了，他們就可以擺脫官僚地主的壓迫，農民大翻身，當家作主，清算鬥爭地主，沒收地主家中的財物，分他們的田地，過幸福快的日子。

農民大都不認識字，思想單純，感情樸素，他們的話，簡虎深信不疑。他在戰場上觀察，擔彈藥、擔糧食的農民比解放軍多得多，粗略估計，六七個農民替一個解放軍擔彈藥、糧食（解放軍身着軍裝，農民穿破舊的便服，一看就能分辨軍與民）。

劉（伯承）鄧（小平）統領指揮的淮海戰役，解放軍幾十萬（號稱百萬），加上六七倍擔彈藥、糧食的農民，總數就是六七百萬人。當時國軍的將領站在高地上拿望遠鏡眺望，以為這麼多擔彈藥、糧食的農民也是共軍，一個戰場上六七百萬共軍還得了？但是國軍將領都知道，大部份共軍都是使用步槍，只有少量機關槍、大炮，而共軍人馬多如螞蟻，沒有戰車、戰機、坦克等現代精良武器，怕他甚麼！

國軍統帥是杜聿銘上將，他下令空軍駕戰機飛往敵陣上空投彈轟炸，地上的軍隊開機關槍、大炮掃射，又下令戰車，坦克衝向敵陣，死傷的大部份都是擔彈藥、糧食的農民（共軍死傷的只是少數），真是屍橫遍野，血肉模糊，死傷者的血流成河，染紅了徐州，蚌阜的廣闊山河！

戰爭，戰爭，打江山奪取政權就是如此悲壯慘烈，平民百姓的生命算得甚麼！

簡虎在淮海戰役中沒有中彈倒下變成枉死鬼，但是他耳聞目睹為解放軍擔彈藥、糧食的農民，他們手無寸鐵，大部份都變成戰靶，進入枉死城。而持槍作戰衝鋒陷陣的解放軍卻死得少。就是在戰場中死了也被稱為「烈士」，解放後他們家中的牆壁上掛上一塊「烈屬」的體面鋼牌子，光宗耀祖，讓別人尊敬，為共軍擔彈藥、糧食的農民在戰場中炮彈死了有「烈士」的光環嗎？

簡虎想通了，他在淮海戰役中參加解放軍，成為戰士。他年青力壯，身手敏捷，眼睛銳利，拿着步槍奮勇衝鋒陷陣，忘卻生死，跟國軍作戰，一次又一次立下戰功，軍階一次次攀升，成為旅長。

淮海戰役中，劉（伯承）鄧（小平）大軍滲透、遂個擊破武器精良的國民黨的百萬雄師，最後國軍統帥杜聿銘也兵敗被俘，成為敗軍之將，一代名將成為階下囚！

淮海戰役決定了國共兩黨的勝負，共軍士氣大振，乘勝追擊，「宜將餘勇追窮寇」，此後解放軍強渡長江，戰場從華中到華南，解放軍每戰皆捷，國軍節節敗退。共軍解放到粵西，進入白沙鎮，簡虎經過家門也不入屋，一心只想着行軍打仗的解放大業，繼續帶兵打仗。

簡虎是知識分子，會看會繪畫軍事地圖，會利用山川地形行軍佈陣，指揮士兵作戰。他手下的士兵都是沒甚麼知識的農民子弟兵，只會聽從將領的指揮行軍打仗、衝鋒陷陣——士兵只須用身體四肢，不必用腦筋。

解放軍浩浩蕩蕩打到華南地區，國軍抵擋不住，只有撤退、投降、歸順，共軍幾乎不必打仗就入城。因此，簡虎的戰功顯赫，打到雷州半島時，他的軍階升到準將了。他打開廣東省的地圖看，雷州半島的盡頭是瓊州海峽，必須渡海才能到達海南島。他開軍事會議，決定徵用商船、漁船。徵用到大量的大小船隻，用人海戰術強行渡海，一時之間，瓊州海峽的機動船、風帆船、大小漁船在藍天碧海中向海南島那邊駛去。島上的國軍見共軍渡海攻打，幾乎不抵抗，軍人只顧跑到海邊上軍船，撤退去台灣。

解放軍登陸海南島，接管島上一切的國府的機關設施，共產黨已經到達解放全中國的日子了。遺憾的是，台灣海峽廣闊，風高浪急，國軍又有戰機炮艦在海上抵抗，空中佈防堅守，解放軍無能力渡海打過去。因此，造成一大一小兩個長期敵對的政權，何年何日共產黨才能渡過台灣海峽解放台灣一統江山？

15

三年大饑荒，陳繼持和他的大嫂、二哥、姪子都沒有餓死，可以在世上活存下去，他十分感謝幫助過他的人，也感謝上蒼。

大饑荒過了一年多，某日晚上，吳玉卿從她父親那裏拿回一封信，她一踏入家門就拆開信封，在煤油燈下看信，原來是她的丈夫陳繼祖寄回來的，一張信紙只寫了兩百多字，言簡意賅，似乎擔心他的信可能被當局檢查，不便多寫。信的內容含糊其詞，說，他在廣州××中學當教師，生活安定，不用掛念他。他時刻放在心上的是吳玉卿兩母子，對不起他們。信的末段說：繼持如今已經是青年人了，懂事了，最好叫他一人來省城××中學會面。

看完簡短的信，吳玉卿說，繼祖是穩重可靠的人，他只叫繼持一人去省城××中學同他會面，雖然沒有寫明原因，自然有他的道理，照他的話做好了。

陳繼持童年時在白沙鎮小學讀書，高小畢業了，因家中發生變故，不能去縣城升讀中學。為了幫補家計，他去鄉村農家收購雞蛋回白沙鎮的市集擺地攤售賣，他的活動範圍沒有逾越白沙鄉。如今他的大哥寫信回來要他一人去省城××中學相會，他擔心不會去，猶豫不決好不好去。

大嫂說：「你大哥要你一個人去，是要練練你的膽量，將來曉得怎樣在艱苦困難中做人做事。」

陳繼持還是猶豫着，不知道怎樣好。二哥繼世說：「做甚麼事都是學來的，沒去外面闖蕩永遠都不會去，大膽去做才有成功的希望。」

在地圖上，繼世知道廣東省在中國大地的位置。他拿出一張紙，用鉛筆在紙上勾勾畫畫，畫出廣州市的位置，又畫出廣東省的水陸路線圖，簡圖清楚明確，為繼持上一回地理課。

繼持看了二哥手繪的地圖，對廣州市的位置有了概念，然後說：「要不要報告公社的領導我去廣州？」

繼世說：「大哥寄信回來不想別人知道你去廣州××中學見他，當然不可讓別人知道；我們的行動都要秘密去做。」

繼持說：「我去了，他們查問怎麼辦？」

繼世轉過頭，在繼持的耳邊小聲說如此這般。他才心領神會點點頭。

翌日早上，陳繼持沒有去生產隊出勤勞作，他去簡家探望大姐（陳帶弟）將自己秘密去省城會見哥哥的事告訴她，當作跟她辭行。他十分敬重簡丹青這位長輩，也將自己秘密去省城的事相告。

簡丹青說：「你大哥只叫你一個人去，自然有重要的事要你做，你聽他的話做好哩。」

陳繼持說知道了。簡丹青又說：「你是醒目仔，可惜一直被他們困在鎮裏，沒有出頭日。男兒應該志在四方，有時機了，就要出去闖蕩，或許可以闖出頭來。」

繼持說：「我未出過遠門，有點怕。」

簡丹青說：「不用怕。白沙河有帆船經過這裏，在岸邊截停了，給船夫一點錢，他會載你去湛市。湛市是大城市，那裏有輪船去省城，也有長途客車去，你去車站買車票搭車去就可以了。路費嘜，我給你錢，不成問題。糧票我也可以給你一些，食飯問題也可以解決。你放膽去。」

陳繼持從老人那裏拿了錢和糧票，謝過他，回到家中對大嫂、二哥報告情況，才放心去做他需要做的事。他收拾兩件衣服、一雙布鞋放入一個小布袋中，走去白沙河的木橋，除下一隻草鞋放在木橋上，推倒一根欄桿，布下失足掉落河的假象，然後離開木橋，走到河邊揮手截停一隻經過的帆船，爬上去交給船夫一點錢，順流而下去湛市。

帆船順着河水航行，速度快，愈到下游河面愈寬闊，到了河海交接點，水面平衡了，帆船才迎風轉　向前航行。

帆船靠岸了，風帆降落，船一泊定，陳繼持就隨着別人上岸，向市區走去。這時他才驚嘆這個中國南方大城市的繁榮熱鬧，非白沙鎮的平凡落後可比。城市的樓房高大，商店又大又多，街道上人來人往，大街上有汽車行駛，腳踏車、三輪車穿梭來往，人車爭路，喧囂嘈雜。他在街頭駐足觀望，不知何去何從。他問途人開往廣州的汽車站在哪裏？那人反問他是不是家鄉來的？他答是。那人說：你初來埗到，不知路頭，最好搭三輪車去，車夫會拉你到那裏。他問在甚麼地方搭三輪車？那人說：你站在這裏，見到三輪車就揮手，車夫就停下來讓你上車。

陳繼持照那位好心人的話去做，在街上召到一架三輪車，坐上車斗，對車夫說，他要去開往廣州的汽車站。

車夫頭戴草帽，身穿短衫褲，弓着寬闊的腰背，吃力地踏着腳下面的輪子，若有行人靠近了，就按響手柄上的鈴子，警戒行人閃開。陳繼持坐在車斗中，瀏覽這個陌生城市景物，街道有大有小，有平直的，有彎曲的，街道兩邊，有百貨公司，有食品店，有飯店，有糧油店，有理髮店，都有客人在店裏光顧。

大城市人不耕種，沒有出產穀麥桑蔴，甚麼東西都去店舖購買。城市人有錢，稍遠的地方都搭車去，而鄉鎮人去甚麼地方都是走路，還要肩挑重物走，做城市人多好啊。

車夫到了一個地方停下來，說去廣州的汽車站就在這裏。陳繼持付了車資下車。

這是個平坦的地方，停泊着幾輛公共汽車，左邊屋子的窗口上寫着「售票處」。他走過去，有幾個人在排隊買票，前面的人買了車票離開了，他去到窗口對售票員說，要買去廣州的車票。售票員是女人，她說，今天去廣州的班車早上已經開出了。他問幾時才有車去。她說明天早上才有，現時可以買明天早上的車票，只剩一張，問他買不買？

陳繼持想，明天早上的班車只有一張票，若是有人捷足先登買去了，他就買不到了。他即刻從衫袋掏錢買了票，窗口隨即掛上「暫停」的牌子。他暗暗慶幸早到一步才買到明天早上的車票，要不然，就不知道怎樣好。

他看看車票，票子寫着明天早上五時十分開車。這時接近黃昏，必須尋找客店投宿了。他離開長途汽車站，去街上尋找客棧。初到貴境，人生路不熟，哪裏才有客棧？客棧的房租貴不貴？要多少錢住一夜？身上的錢付不付得起客棧的房租？

這些問題在腦海中打轉，拿不定主意去尋覓客棧。就是今天晚上住客棧，距離長途車站也不可太遠，因為明天清晨五點就要上車，遲了司機不等候就開車，那就不好了。

不住客棧？那麼，夜長漫漫在甚麼地方渡過一宵？在街頭流連？光天白日在街上流連可以，黑夜在街頭流連遇到公安民警怎麼辦？還是找客棧度宿好了。但是不知道哪街哪巷有客棧，這刻時間尚早，問途人吧。

去問一個中年人。那人說，他也是從外地來的，不知道。那麼，他住在哪裏？本市人會知道，街上人來人往，哪個是本市人？在店鋪中做買賣的店主，不會不是本市人。他進入一間雜貨店，店主以為他入來光顧，問他要買甚麼東西？他說：「大叔，我不是來買嘢，請問甚麼地方有客棧？」

店主是老年人，他不單回答陳繼持之所問，還走到門口指指前面說：「你向前走到街口，向右轉兩個街口，再轉左，就見到客棧了。」

陳繼持默記在心，向前直走過十幾間鋪位，向右走幾十步，又轉左走幾十步，就見到「福來客棧」的木板招牌。走入去問掌櫃有沒有地方租給他住？掌櫃說有，不過，不是單間房子，是多人睡在一起的地鋪。

他找到住宿的地方了，很高興，心想：多人睡在一起的地鋪，住宿費用必然比單間房子的便宜。他馬上說願意入來住。

掌櫃說：「小店只供給茶水，沒有飯食。」

陳繼持今天清晨到黃昏都沒吃過東西，又餓又渴，要求掌櫃給他一碗水喝。掌櫃看得出他饑餓，對他說：「你出門口向右轉走十幾步，有一間小飯店，食飽飯再回來。不過，你要先交錢，我才留睡鋪位給你。」

陳繼持交錢給掌櫃，心定了，才去小飯店吃飯。他在枱邊坐下，點了一碟白菜肉片飯，一碗清湯。因為太饑餓了，只幾分鐘，肉片飯和清湯都吃個碗底朝天。食完飯，想起明天清晨就要搭長途車上路，他在飯店買了四個肉包子，用一張舊報紙包好，放入隨身攜帶的小布袋中，付了錢，回「福來客棧」。

天黑了，大廳的燈光幽暗，地上鋪了兩塊草蓆，草蓆上幾個木枕頭，三張破舊的毛氈被。掌櫃指指地鋪，說：「今晚你同他們就睡在這裏。」

掌櫃說的「他們」，自然是今晚來這裏投宿的過客。這時他們還未回來，地鋪空無一人。陳繼持勞碌奔走了一天，疲累極了，把隨身攜帶的小布袋放下當枕頭，躺下歇息。在半睡半醒中，感覺有人在他身邊走動，也有人在他身邊睡下。

剛才掌櫃說，今晚有幾個人同他睡在地鋪上，他不想有人在他左右兩邊夾着他睡，所以他頭一個就睡在草蓆的邊緣。他入睡不久，就有人睡在他身邊，把他弄醒。他睜開眼睛看看，睡在他身邊的是個瘦削的青年人。那人對他笑笑，說：「對不起，我遲了回來搞醒你哩。」

陳繼持報以微笑說：「不要緊，我還未睡熟哩。」

「你在這裏住一晚？」

「是。天一亮，我就去車站搭車去廣州。」

「我也是搭早班車去廣州。」

「我們同路，有伴，好啊。」

「你去廣州做甚麼？」
「去探望我大哥。你呢？」
「去廣州看看，沒有目的。」
「有沒有親人在廣州？」
「親人都在香港。」
「你去過香港嚒？」
「我原本是那邊人，早幾年才回來。」
「回來做甚麼？」
「以為祖國像他們講的那樣好，回來參加祖國建設。」
「在祖國做甚麼工作？」
「他們送我去海南島，入農場開墾農地耕田。」
「你以前在香港做甚麼工作？」
「設計起樓房。」
「你是專門人才，他們應該派你去做技術工作，要你去海南島開荒耕田，不是大才小用？」
「國內的工程師都沒有本行工作給他做，何況我只是個技術員？」

「你回來之前不知道祖國的情況？」

「早知這樣，我就不回來哩。」

「有沒有後悔？」

「已經回來了，後悔有用嚒？」

談話至此，又有兩個人在地鋪躺下睡覺。陳繼持曉得不可再談了，他對身邊的青年人說：「深夜了，睡覺哩。」

睡大廳的地鋪，猶如輪船下層的統艙，有人行走發出的響聲。睡熟的人，有人呼嚕呼嚕扯鼻鼾，有人咯咯地磨牙，有人拍蚊蟲，有人說夢話，各種聲音彼起此落，仿如奏着交響樂。臭蟲爬行，人被牠們叮咬到又痕又痛，難以入眠。

夜深人靜了，牆壁上的掛鐘嘀嗒嘀嗒響，仿如槌子敲打着陳繼持的心胸。他總是惦念着天明就要去車站搭清晨的班車上路，若是遲了醒來，就會錯過早班車的時間，那就不好了。他翻身站起來，假裝要解溲，循着嘀嗒嘀嗒的掛鐘走去，抬頭望望牆壁上的時鐘，但是大廳黑暗，看不清楚指針的位置，不知道此時幾點幾分。

大城市是電燈照明，他不曉得在甚麼地方開電燈，身邊的青年人是從香港回來的，他當然會開電燈，叫醒他吧。

想好了，伸手去推他。青年人醒了，睡眼惺忪，問他甚麼事？陳繼持說：「不知道現時幾點鐘？」

青年人從他的行李袋中拿出手電筒，按亮了，照照手上的腕錶，說：「淩晨一點十分，時候還早，再睡一陣吧。」

陳繼持羨慕他，旅行帶備電筒，又有腕錶，他懂得很多事情，像他這樣有知識的人，要討好他，同他交朋友，他問他貴姓。

他說他姓岑，叫岑漢。陳繼持隨即告訴他自己的姓名，又說：「岑同志，我見識少，很多事情我都要你指教。」

岑漢說：「香港人不叫同志，叫先生。」

陳繼持說：「岑先生，我是鄉鎮人，沒見識，要你指教。」

岑漢說：「都是出門人，勿講客氣話。」

陳繼持小時候聽長輩說：在家靠父母，出門靠朋友。他說：「岑先生，你肯同我做朋友嚒？」

岑漢說：「大家一齊睡地鋪，又同路去廣州，已經是朋友哩。」

地鋪那邊有人發怒了：「三更半夜講甚麼話！你不睡我要睡！」

岑漢說：朋友，打攪你，對不起。

靜寂了，大家都不出聲，繼續睡覺。

不知道過了多少時候，陳繼持一覺醒來，天空光亮了，他以為遲了醒來，大驚，推醒岑漢。岑漢睡意正濃，醒來，按亮電筒照腕錶，四點十分，距離開車時間還有一個小時，不會遲到。他們翻身起來，走去後面的水槽草草洗了口面，帶着自己的行李離開「福來客棧」，在街道上向長途車站疾走。

清晨的天空，灰灰濛濛，街道上沒有車子，店舖還未開門營業，行人稀少，街道上暢通無阻。他們疾步小跑，肩膊上的行李包左搖右晃，氣喘吁吁向前走。

到達長途車站，他們都氣喘如牛，滿頭大汗，停下來向周圍望望，一輛客車停在平地中間，有人在車邊走動，準備上車。那些乘客，有人拿着大包小包物品，有人拖男帶女，爭先恐後爬上車。陳繼持和岑漢都是年青人，只有簡便的包袱，輕裝上路，他們站在一邊，讓別人先上車了，他們才上去。

爬上車廂，對號入座，陳繼持昨天晚上最後買到的車票，所以他的座位在車廂最後一排。他坐下了，岑漢拿着車票對號，居然是他左邊的座位，兩人坐在一起！這是偶然的巧合還是命運的安排？他們都說不準。昨天晚上，他們不期而遇睡在一起，因而互相認識，成為結伴上路的朋友，目前兩人的座位也相鄰，不是命運的安排是甚麼？

司機是中年人，他在車廂中查看乘客都對號入座坐好了，人齊了，才去車頭的駕駛室坐下，發動引擎開車。陳繼持頭一次乘搭汽車，感覺新鮮，他從玻璃窗向外望，車子行駛了一陣間，離開市區而去，在郊外的公路向前奔馳，田野、樹林、村舍仿如快速向後退。他在家鄉時，空手去別的地方腳踏實地走，肩挑重物也是腳踏實地走，而汽車代替兩腳的功能滾滾向前疾馳，多麼方便快捷啊！人類的頭腦真是聰明，能造船隻在水上航行，能製造車輛在地上奔馳，也能製造飛機在天空飛，以後還能製造出甚麼神奇快速的交通工具呢？鳥雀有翼，但是牠們從遠古至今都是拍翼飛行。人類沒有翼，卻能造飛機坐在機艙中飛行，可見人類真是萬物之靈。

車輛滾滾向前，車廂在公路上搖搖晃晃，外面的晨風穿窗而入，清新涼爽。但是清風吹不走他心中的苦楚和煩惱，昨天早上他在河的木橋上佈局失足掉落河的假象，別人會不會相信他真的掉落河？人家會不會沿河搜索他的「屍體」？他失蹤了，鎮政府的掌權者怎樣對付大嫂、二哥？審問？逼供？追查？

「今天太早起牀搭車，買不到東西吃，要捱餓了。」忽然的說話聲打斷他的思緒。他想起昨天晚上在小飯店吃飯時，買了幾個肉包子。他說：「無須捱餓，我布袋中有幾個肉包子，我請你食。」

陳繼持打開身邊的小布袋，拿出肉包子，自己食兩個，另外兩個給岑漢。他們都餓了，幾口就將肉包子吞下肚。岑漢舔舔嘴，說：「都是你醒目，買了口糧，若不是，我們今晚去到江門才有飯食。」

陳繼持說：「我們這架車經過江門？」

岑漢說：「不是經過，到了江門所有人都要落車。」

陳繼持說：「去到江門都要落車？這架車不是去廣州嚟？」

岑漢說：「你不知道？我們去廣州的車票是『水陸聯運』票，從湛市到江門是陸路，落車後去江邊碼頭搭小輪船去廣州是水路。」

陳繼持說：「你不講，我真的不知道。」

岑漢說：「你買車票時沒問清楚？」

陳繼持說：「昨晚我一人到車站就買票，售票員說，去廣州的車票只剩一張，我即刻就買了……」

他們在車廂最後一排的座位上小聲談話，坐在前面的人聽不到。陳繼持想了解一下岑漢的情況，趁車子呼呼行駛的時候，問他回國了可不可以再去香港？岑漢說，他是自願回國參加祖國建設的，想回香港不是他決定了。要另想辦法。

陳繼持不知道他當初為何回國。岑漢想講又不講，面有難色，似乎有難言之隱。他說：「對不起，我不應該問你這個問題。」

岑漢說：「這個也沒甚麼，我當你是朋友，不怕同你講。年輕時我在那邊的愛國學校讀書，老師時常對我們說，中國自清朝末年至今百多年受西方帝國主義欺凌侵略，大好河山變成了半封建半殖民地。如今解放了，實行社會主義，中國人民從此站起來了，走向繁榮富強。老師帶領我們學生唱：東方紅，太陽升，中國出了個毛澤東，他是人民的大救星……又帶領我們學生唱：社會主義好，社會主義好……從那時候起，我們就嚮往社會主義的祖國，恨不得馬上回到祖國的懷抱。但是，那時我們都年輕，又沒有甚麼技能，可以為祖國做些甚麼工作呢？高中畢業了，我沒有參加會考，沒讀大學，入一間建築公司做事，學習設計，建造樓房，經過幾年的努力，學到這方面的技能之後，不理父母的反對拋下女朋友，毅然離家回到祖國，要獻身祖國的建設……想不到，大躍進、大煉鋼之後造成大災難，全國大饑荒，不知道餓死多少人……」

陳繼持說：「大饑荒時，我幾乎也餓死。你是從香港回來的愛國人士，地位特殊，領導人會優待你。」

岑漢說：「沒你想像那樣好……」

車子忽然停下來，停頓的時候，車廂搖晃震動。陳繼持不知道出了甚麼事故，向前看看，公路上的車輛都停頓不動了，原來是一條波光粼粼的大江阻住車輛的去路。江上沒有橋樑，車輛怎樣過江？

司機站起，從駕駛室走過來，說：「都落車，認清楚我們的車子，去江邊等候，勿亂走，免得有麻煩。」

大家照司機的話做，紛紛落車。陳繼持有點驚異，心想：去江邊等候？等甚麼？車子不能過江，只是人搭渡船過江？他隨着人群走到江邊向前望，一艘渡船在江面上慢慢駛過來，渡船中載着幾輛汽車，人群靠在船邊看風景。他明白了：渡船載車輛過江。

江邊的空氣清新，天空的白雲慢慢移動，陽光耀目。漁夫在小艇上撒網捕魚，鷗鳥在江面上飛翔。江水平靜，無風無浪，汽車渡輪衝破江水，徐徐而來。過了一陣子，渡輪泊岸了，水手把繩纜拋給岸上的男人。他伸手接着，把繩纜繫在江邊的圓石柱上，渡輪穩定了，船上的車輛一架跟着一架慢慢駛上岸，人群也跟着上岸。

渡輪中的車輛和人都上岸了，這邊的車輛才一架跟着一架駛入渡輪去。車輛和人都進入渡輪了，水手才解纜開船。陳繼持站在船舷，看着渡輪破浪向那邊駛去，感覺新奇：船不但能載人過江，還能載着龐大的汽車過江。

渡輪過江泊岸了，車輛駛上去、停下，讓人上車，大家在車廂原來的座位坐定了，汽車又在公路上繼續未完的旅程。

陳繼持昨夜在客棧睡得不好，睏倦了，坐在車廂的座位閉目養神，讓腦子稍作休息。岑漢也合上眼皮。但是他的腦海在打轉，腦筋無法靜下來。他以前在香港的愛國學校讀書時，立志入大學讀建築系，但是愛國學校注重政治思想灌輸，學生的各科成績偏低，在眾多高中畢業生劇烈競爭的情況下，他考不上大學，讀建築系做建築師的願望落空，很喪氣。

但是他想學建築技能的願望並不放棄，進入一家建築工程公司打工，從低職位做起，逐步上升，終於成為建造樓房的設計師。在建築公司做事的時候，認識一名做秘書的女子，兩人相戀了一段時期，談婚論嫁了。但是彼此的政治理念不同，人生取向有別，搞到分手。女朋友起先還給他機會，說同他結婚可以，跟他一起回大陸就不願意！他說：「我投奔祖國的主意已定，甚麼人都阻止不了，你願意我也回去，不同意我也回去。」最後她哭着說：「那我祝你好運！」

好運會不會降臨他身上？

在香港，他天天看愛國報紙，愛國報紙的報道，連篇累牘都是宣傳社會主義好，祖國正在加快建設，海外同胞應該回國為祖國建設出一分力，建設好社會主義的新中國。

那時香港的經濟還未起飛，普通市民的生活都貧窮，很多人不滿港英政府的管治，在愛國學校、愛國報紙的宣傳下，很多工人都興起回去參加祖國建設的念頭，愛國組織機構協助他們，回到廣州住在華僑大廈賓館中，等符人民政府安排工作。

省人民政府派人熱情招待岑漢，讓他在華僑賓館住下，華僑賓館位於珠江河畔，客房窗明几淨，雪白的牀單，景德鎮出品的茶壺茶杯，漂亮的女服務員斟茶遞水，早、午、晚三餐去餐廳飲茶食飯。在餐廳食飯的都是歸國華僑、國際友人，氣氛融洽。這樣的待遇，他回祖國的決定不錯吧？

岑漢不在乎食住好不好，他只希望快些投入祖國的建設大業，為祖國貢獻自己的微小力量。但是時間一天天過去，都沒有接到安排他工作的消息。他是個閒不下來的人，工作才是他的興趣，他主持建造好的樓房才有一份滿足感，才感覺他的人生有意義。

他下榻的賓館中有《人民日報》、《解放軍報》和《紅旗雜誌》，他天天都拿來看，國際新聞報道中，甚麼事情都是共產陣營的好，資本主義陣營的壞。祖國的新聞，都是人民公社成立以來，年年大豐收，社員穿得好食得好，人人都幸福快樂。有評論文章說，西方的資本主義國家，資本家壓迫剝削工人，工人就團結起來罷工抗議，跟資本家對抗，這樣的局面，資本主義很快就會完蛋。又有文章說，港英政府收到的稅款，大部份都被殖民官員送到英國去了，香港的貧苦市民雪上加霜，處於水深火熱之中，有人還要賣兒賣女度日。

西方資本主義國家的真實情況是不是這樣壞，岑漢不敢說。他在香港長大，耳聞目睹一般工人市民的生活情況，並不像《人民日報》的評論文章說的那樣惡劣到要賣兒賣女的地步。

岑漢目前在華僑賓館中過着意想不到的良好待遇，但是他呆在賓館中等待安排工作不免煩悶。他首次回到國內，一切都感覺陌生。越秀山的美景，他聞名已久，心想：

趁在廣州停留期間去看看也好。他在賓館的小賣部買了一張廣州市地圖，按圖索驥去遊覽。聞名不如見面，他上越秀山遊覽一遍，山上的風景比想像中的還要好。

第二日，他又去參觀黃花崗七十二烈士陵園。進入陵園，舉頭仰望，七十二塊方正的大石堆叠成一個門樓，門樓上的長型花崗石上刻着「黃花崗七十二烈士陵園」十個陰文大字。他站立着，向烈士們樓作深深的三鞠躬。

烈士陵園裏面，順着各位烈士的墳墓做成曲徑通幽的小路，讓遊人前往瞻仰膜拜。陵園中樹影婆娑，竹影搖曳，鳥兒跳躍啁啾，彩蝶飛舞，這些紛飛的蝴蝶是不是烈士英魂的化身？……

車子忽然煞停，車廂晃動，岑漢從往事的回憶中驚醒。他從車窗向外望，牛隻從公路前面慢慢走過，差一點牠們就被汽車撞倒變成輪下鬼。但是牠們的樣子恍惚並不驚慌，不曉得自身的危險，慢條斯理橫過公路，四蹄踏地走上山坡去。

司機在危急中煞停車子，不忍生靈塗炭還是駕車者的自然反應？或者兩者兼而有之？司機驚魂甫定，吁了一口氣再開車前行。

黃土公路向前伸延，向前望去，感覺路面愈遠愈小，車子猶如被它帶着向前奔馳。車子呼呼向前行駛，車輪過處，輾起黃黃的塵埃，在空氣中飛揚，車子在公路上奔馳，穿過山林，穿過農田，經過村舍，有時候爬陡坡，速度緩慢，像老牛呼呼喘氣，車尾的排氣筒噴着黑煙，煙雲夾着輾起的塵土在曠野中迴盪。

車子經過村子、鎮子，陳繼持不知道身在何處，甚麼時候才能到達目的地？看來只有司機心裏有數吧？汽車的燃料是汽油，車子不停地行駛，汽油用完了，停在公路上去不到終點站怎麼辦？他將自己的顧慮告訴岑漢。

岑漢說，車底下面有個油箱，司機開車之前入滿了汽油，一箱汽油可以行車多少公里司機知道，除非車子發生故障才會拋錨不動，而這種情況少之又少，不必擔心。陳繼持說：「萬一拋錨在公路上怎麼辦？」岑漢說：「到了那時再打算，總有辦法去到目的地。」

陳繼持想起簡丹青的話：天無絕人之路；山窮水盡疑無路，柳暗花明又一村。他是個有學問、久經歷練的老人，他的話可信吧。

車子清晨從湛市開出，到了現時夕陽斜照了。人坐在車廂中一整天，汽油沒有用完，車子也沒有發生故障，司機在一個城鎮的江邊把車子停下來，他說，到達江門了，叫大家都下車。

下車的人，有人向市區走，有人向江邊走。岑漢在香港長大，有知識，有見識，有智謀，他對陳繼持說，去江邊碼頭找到自己搭去廣州的輪船了，才去飯店吃飯。陳繼持的見識少，當他是黑夜的引路明燈，隨着他走，聽他的話做。

江邊的碼頭長長的，停泊着好幾艘小輪船，每艘小輪船的航線不同，目的地各異，難怪岑漢要找到自己所乘的船才放心去飯店吃飯啊。

陳繼持身上餘下的錢不多，岑漢身上的錢也不多，在旅途上，他們必須省吃儉用。江邊的街道上，各種店舖都有，飯店有大有小，他們在街上徘徊了一陣子，東張西望，進入一間小飯店，在靠窗口的方桌坐下，見牆壁貼着的紙條上寫着飯菜的名稱、價錢，有貴有平，豐儉由人選擇。陳繼持向伙計點了一盤平價的麻婆豆腐飯。

岑漢本想點肉粒炒飯，想了想也是點一盤麻婆豆腐飯，跟陳繼持一樣。茶水免費供給，飲多少都可以。豆腐飯還未上枱他們就拿杯子倒免費的茶水喝。他們都口乾舌躁，飲完一杯又一杯，喝個壺底朝天。

這間小飯店最便宜的是麻婆豆腐飯，當然，最便宜的就是最低級的飯菜。但是，有麻婆豆腐飯吃，對他們來說，已經是最好的享受了。解放軍浩浩蕩蕩進入白沙鎮的時候，他只是小童，略為懂事，人民政府就搞土改運動，農會沒收他們家中的財物，分他們家中的田地，他們變成窮人，不久又發生大饑荒，沒有糧食，逼到上山割野菜野草裹腹。食樹皮做成的「糕餅」充飢。

食野菜野草跟食麻婆豆腐飯相比，太幸福了。豆腐摻入豆瓣醬作調味，香滑可口，齒頰留香，委實好吃。他吃了一盤麻婆豆腐飯，舔舔嘴，還想吃。但是不好意思說出口，恐怕岑漢見笑。

他說：「你是香港回來的，沒捱過餓……」

岑漢說：「香港的窮人都有飯食，不用捱餓。我初時回到廣州住在華僑賓館，等候省人民政府分配工作，被他們分配去海南島的農場開荒種田，才嘗到饑餓的滋味。」

「你是建築樓房的專門人才，怎麼他們分配你去開荒種田？」

「他們說，是國家的需要。」

「你願意接受？」

「已經回來了，不願意也要服從。」

「你是香港回來的，不願開荒種田，可以回香港嘛。」

「回國容易，返回香港就難。」

「怎麼會這樣？」

「一回國，他們就收去我的香港身份證、回港證了，沒有這些證件過不了深圳關卡。怎樣回香港？」

「你要求他們還給你證件嘛。」

「他們不會還啊。」

「你沒有後悔回來？」

「已經回來了，後悔沒有用。」

「你去了海南島農場，如今——他們又放你走？」

「是我暗中離開的。」

江邊傳來輪船的汽笛聲，岑漢停止談話，看看腕錶，時間不早了，輪船響起汽笛催促乘客上船了。兩人走到櫃枱前付了賬，離開小飯店，向江邊走去。天已黑了，江邊碼頭有人行走，暗昏的街燈下，人影幢幢如鬼魅。

他們來到江邊碼頭，有人先後上船，他們也上船。這些內河輪船都細小，上層是甲板，前頭是駕駛室，下層是客艙。踏着梯級落到下面，中間一條通道，兩邊是一個個鋪位，每個鋪位分上下兩格牀位。他們拿着「水陸聯運」的票子找到自己的鋪位，在昏暗的燈光下對號入座。

陳繼持和岑漢同一個鋪位，陳繼持睡上格，岑漢睡下格。他們把隨身攜帶的行囊放在鋪位當枕頭，以防失去。他們白天坐了十幾個小時長途車，一路搖晃顛簸，又睏又倦，躺在牀位上睡覺。

陳繼持頭一次出遠門，旅途上所見所聞，有恐懼感，也有新鮮感；有失落，也有得着。最好的是，偶遇岑漢，雖然萍水相逢，彼此談話投契，知道對方一點點情況。岑漢有知識，有人生歷練，但是他不像深藏不露的人。現今這個人與人之間互相設防的社會，能吐露自己心事的人並不多。是不是他走錯了人生路，才吐吐心中的苦悶？那麼他不擔心別人揭發他？他說，他暗中離開海南島的農場，「暗中」，等如潛逃。現時他去廣州，目的是甚麼？

這時甲板上面有人解纜開船了。船艙後面的機器突突響，他們感覺小輪船在江中向前航行。艙房沒有窗口，看不見江水兩岸的東西，艙房的乘客猶如身處在悶葫蘆中。

岑漢睡下格牀，一人在上一人在下，咫尺天涯，兩人無法談話，陳繼持不知道他此刻睡熟了還是在想心事？他有親戚在廣州嗎？要是沒有，他去廣州怎樣生活下去？

想着想着，陳繼持睏倦極了，呼呼入睡。

岑漢合上眼皮，但是他浮沉在回憶中，無法入眠。五年前的春夏之交，他和幾個從海外回國的同胞被分配去海南島的農場，開荒種田。他到達的時候，已經有幹部在磚瓦房中的辦事處理農場了。他和另外幾個人進入辦事處報到，正在喝茶的幹部放下茶杯，站起來跟他們一一握手，說：「歡迎你們加入我們農場的大家庭。」

農場的幹部前兩日已經接到廣州方面的通知，準備好宿舍讓他們居住。他們在辦事處辦好了交接手續，幹部就帶領他們去宿舍，安排他們住下。

宿舍是泥巴牆壁葵葉屋頂，三個人同住一間六十平方公尺的屋子，裏面三張木牀，每人佔一張，當中的枱凳共用。照明是傳統的煤油燈。海南島地處瓊州海峽之南，是亞熱帶，冬天也不寒冷。農場位於低窪濕地，蚊子又大又多，牀鋪上都掛着黃麻線蚊帳，人在蚊帳中才有一點點私人空間。

岑漢回國之前，以為回到祖國人民政府安排他去某城市做他專長的設計建造樓房工作，所以他攜帶很多衣服、鞋襪和各種用品回來。如今被分配到農場開荒種田，行李中很多東西都用不着，只好放在牀底下面藏着。他的兩個宿友也從海外回來的，像他一樣也攜帶不少東西回來。

農場的宿舍，每間的面積差不多，國內的人，一間屋子住五六個人，而他們是海外歸國的，三個人住一間，算是優待了。但是無論是國內的還是海外回來的，都在同一個飯堂領飯食。早上吃了一碗稀粥，就去工具房取鋤頭、釘耙、竹箕向農田出發。

農場位處一片低窪的濕地上，向四周望去幾乎望不到邊。周圍沒有圍牆，鐵絲網也沒有，不過，場裏的勞動者想擅自離開這個無形的範圍並不容易，因為周邊的山坡上有人在暗中監視，大家必須自律，不可行差踏錯，引致被誤會意圖逃跑——先來者對後來者的告誡。

這一大片低窪地帶，由荒地變成農田，有的田地種瓜果、蔬菜、甘蔗，大部份田地都是種水稻。

耕田種植多少都需要一點點技能，開墾田地有氣力就行。岑漢和別的分配到這個農場的海外青年人都有知識，欠缺的只是氣力。知識技能是學來的，氣力也是鍛練出來的，初時氣力小，勞動多了氣力就會愈來愈大。

開荒墾地時有隊長指導，能握鋤頭、釘耙就行。拿鋤頭掘土，手起鋤落，一下一下不斷重複地挖掘，把雜草掩蓋在泥土之下，雜草漚爛了，變成肥料，供給莊稼生長。

陽光下，岑漢和他的嚮往社會主義祖國的同伴，揮鋤頭掘地，滿面通紅，汗流浹背，手掌起血泡，辛苦痛楚到想掉下鋤頭。隊長仁慈，對他們諄諄善誘：「初初開荒墾地的新手都是這樣，只要堅持天天掘土，日子久了，手掌的血泡就結痂，一層層結痂，堅硬了，以後就不會起血泡了。不信？你們看看我的手掌就知道了。」

隊長邊說邊攤開手掌讓他們看。岑漢懂得這樣的道理，他沒去看隊長的手掌。他趁別人去看隊長攤開的手掌時，乘機歇息一下。

隊長又鼓勵說：「你們好好的幹吧，堅持做下去，就沒問題啦。」

勞動會改變人的思想，也會改變人的身體，白嫩的皮膚會變成粗黑的皮膚，文質彬彬會變得粗野——先前來農場開荒種田的先鋒者是最好的樣板。

隊長原來是執教鞭的斯文人，他在農場勞動十分積極，又會打別人的小報告，獲得農場領導的賞識，升他為隊長。隊長在農場只是個小小的角色，既然是「隊長」，就能監管一隊人，有權力對隊員指指點點，像老師管教學生一樣有有權威。

隊長姓王，猴王的王。隊員如猴子，在小小的山林中，隊長如猴王。猴王的號令，猴子不能不聽命。艷陽天氣溫高，王隊長坐在山坡的樹蔭下，監看隊員勞作。不過，他這樣遠離隊員也好，隊員趁他閉目養神的時候，可以偷懶作短暫歇息，吐吐心中的怨氣。有人見到王隊長在樹蔭下站起來了，打個暗號，大家又動手慢慢幹活。

落雨的時候，天空陰沉，雨點紛飛，王隊長頭戴膠雨帽，身穿膠雨衣在田邊行走，隊員不停手，仍然在風雨中幹活，滿頭滿身都是雨水，樣子宛如落水狗。

大家都知道，這裏是國家農場，不是勞改場，來這個農場開荒耕種地的人，無論他們是國內的還是海外回來的，都不是罪犯。而王隊長居然當他們是勞改犯一般看待！他憑甚麼這樣做？想立功再升級為中隊長、大隊長？沒有人出頭煞煞他的囂張風氣不行！誰會帶頭修理他？

岑漢決定為人家出氣。他在香港長大受教育，香港是英國殖民官員管治，但是香港市民有自由、法治、人權，市民活得自由有尊嚴。回到祖國就要像狗那樣被一個小小的農場隊長欺負？二十幾個隊員就怕他一人？「團結就是力量」，大家團結起來對付他，不怕鬥不倒他！他原是個小學教師，不學無術，沒見過世面，不知天高地厚，只是出賣隊員討好農場的領導才升做隊長。

這天烈日當空，暑氣熏人，土地熱到像要起火。王隊長走去那邊山坡的樹蔭下坐在草地上歇息，閉目養神入睡了。

岑漢見時機到了，叫大家停手不幹活，一齊去場部見領導。他們都把鋤頭、釘耙仍在草地上，離開田間，向場部那邊走去。別的生產隊員都不知道他們一齊去場部做甚麼，只是疑惑地望着他們的身影遠去。

場部的領導人見這麼多生產隊員忽然到來，警覺性地從腰間拔手槍戒備。岑漢見他拔槍，立正說：「報告長官！我們來這裏沒有惡意……」

領導說：「你們有工不做，來這裏做甚麼？」

岑漢說：「我們來告狀。」

領導說：「告狀哪用這麼多人來！」

岑漢說：「我們都是苦主，所以一齊來。」

領導說：「為甚麼事前沒報告一聲？」

岑漢說：「王隊長整天在監視我們幹活，沒有機會來向你報告。」

領導說：「你們就罷工？」

岑漢說：「我們不是罷工，是集體來向你告狀。」

領導說：「甚麼事快講，我會處理。」

岑漢說：「天落大雨，王隊長都要我們開工，不准我們避雨。」

領導說：「現時全國人民都搞大躍進，爭取畝產十萬斤。要是天天都落雨，你們天天都不下田耕種，怎樣能夠畝產糧食十萬斤？」

岑漢說：「就是落雨季節，都是晴天多，雨天少，我們避一陣雨也沒有太大影響。」

領導說：「一個人避一陣雨沒太大影響，我們農場這麼多人，大家都避一陣雨，影響穀糧收成就太大了。」

岑漢說：「就算我們不眠不休，晴天雨天日夜都在田裏苦幹，都不能夠畝產糧食十萬斤。」

領導說：「人家公社都能畝產十萬斤，我們農場不能落後。」

岑漢說：「你相信人家的公社能畝產十萬斤嗎？」

領導說：「他們公社的領導是這樣向上頭報數的。」

岑漢說：「他們公社的領導這樣向上頭報數，你是我們農場的領導，照樣報數不就得了？為甚麼好天落雨天都要我們下田耕種？」

這時王隊長急衝衝走入場部，見到所有他管理的隊員都在裏面才心定。早前他在樹蔭下醒來，以為他手下的隊員集體逃跑了，大驚，急急跑來場部向領導報告。

場部的領導訓斥他：「你帶領的隊員都逃跑了，好在我派人捉他們回來。你去了哪裏不管他們？你是怎樣做隊長的？你犯了這樣大的錯，應該怎樣懲罰你？！」

王隊長誠惶誠恐說：「請領導你處罰。」

領導拍着枱說：「撤你職！做回隊員！」

王隊長說：「誰做隊長？」

領導說：「他們都是好人，會自動自覺幹活，無須隊長管理他們。」

岑漢報復王隊長的目的達到了，同大家一齊離開場部去田裏勞作。王隊長降為隊員，大快人心，他還成為眾人的眼中釘，孤立他，排斥他，讓他無地自容，勞作時耷拉着頭，出工收工都不敢跟隊友說話。

岑漢在海南島的國營農場度過三年全國性的大饑荒，他實在不願回想那段荒謬又痛苦的歲月，但是那些經歷猶如鋼刀刻在石上的印痕，無法撫平，深深留在腦中。

大饑荒時期，國營農場餓死不少人，很多人餓出病了才死亡。岑漢沒有餓死，那樣的饑荒年月，他沒有逃離農場，過了大饑荒才下決心逃離。大饑荒時，為了延續生命，他悄悄離開農場去外面的村莊，將他從香港帶回來的藥物，用品跟村民換番薯、香蕉、木瓜、蘿蔔裹腹。換了多次，甚麼身外之物都換了食物，唯獨一隻勞力士腕錶沒有換掉，當寶貝一般收藏着……

陳繼持從上格牀爬下來，彎下腰，輕輕地拍拍岑漢。岑漢從回憶中醒來，問他甚麼事？陳繼持說，艙房中又悶又熱，睡不着，不知道這時是甚麼時候了？岑漢藉着船艙微弱的燈光，看看腕錶，凌晨三點十分。陳繼持說，在艙房中看不到外面的東西，想上甲板上面看看。岑漢說，天還未亮，上甲板上面小心掉落江水去。陳繼持問他上不上去？岑漢說，他要在牀位看守行李，要是遺失就不好了。

陳繼持覺得他做事小心，是個好同伴。他自己向艙房通道那邊走去，爬上梯級，踏着甲板走到船頭。這時將近黎明，黎明前的黑暗，周圍漆黑一片，甚麼東西都看不見，若不是天空有疏疏落落的星在眨眼，天地之間就變成混沌濛沫世界了。

輪船在江中破浪前行，江面捲起滾滾的浪花，船身搖晃。他伸手抓着船邊的鐵欄，以免跌倒。江風吹拂，他的頭腦清醒了。大哥寄信回家，沒有叫久別的大嫂帶着兒子去廣州相會，只叫他一人去，是甚麼原因？大哥那年去廣州大學讀書，因為某種原因一去不返，音訊全無，和家中各人失去聯絡多年，直到如今來信才知道他在廣州××中學當教師，家中各人才略為放心。

大哥在廣州××中學教書，叫他去那裏做事？叫他去讀書？不管叫他去那裏做事還是讀書都是好事，這樣，或許有出頭之日。他沒有去過廣州，曾經聽別人說，廣州是大城市，繁榮先進，市民見多識廣，生活得好，是個好地方。如今有機會去省城走走、看看，太好了。

陳繼持在甲板上停留半小時，因為四周黑黑麻麻，甚麼都看不見，感覺沒有意思，小心翼翼回到下面艙房的鋪位，躺下睡覺，任由輪船載他們向前航行。

輪船浮游在江水中，搖搖晃晃，人宛如睡在搖籃中。他不知道睡了多久，岑漢站在牀邊拍醒他，對他說，天亮了，船已經駛入珠江了。他睡眼惺忪，爬起來，拿着自己的行囊，爬上甲板，天已微明，能看見珠江兩岸的景物了。

陳繼持忽然緊張起來，心想：上了岸，就要跟岑漢分手了，各人去自己要去的地方，以後怎樣才可以會見他？彼此相處的時間並不久，因為談話、互相幫助，也有感情了。最重要的是，岑漢曾經在廣州待過一段時間，對這個城市頗為熟悉，跟他分手了，自己人生路不熟，怎樣尋找大哥啊。

岑漢見他的神情惶惑不安，這樣說：「我跟你在旅途中認識，萍水相逢，也算有緣。上了岸，我同你去××中學找你大哥。」

陳繼持仿如在大海中抓到一根浮木，拉着他的手說：「岑先生，你真是好人，多謝你關照。」

岑漢說：「出門人，應該互相關照，以後說不定我還要你幫忙哩。」

輪船過了白鵝潭，速度減慢，慢慢靠近碼頭，停泊好。乘客前前後後從艙房爬梯級上甲板。岑漢一馬當先上岸，陳繼持當他是嚮導，跟隨他走。堤岸有三輪車夫在等客，岑漢讓陳繼持先爬上車斗，他後上。兩人坐定了岑漢告知車夫去××中學。

清晨的街道，行人疏疏落落，車輛也稀少。車夫弓着腰背，捲起褲腳的兩條腿踏輪子，轉街過巷，半個時辰就到達目的地了。這天是星期日，學校放假，校園中冷冷清清，他們落車付了車資，走入校園，陳繼持對正在打掃庭院的工友說，他要找陳繼祖老師。麻煩他去通傳一聲。

過了一陣，陳繼祖從裏面走出來。陳繼持認得他，上前叫他大哥。陳繼祖看看他，說：「你是繼持？這麼多年沒見，你長高大哩。好，終於見到你了！」

三人回到陳繼祖的宿舍，坐下，陳繼持對他大哥說，他在旅途中認識岑漢，多得他陪伴、指教，才能順利到來。他又把岑漢這幾年來的經歷簡略告訴大哥。

陳繼祖聽了小弟的敘述，又觀察岑漢的反應，他的神態自然，看來是可信的人。大家才坦誠談話。

陳繼祖問他擅自離開海南島的國營農場，是不是想返回香港？岑漢說，他不能回去了。陳繼祖說，當初你是從香港回來的，為甚麼不能回去？岑漢說，他一回到中國大陸，他的證件都被沒收去了，他變成中國人民了，若然要回香港，必須向公安局申請到「通行證」才能通過深圳海關。陳繼祖說，那你就去申請啊。岑漢說，他是擅自離開國營農場的，等如逃犯，若是去公安局申請「通行證」，無異自投羅網，送羊入虎口，要被押回海南島的農場。

陳繼祖說：「以後你都沒有機會回香港了？」

岑漢坦誠說：「我偷偷從海南島來廣州，想辦法偷渡過去。」

陳繼祖嚇唬他：「你不怕我告發你？」

岑漢說：「如果我怕你告發，我怎會將我的事告訴你？」

岑漢遠道而來，陳繼祖視他為客。他說：「你兩人老遠來到，當然肚餓了。我們一齊去飲早茶。」

他們進入「大同酒家」，三人在一張八仙枱坐下，開茶位飲茶。點心女工胸前掛着一個大蒸籠來到他們面前停下。陳繼祖要了三籠蝦餃，三籠叉燒包，三隻糯米雞。大家都饑腸轆轆了，拿起筷箸就大吃大喝。

岑漢對這些粵式點心久違了，如今有機會再食，引起心中不少甜蜜溫馨的回憶。童年時爸媽帶他去茶樓飲茶，吃點心，爸爸斟茶給他，媽媽夾他喜歡吃的蝦餃放在他的小碗中，讓他吃。爸爸不是有錢人，但是他喜歡玩的東西都買給他玩，他喜歡吃的東西都買給他吃。

他適齡入學了，爸爸就送他去愛國學校讀書，希望他做個愛祖國的好人。高中畢業了，他入一家建築公司做事，認識一位年青貌美的女子，兩人戀愛至談婚論嫁了，但是他嚮往社會主義的新中國，不理父母、女朋友的反對，放棄建築公司的高薪厚職，離開心愛的女朋友，隻身投奔祖國的懷抱……

飲完早茶，回到××中學的宿舍，岑漢向陳姓的兄弟告辭。告辭的時候，他說去他姑媽的家中暫住，又寫下他姑媽在廣州的住址，大家以後再聯絡。

16

陳家兄弟久別重逢，彼此都有很多話要說，又不知道從何說起，想到甚麼就說甚麼。陳繼持最想知道大哥寫信回家叫他來廣州的原因，話題就從這件事開始。

陳繼祖恐怕隔牆有耳，惹來麻煩，他壓低話聲，說珠江三角洲的城鄉，很多人偷渡去香港，而且成功到達那邊的機會很高。所以寫信回家叫他來廣州就是為了這件事。他又說：「你年紀小小就受苦，現時在家鄉也受苦，若然能夠去到那邊工作生活，就有機會改變你的命運。」

陳繼持從小到大都在白沙鎮過活，沒離開過故鄉，對外面的世界一無所知，更加不知道香港是個甚麼樣的地方，能夠去到那邊怎樣改變他以後的命運？大哥對他解釋：香港是英國人管治的大城市，是資本主義社會，有自由，在法律面前人人平等，只要市民奉公守法做事生活，做甚麼事、講甚麼話都可以，而且窮小子也有機會發財，成為大富，最好的是，那邊沒有政治運動、沒有階級鬥爭，大家都可以自由工作生活……

陳繼持說：「這樣的好地方，你為甚麼不過去？」

陳繼祖說：「這是很複雜的問題，現時不想多講，以後你就會明白。」

繼持說：「你叫我來廣州，是想我偷渡過去？但是我不知道怎樣偷渡。」

繼祖說：「你在我這裏住下，慢慢就會知道。」

陳繼祖在××中學教書多年，他的學生之中，有的偷渡過去了，有的準備着，等待時機。如今岑漢也向他表示想偷渡。他原本是香港人，自然熟悉香港的情況和地理環境，跟他一起謀劃，就會事半功倍。

岑漢知道陳繼持從粵西家鄉來廣州的目的，是想偷渡去香港。他在他姑媽家暫住沒事做，趁星期日××中學放假，他就來××中學會見陳姓兄弟。見面後閒談幾句就進入正題，他說，爬過梧桐山，從深圳河游水過去就是九龍新界，路程近，但是那裏的邊防軍把守森嚴，又會放軍犬噬咬，弄得不好，會死在槍彈之下，非常危險，他不想在深圳河那裏偷渡。他選擇從大鵬灣游水去吉澳島。吉澳島距離香港、九龍遠，距離中國邊界近，所以中國的邊防軍疏於防範，只要游泳技能好，能夠到達屬香港管轄的吉澳島的機會很高。

陳繼祖聽他這樣說有點疑慮，心想：機會高不是百份百，萬一被邊防軍捉到，他就會成為偷渡的判國者，被押解回故鄉白沙鎮監禁起來，他此生的前途就完蛋。所以他打消了偷渡的念頭。還有，他和吳玉卿結婚個多月就去廣州讀大學，一去多年，留下她在白沙鎮受苦受難，他實在對不起她。若然他偷渡去香港，生死未卜，就算他成功到達那邊，甚麼時候才可以回國和她重聚？

在陳繼祖的觀感中，繼持童年時就聰明伶利，如今他已經是青年人了，身體強健，相貌又好，若然培養他，幫助他，讓他離開這個時時搞階級鬥爭的國土，去外面的自由世界闖蕩，他可能會創造一番事業的。

早前有個叫寧遠的同事向陳繼祖表明想偷渡去香港。如今繼持來了，他就叫寧遠來他的宿舍商議。這天晚上，岑漢、寧遠都來到他的宿舍相會，商議偷渡的計策和路線。

偷渡去香港的路線有陸路有水路，有人偷渡去澳門住下了，拿錢給「蛇頭」，搭他的船「屈蛇」去香港。有人去深圳住下了，晚上從後海灣游水去九龍的流浮山，上了岸拿錢給「打蛇佬」搭他的車去市區。有人晚上爬過深圳邊境的梧桐山，等待時機下山去深圳河邊的蘆葦叢中，伺機游過深圳河到達九龍新界。

三人之中，寧遠是廣州人，他對偷渡去香港的情況頗為了解，他說，以上三條路線都有問題，不可行，因為深圳和英界只有一條小小的深圳河相隔，是一般偷渡者的首選路線，所以那裏的邊防軍警嚴密佈防，一發現有人偷渡就開槍射殺，這些年來，不少偷渡者都命喪於邊防軍警的槍下，枉送了性命。

寧遠又說，在深圳偷渡危險不說，想去深圳也十分困難，因為深圳範圍是邊防區，外地人去深圳，必須本公社或工作單位發給一級證明文件才能去深圳。

岑漢彷如被人潑了一盤冷水，身心都涼了。他擅自離開海南島的國營農場，搭船渡過瓊州海峽，辛辛苦苦才來到廣州，目的只是偷渡回香港。聽寧遠這樣說，他的偷渡回港不是成了泡影？！

寧遠看見他的失望神情，曉得他想的是甚麼，這樣說：「我看過中英邊境的地圖，從大鵬灣游水去香港的吉澳島是可行的辦法，因為大鵬灣的海面闊，海潮急，從那裏偷渡的人不多，邊防軍疏於防守，晚上落海游過去成功的機會高。不過，必須泳術好，意志堅強才行。」

岑漢在香港降生長大，知道香港大小海島百多個，吉澳島最接近中國邊境。年輕時他和朋友從沙田馬料水搭小輪去吉澳島遊玩，登上島上的山頭，能望見大鵬灣那邊的山村，肉眼能望到的地方，當然不會太遠。現時他聽寧遠這樣說，從大鵬灣游水去吉澳島成功的機會很高，由失望變希望。問題是，他的泳術並不好，怎樣游得過去？

寧遠說他自己的泳術也不好。他又說，人不是天生會游泳的，只要肯練習，練得多了，就會有進步，自然會好。

他們三人決定練習游泳，地點是珠江。為了避人耳目，不好光天白日下江習泳，必須在夜幕低垂、黑暗掩影下進行。陳繼持在大哥的宿舍住下，沒事做，悶極無聊，去外面看市容，去景區看風景，晚上吃了飯才穿着短褲背心去珠江習泳。以前他在家鄉的白沙河已經學懂游泳了，如今在珠江游泳，駕輕就熟，從上游到下游，再從下游逆水游到上游，反覆練習。每天晚上他都跳落江中練習，自由式、蛙式、背泳、浮游，不斷練習，泳術一天比一天進步。

岑漢在他姑媽家中沒事做，白天養精蓄銳，晚上落珠江習泳。他的精力充沛，游泳時比他的同伴游得好。早幾年他在香港做事的時候，受愛國報章的宣傳影響，誤以為新中國一切事情都好，回來之後，親歷目睹，才知道受騙上當。

他們三個青年人，晚上在珠江練習游泳，白天一起看廣東省地圖，研究從廣州去大鵬灣的路線。時機到了，一切需要攜帶的東西都準備好了才上路。

寧遠在××中學教體育，學校這麼多學生，天天都要教體育課，因此，要到放暑假才可以離開學校，若中途離開，校方必然追查他的去向，會惹來麻煩。反正還有十多天就放暑假，沒甚麼問題。

從廣州南下大鵬灣，路程遠，為了避免在路途中被人懷疑檢查，他們不好搭車，三人分別騎單車上路。單車後面的架子上放着破舊的竹籮，竹籮中裝着背包、乾糧、塑膠水瓶、藥物，再用生草藥遮蓋。他們腳穿布鞋，頭戴笠帽，裝扮成當地去市集的農民，從廣州騎着破舊單車離開市區，向南邊駛去。

他們都年青力壯，騎着單車在土路行走。土路崎嶇不平，有時斜落，有時上陡坡，攀山越嶺，過山林過田野，到達東莞縣石龍鎮時已近黃昏。因為騎單車走了六七十公里路，滿身大汗，口乾舌躁，肚又餓，他們在一間小飯店門前停下來，進入小店飲茶食飯。小飯店是老夫婦開的，小本經營，不必交糧票，多收一點糧票錢（他們身上都有錢，欠缺的是糧票，能用錢代替糧票，求之不得）。

三人之中，岑漢的年紀大一點，他在海南島的國營農場開荒種田幾年，晴天烈日曬，雨天遭雨淋，風吹雨打，皮膚黝黑，手腳粗糙，十足是農民模樣。食飽飯了，他問店主他的店舖有沒有房子租給他們度宿一宵？老店主反問他：「你們不是本地人？」

岑漢機警地說：「我們是惠州人，在羅浮山採山草藥去別處販賣。今晚來到貴鎮，天黑了，要等到明日才拿草藥去街上擺賣。」

老店主當他講的是真話，這樣說：「小店只賣飯菜，不是客棧，本來沒有房間出租，見你們遠道到來，人生路不熟，等陣關門停業了，要是你們不嫌屈就，就睡在舖面好哩。」

岑漢只希望有個地方過夜，還有甚麼苛求？他說：「這樣最好，我會給你房租，你要多少錢？」

老店主說：「我已經講過，我不是開客棧，你隨便給多少錢都好。」

岑漢說：「我們的山草藥都在單車貨架上，要推單車入你舖中。」

老店主說：「山草藥是你們的貨物，在山上辛苦採到，正所謂人離鄉賤，貨離鄉貴，當然要推入來保管。」

有地鋪睡一夜，好過露宿街頭。岑漢為了讓老店主放心，隨即從衫袋中掏三塊錢給他。老店主額外得到三塊錢，笑着收下了。

老店主夫婦收拾好爐灶碗盤，把枱凳搬到牆角放好，拿草蓆給他們打地鋪，才回後面的房間歇息。

他們食飽飯，飲了茶水，因為騎了一日單車，疲勞極了，一躺在地鋪上就呼呼入睡。翌日天蒙蒙亮醒來，辭別老店主夫婦，推單車出店門，急急上路，下一站的地點是鳳崗鎮。因為三人騎單車目標大，恐怕被民兵發現跟蹤，在土路上距離遠遠的。

寧遠在廣州讀大學，畢業後在××中學當體育老師。他在東莞縣出生長大，頗熟悉東莞縣的山川地貌。他說，東莞縣毗鄰寶安縣，愈接近深圳愈多民兵行走，他們若是懷疑路上的行人意圖偷渡去香港，會馬上走來查問。就是裝扮成當地農民騎單車，也要隔一段距離，不可太接近，以免引起民兵懷疑。他騎上單車先行，陳繼持在中，岑漢在後，遠遠望去，宛如三隻小牛在土路上分別向南行走。

騎單車比徒步走得快，但是上百公里路，到達鳳崗鎮附近的時候，太陽已經落山，曠野中濛沫一片，看不清楚事物了。好在不遠處的村莊有些星散昏暗的燈光，仿如導航的燈號。這時附近的田野靜寂無人，他們抓緊時間，把單車推到甘蔗田中，卸下單車尾架上的竹籮，取出竹籮中的背包和別的用品，躲在甘蔗林中，喝一點水，食一些乾糧，歇息一陣，恢復體力了，開始日宿夜行的行程。

他們棄掉了破舊的單車，揹着背包，腳踏布鞋徒步走路。頭一天夜裏，天空有微弱的星月照着曠野的土路，沒有跌倒，沿着山坡的小路走。他們必須急急趕路，在天亮之前趕到下一個能躲藏的地方歇息，等到晚上再啟程。白天在叢林中睡覺，樹葉擋住猛烈的陽光，沒有蛇蟲蠍子噬咬，也算是好的歇息之所。睡在叢林中當然有蚊子叮咬，因為徒步走了一夜山路，太疲勞睏倦了，他們被蚊子螞蟻咬也照樣呼呼入睡。

他們不約而同在心中暗暗祈禱山神土地庇佑，約束野獸毒蛇不可侵襲他們。假如有野獸跑來襲擊，他們就要反抗搏鬥，打個你死我活，發出響聲，樹木搖晃，會引起巡警、民兵的注意，那麼他們的偷渡行為就要中途敗露——這樣以前多時的偷渡謀劃就要白費了！

好在沒有野獸來侵犯，安然睡覺。他們一覺醒來，已經是午時過後了。攀開樹枝向山下望去，山下一片平坦的草地，草地那邊又是山嶺。晚上必須急急行走，爭取時間，繞過村落，避免給村民發現。

那天夜裏，他們經過一片稻田的時候，有人拿電筒照射過來。這種黑夜的電筒光亮，似乎有人發現他們的行蹤了！他們不暇思索，都跳入稻田的水坑中，連大氣都不敢呼。他們在水坑中躲藏，全身濕透，過了一陣，那些拿着電筒的人遠去了，原來那幾個人只是過路的，不是來捉他們，有驚無險，虛驚一場。

驚嚇過後，心有餘悸。他們從水坑中爬起來，奔跑過平坦地帶，到達另一個山頭。這座山又高又大，他們攀藤爬樹，花了很大的氣力才爬上山腰。這時天濛濛亮了，因整個黑夜翻山越嶺、過田野、登高山，早已疲勞到筋疲力盡了。他們找個較好的地方就躺下，很快就入睡。不知道過了多少時候，他們被透過樹林的陽光弄醒。這時他們又餓又渴，從背包拿出乾糧、膠水瓶，飲水吃乾糧充饑。

日宿夜行是顛倒黑白的行徑。白天匿藏在叢林中，沒有人發現他們，可以在僻靜的地方小聲談話，可以居高臨下向山下觀察，看到的都是山林曠野。大家都有心理準備，到了晚上又要經歷一夜艱苦行程啊！

夜幕一降臨，他們就揹上背包上路。沿途都是崎嶇艱行的山路，加上視線不清，步步驚心，走得緩慢。走到一座山峰邊緣，再爬下山腰，因為山間有流石，腳下一滑，都像骨排倒下，他們都滑落樹林中，再跌落十幾丈深的大樹冠上。這棵大樹生長在懸崖峭壁上，樹冠又粗又闊，宛如墮崖者的救生網。

陳繼持在驚恐中想：這是山神庇佑？是命不該絕？他抓緊樹枝，在星月的微光下往下望，下面是百尺懸崖，若不是這棵大樹冠承托着他們，一落到底，都命喪山崖中！

他們在樹冠中搖搖墜墮，一不小心又要往下墮！在這樣生死一線的險境中，求生意志要堅定，要冷靜，他在黑暗中摸索，終於抓到一根老樹藤。老樹藤堅韌有節，他像猿猴一樣抓老樹藤慢慢向上攀爬，幾經艱苦才攀爬上崖頂。

三人前後爬上崖頂，回望百尺懸崖峭壁，都目瞪口呆，驚出一身冷汗。他們沒有墮崖摔死，真是奇蹟！

經歷一番極其危險的折騰，天濛濛亮了。天一亮，擔心被人家看到，不能繼續行程了，只能匿藏山林中，等到黑夜才可以行走。在山林田野中走了五個夜晚，到第六天晚上，他們爬到另一個山頭，在黑暗中迷失了方向，站立眺望，那邊上空一片光亮——那片光亮明顯是香港萬家燈火射向夜空的。這一發現，消沉的意志頓時恢復起來，增強抵達目的地的信心。

行行重行行，走出這個山頭，前面是丘陵起伏地帶。過了丘陵地帶，見到一個波光粼粼的湖泊（深圳水庫）擋住去路。他們停下來歇息、商議，如果繞過寬闊的水庫而行，要迂迴曲折行走，必須多花很多時間，拖慢行程不說，還可能發生意想不到的危險，大家同意游泳渡過寬闊的水庫。

他們都脫下破舊的衣服、破鞋，只穿短褲頭，把除下的衣物、背包放入塑膠袋中，綑綁牢袋口，用繩子繫在腰間——這樣做既可以防水弄濕衣物又可當作浮泡，慢慢游過水庫那邊去。

爬上岸，穿上衣服繼續夜行，前面是一大片農田，沒甚麼遮擋，必須爭取時間全速趕路，避免被邊防軍發現抓捕。大家都知道，愈接近邊防地帶，防守愈森嚴，偷渡者的處境愈危險。

在星月下跨越過大片農田，再橫過一條公路（後來他們才知道是國防公路）來到一處山野。這時目標頗清楚了，只要沿着那邊有光亮的地方走，就不會迷失方向。有了前面的燈光作引路，猶如處身茫茫大海的航行者見到燈塔。雖然他們還在深山曠野中，腳步不其然加快了。

這樣又行走了一夜山路，天亮時到達一個高高的山頭，他們躲入叢林中，在隱蔽的地方躺下歇息，因為太疲勞睏倦了，忘了饑餓，倒頭便呼呼入睡。不知道過了多久，猛烈的陽光從樹林上空照到他們的身上、臉上，他們先後醒來了。這時他們才感覺口乾、饑餓，但是背包中的乾糧、膠瓶中的水都吃光了，連藥物都不知道甚麼時候丟失了。他們站起來，撥開樹枝向外望，山腳下有個像邊防軍駐紮的軍營，有軍人在場地中操練。陳繼持暗暗慶幸黑夜時他們沒有誤入軍人的營地，要不然，真的是送羊入虎口自己找死，多日的偷渡行動毀於一旦！

陳繼持喘着氣，轉頭向下望，不遠處是白茫茫的大海，大海那邊是幾個海島，他指給岑漢、寧遠看，岑漢認為那個大的海島是吉澳島，見到目的地了，精神振奮。但是背包中的乾糧和水都吃光了，餓着肚子，缺乏氣力，怎樣游泳到對岸去？

大家正在愁苦的時候，陳繼持聽到那邊山澗傳來淙淙的流水聲，心想，有水源了。他拿一個空的塑膠水瓶，從山背左邊小心翼翼爬下去，下面果然是亂石溪澗，溪水向下流淌。他爬到溪澗旁邊的石頭上，用塑膠瓶打水飲，溪水乾淨清涼，好飲潤喉，他飲夠了，才用膠瓶裝滿清水，小心翼翼爬上來，把瓶裏的清水給岑漢、寧遠喝。喝了清水，有氣力了，又發現樹上有野果、有山蕉，他們摘下來吃。吃得多了，也能飽肚，真是天助他們幾個困在山中的饑餓者。

在樹林中休息等待夜幕降臨。他們都預料得到，要在黑夜中遊過白茫茫的大海，是艱難兇險的，都有點緊張，此去可能衝過黑暗走向光明，又可能沉入大海了結此生，是福是禍無法預測。目前必須注意的是山下那個邊防軍駐紮的軍營，軍人有沒有在夜晚放哨？崗樓上有沒有軍人站崗？若然有，黑夜中也不能行動，只能自我困在山林中進退兩難了！

陳繼持非常焦急，耐不住了，他離開岑漢、寧遠，悄悄爬上一棵樹上，像猴子一般抓着樹椏，伸長頸脖向山下眺望，軍營沒有軍人走動，崗樓上也沒有人站崗。

他爬下樹，將他看到山下軍營的情況告訴岑漢、寧遠，問他們應該怎樣做？寧遠說，山下的駐軍當然是防範偷渡者的，但是從大鵬灣游水偷渡的人甚少，他們就疏於防範，崗樓上才沒有士兵站崗，不妨冒險下山一趟。岑漢同意寧遠的意見，他說：「我們的偷渡計劃多時，千辛萬苦才到達這裏，不能退縮了；退縮只死路一條，無論怎樣都要下山落海搏一搏啊。」

陳繼持也是這樣想，到了這個時候只能去馬。

他們棄掉背包、衣物，光着上身，只穿短褲，抓着樹枝，在夜幕低垂中慢慢下山，大約十幾分鐘才爬到石澗水坑。溪澗的淙淙流水聲，從山腰流入大海。他們沿着山澗往海邊走，身處樹林的溪澗中，邊防軍和軍犬難以發現。三人沿着山澗爬行幾十分鐘，有驚無險到達海邊了。

巨浪拍打着海邊的岩石，發出隆隆的響聲，宛如猛虎在咆哮，令他們驚心動魄。他們在月光下看看周圍的情況，沒有人影，海上沒有船隻，一起撲進驚濤拍岸的大海，隨波逐浪向前游去……

17

陳繼世的家庭成分是大地主，出身不好，被專政，被歧視，抬不起頭做人。他想不到白沙鎮成立人民公社了，無論大地主、小地主、富農、貧下中農的田地都合併起來，大家一齊耕種，收穫到的糧食，按各人的勞動所得的「工分」多少分糧食。

公社的社員，出身好的可以到生產大隊的辦事處看報紙，出身不好也可以去看報紙。黃昏收工回家，食完晚飯，陳繼世想多知道一些外面世界的消息，很多時候都去生產大隊的辦事處看報紙。辦事處有《人民日報》、《解放軍報》、《南方日報》，也有《紅旗雜誌》。這些報紙，有當日的，也有昨天的。

某日晚上，陳繼世從報架拿下《人民日報》看看，頭版的大字標題吸引他的眼球：春風吹、戰鼓擂，無產階級文化大革命正展開。

甚麼是文化大革命？照他的理解，人類創造出來的東西叫文化，某某人有知識學問叫文化人。文化是好的東西，為甚麼要革它的命？毛主席讀過很多書，學問好，他最有文化，難道也要革他老人家的命？

陳繼世再看大字標題下面的內容，又翻閱前幾日留下來的舊報紙，才在心中理出一點點頭緒來。日前北京大學的聶元梓等人寫了一張大字報，炮轟校中的黨委書記，毛主席知道了，說它是「全國第一張馬列主義大字報」。《人民日報》先後刊登「橫掃一切牛鬼蛇神」和「觸及人民靈魂的文化大革命」等社論和評論員文章，文化大革命的火頭就點起來了。

陳繼世少年時期就親見親歷「土改」、「鎮反」、「反右」等等政治運動，這些政治運動都遍及全國，影響了大量人民。如今的文化大革命，是毛主席在北京親自指示、發動的，當然很快就像狂風暴雨一般席捲全國了。看來地主、階級敵人又要遭殃了！

白沙鎮地處南中國的窮鄉僻壤，人的思想落後，消息不通，京城發生的大事，要過一段時間人民才知道，消息的來源都是從報章上獲得。陳繼世非常關心北京發生的文化大革命運動的發展，黃昏放工了，他草草吃了晚飯就去生產大隊辦事處翻新舊報紙。他在《人民日報》的新聞和圖片報道中，知道一九六六年八月十八日在天安門廣場上召開了「慶祝文化大革命大會」，清晨時分毛主席身穿軍裝，從天安門城樓的金水橋走到群眾中間，廣場上頓時沸騰起來——毛主席萬歲！毛主席萬萬歲！口號聲像海浪一般彼起此落，聲浪震天動地，群眾爭先恐後想看毛主席的風采。

這天早上七時三十分，毛主席、林彪、周恩來、陳伯達、江青、康生等中央首長依次序上天安門城樓。陳伯達在主持大會的發言中，首次說毛主席是「偉大的領袖」、

「偉大的導師」、「偉大的舵手」，後來林彪在發言中，又加上「偉大的統帥」，這四個「偉大」頓時成為古今中外最高領導人沒有過的威力！

在天安門廣場上，毛主席接見首都大專院校和各中學的紅衛兵，北京師範大學附屬女子中學的宋彬彬，將一個紅底黃字的「紅衛兵」袖章別在毛主席的衫袖上，毛主席見她貌美如天仙，笑着問她的姓名。她笑着回答：宋彬彬。毛主席說：「要武嘛，文質彬彬不好。」

宋彬彬只是一名中學女學生，獲得偉大的毛主席的青睞，高興到神魂顛倒，馬上改名「宋要武」。第二日，「兩報一刊」在頭版圖文並茂刊登，迅速傳遍中國的城鄉，宋彬彬（宋要武）暴得大名，成為無人不知的大紅人。

林彪副統帥在「八一八」的講話中，號召紅衛兵要「大破一切剝削階級舊思想、舊文化；舊風俗、舊習慣」，此後北京的紅衛兵就掀起一波又一波的「破四舊」狂潮，他們砸了百年老店「全聚德」烤鴨店，砸了賣古書古畫的「榮寶齋」，一場「破四舊」的狂潮波瀾壯闊，迅速席捲全中國！

「八一八」中央領導人的講話，猶如一枚深水炸彈，激起了滔天巨浪，全國各地的紅衛兵學生蜂擁入京城，他們人多勢眾，住進大學中學的校園中，到處看大字報，與北京的紅衛兵搞「串連」。這段時間，毛主席身穿軍裝，頭戴軍帽，以至高無上的偉大形象，站在天安門城樓上，居高臨下向廣場上百萬年輕人揮手致意。密集在廣場上的年輕人着了魔一般激動，舉手大呼毛主席萬萬歲！毛主席萬壽無疆！都想衝上城樓擁抱偉大的領袖毛主席。

中央文革小組對紅衛兵的全國「大串連」大力支持，首都的紅衛兵北上、南下、東征、西進，將毛主席和中央文革小組肯定紅衛兵的革命行動，打、砸、搶成了時尚——和尚打傘無法無天，天下大亂達到天下大治。這種從上到下的宣傳，為造反派提供無可辯駁的理據，紅衛兵像拿了上方寶劍，可以任意妄為。

國家主席劉少奇被定為潛伏在黨內的走資派，他的夫人王光美穿着稱身的旗袍被指為封建殘餘，遭造反派的紅衛兵當眾用剪刀剪爛，露出渾圓的臀部，敢怒不敢言往家裏走才避免造反派紅衛兵進一步羞辱。

毛主席的「親密戰友」江青是中央文革小組的主要成員，她的頭髮剪得短短，頭戴藍色鴨舌帽子，身穿深藍色的「列寧裝」，扯高氣揚左一句主席右一句主席向群眾講話。她講話的時候，總是強調「造反有理、革命無罪」，又意志激昂地說：「唯有犧牲多壯志，敢叫日月換新天」。激勵紅衛兵造反。

白沙鎮地處南中國的窮鄉僻壤，人們的見識少，但是他們的思想一點都不落後。白沙鎮小學的十五六歲高年級學生停課，走出校園和鎮上的青年人當上紅衛兵，造鎮長兼公社書記毛樹清的反，寫大字報貼在牆壁上檢舉他、攻擊他，說他憑着手上的權力，姦淫他手下的老婆。

紅衛兵用白木板做成一個牌子，上面寫着「反革命毛樹清」的黑字，又在黑字上打着一個大交叉，掛在他的頸脖上，大牌子的鐵絲深入他頸上的皮肉，紅衛兵推着他遊街示眾，再推他上城隍廟旁邊的土台鬥爭。造反派紅衛兵鬥爭他的時候，大呼口號：橫掃一切牛鬼蛇神！打倒資本主義當權派！

鬥爭他的時候，很多群眾圍觀。天空萬里無雲，烈日當空，陳繼世將頭上的草帽拉得低低，遮着陽光又能避人耳目，混在人群中看好戲。土改運動時，毛樹清是新中國成立後首任白沙鎮鎮長，那時鬥爭地主大會是他主持，儼然鬥爭台上的指揮官，他叫打人，群眾就打人，他叫吊人，群眾就吊人。風水輪流轉，權力輪替，如今他跪在鬥爭土台上，被造反派的紅衛兵打罵、羞辱！

陳繼世不敢久留，悄悄離開鬥爭場。這個鬥爭場地，猶如烙餅鐵，烙完一邊反轉烙另一邊，烙完當權者，可能又要烙地主了。

過了幾日，陳繼世去生產大隊辦事處正想拿報紙看，被人驅趕，說他是地主仔，是階級敵人，不准他和貧下中農在一起，他沒有資格看《人民日報》。他沒有報紙看，斷了消息來源，外面世界發生甚麼事他都不知道。白沙鎮不是大城市，只見到本地的紅衛兵寫的大字報，砸城隍廟的神像，砸各個村莊的祠堂。

紅衛兵是白沙鎮小學高年級學生和鎮上的年輕人組成的，他們都是着平時穿的便服，沒鞋子打着赤腳，行動起來仿如以前的山林土匪。依照中央政府的規定，每個紅衛兵領到一點運動津貼，才有錢買必須的用品，如去縣城、省城的交通食宿費，是鎮政府的財政開支。

他們的父母見自己的兒女當上紅衛兵，還是穿破舊的便服、打赤腳走路，不成體統，都拿錢給他們造鞋子、買衣服。他們換上「列寧裝」，在街道上招遙過市，亢奮又帥氣。最讓他們感到自豪的，是衫袖上別着毛主席草書的紅底黃字的「紅衛兵」袖章，手揮着紅寶書（毛語錄）讓人眼前一亮，羡煞旁人。

江青同志說：幹革命的站過來，不幹革命的走開，反革命的堅決打倒！

當紅衛兵的就是想搞革命，大幹一番。但是白沙鎮不是大城市，紅衛兵小將英雄無用武之地。他們之中有小頭目，由小頭領帶他們去縣城會見那裏的紅衛兵，大家交流，學習人家的造反知識。縣城地方大，有小學、有中學，中學生有知識，他們組成的紅衛兵隊伍大，有規律，有些紅衛兵頭頭還去過省城交流「取經」，帶回來寶貴的造反經驗。他們說，省城的紅衛兵分成三派——造反派、保皇派、逍遙派。但是無論他們是甚麼派，他們都自稱造反派。造反派聲言誓死衛毛主席，說別的派別是保皇黨。

造反派容易理解，造反，是孫悟空大鬧天宮，是人民揭竿起義造皇帝的反，是革當權者的命。保皇黨是甚麼意思？現時是共和國了，早就沒有皇帝了，保甚麼皇？毛澤東是黨主席，劉少奇是國家主席，兩人誰的權位最高？按照「黨和國家領導人」的前後次序，當然是黨大於國，毛主席的權位至高無上，他應該是一國之君，保皇就是保他。那麼，紅衛兵的保皇派為甚麼保國家主席劉少奇？

這些問題，紅衛兵的男女小將都不願花心思去思考研究，他們只為自己小小年紀就有權力過問國家大事而自豪。他們有男有女，不必上學，不必工作，衫袖上別着「紅衛兵」袖章，打着「造反有理」的旗號，隨便闖蕩，橫行霸道，搭車不用買票，食飯不必付錢，可以到處「串連」，可以打、砸、搶、抄別人的家，掠奪讀書人家中的書畫，拆廟宇的牌匾對聯，人家不敢怒不敢言，眼睜睜看着他們隨意做，世上還有甚麼比做紅衛兵好？戰爭時期，士兵得不到將領的默許，不能趁戰亂搶掠民家財物；當年的紅軍也要堅守「三大紀律、八項注意」原則，行軍打仗時不能拿人民一針一線。而紅衛兵居然能拿到中央文革小組的無形令箭，橫行霸道，為所欲為，這不是他們空前絕後的機遇？

* * *

白沙鎮的造反派紅衛兵頭頭是女子，她原名叫衛英，成為紅衛兵小將了，改名衛東。她原來是陳繼世的大嫂吳玉卿的陪嫁女，那時她只是個瘦弱小女孩，因為陳家是白沙鎮的富裕之家，有好的飯菜讓她食，營養充足，她的身子長得快，由瘦小長成健康的少女。她的五官端正，柳眉鳳眼，鼻樑高高，唇紅齒白，天生一副美人坯子。陳繼世非常喜歡她，要不是兩人的年齡相差得遠（陳繼世當時高中畢業，二十歲了）他會等她再長大幾歲，說服父母娶她為妻。

但是他想不到，「土改」時，他們家被農會劃為大地主，沒收他們家的財物，分他們的田地，清算鬥爭他們，衛英的父親要與地主劃清界線，領她回家去了，兩人不能見面，他只在心中想念她。

一九五八年，全民搞「土法煉鋼」的時候，陳繼世在山上的煉鋼場遇到她，她已經是亭亭玉立的美少女了。她的皮膚本來白皙，因為在煉鋼場上整天暴曬，又要和大家一起挖礦石，擔磚頭起土爐，手腳雖然粗糙了，皮膚黝黑了，還能顯出她是「黑牡丹」一般的美人。陳繼世更加喜歡她，暗戀着她，非常渴望能夠跟她戀愛。

大躍進、大煉鋼時期，階級與階級之間的愛、階級與階級之間的恨似乎減退了，人與人之間的關係也緩和寬鬆了，在煉鋼場中一有機會兩人相處在一起，他就向她表白心事，說這麼多年來，都在思念她、暗戀她。另一方面，他的家庭成分是地主，被別人歧視，如今在煉鋼場中想立下一點點汗馬功勞，無論在山挖礦石還是在土高爐口燒柴火煉鋼，都表現出比別人賣力。他是知識分子，寫得一手好毛筆字，寫標語、寫對聯時，煉鋼場的領導都叫他寫。標語、對聯不署名，沒有人知道是誰寫的。衛英知道，敬佩陳繼世有文化，字寫得剛勁有力，超越別人。

衛英年紀小小在陳家做婢女，但是陳家各人沒有薄待她，給她飯食，給她衣服穿，生活得比在她自己的窮家還要好。那時陳繼世對她像小妹一般好，背着父母教她認字寫字，學習知識。起初她不會用毛筆寫字，他在草紙上寫紅字讓她描。又捉着她的手臨摹字帖。他的手大，她的手小，他手腕的熱量傳到她的小手上，她感覺溫暖又顫動。那時她的年紀小，不曉得這是男女肌膚之親的自然反應，心不跳、面不紅，由他捉着她的手寫字。年紀稍大，回憶他對她好，是他喜歡她的無言心聲。當時兩人在一起寫字，她感覺他的心跳，也聞到他男性的體香。

如今在煉鋼場中勞作，她見到他健碩的身體、充滿男性魅力的臉孔，不禁面紅心跳，是不是對他動了真情？男歡女愛是人情人性，理得他是甚麼階級？

某日晚上，煉鋼場不作「夜戰」（暫停日以繼夜勞作）大家去飯堂領飯的時候，衛英趁別人沒注意，悄悄塞給他一張紙條。陳繼世感覺奇異，目送她入飯堂了，打開紙條看到上面的鉛筆字：食完晚飯在河邊的樟樹下見。

白沙河上游的山坡上是煉鋼場，距離煉鋼場不遠的河邊有棵老樟樹，樟樹後面是濃密的叢林，那裏晚上人跡罕至。陳繼世不知道衛英約他在那裏見面甚麼事，他去飯堂領了一瓷盅蒸飯，心不在焉草草食完了，就去約會的地點。到了那棵老樟樹下，天已煞黑，一勾新月掛在天上，夜空濛沫，隱約可以看見事物。他站在老樟樹下等待，河上的清風吹來，消散了夏夜的燠熱。等了半個小時，衛英還未到來。

陳繼世焦慮不安，心想：她為甚麼還未到？有事情羈絆了她？還要等待多久她才到來？她在紙條上寫着「在河邊的樟樹下見」，這段河道只有一棵老樟樹，他不會搞錯地點，除了在樹下等待，沒有他途了……

一隻夜宿鳥在那邊的草叢中振翅飛起，他循聲望去，有人驚動了牠。星月下，衛英向老樟樹走過來，他終於等到她了！他舒了一口說：「我急死了！」

她說：「急甚麼？」

「以為你不來哩。」

「難道要我等你？」

「你是女子，我應該等你。」

「知道就好。」

陳繼世急欲知道她何事約會他，說：「你約我在這裏見面甚麼事？」

她不徐不疾說：「晚上這裏沒有人，可以私下談談。」

私下談談？他問她談甚麼？

「孤男寡女在一起，難道談煉鋼的事？」

「我沒資格談這件事。」

「知道就好。」

他靠近她，說：「這麼多年來，我都想念你。」

「我知道。」

「只要你知道，我就滿足了。」

「這麼容易滿足了？」

「當然還想親近你。」

「現時我都在你身邊了，不是很親近？」

「親近是親近，但是得不到你的心。」

「要我挖心給你？」

「不是這個意思……」

「要我像向黨交心？」

「人人都要向共產黨交心……」

「要我向你一人交心？」

「求之不得。」

「得不到又怎樣？」

「我這個人沒有用了。」

「無出息！」

「時勢不給我機會。」

「現時我送上來了，這不是機會？」

衛英的話鼓勵了他，他情不自禁伸手摟抱她，要親吻她。她推開他，說：「這裏是河邊，晚上可能有人路過，你不怕別人知道？」

他從暈乎中清醒，拉着她的手走入叢林去。叢林是避難所。叢林是遮羞布。衛英由被動變主動，攬着他的頸脖，親吻他。她的嘴唇濡濕，呵氣如蘭花香，像磁石吸鐵一般吸引着他。

他無法自持了，伸手解她的衣扣。她沒有抗拒。他曉得她默許了。急急除下自己的衫褲掉在地上，輕輕推她躺下，瘋狂地親吻她的臉、嘴唇，除她的衣服，撫摸她的乳房。她的乳房渾圓堅挺，在他的掌心微微顫動，她的肌膚如溫玉，如凝脂，柔軟滑嫩，他愛不釋手，他的手指如爬蟲，在她的胴體上下蠕動。

衛英感覺酥酥軟軟，感覺陶醉亢奮，忘了外面紛亂的世界、忘了世間的人與事、忘了下身的疼痛……

他們獲得情慾的滿足，爬起身，穿上衣服，悄悄回到煉鋼場地。

* * *

文化大革命是風暴、文化大革命是砍刀。砍刀冷酷無情，轉眼就把他們的愛情之苗砍斷，不能開花結果。事實上，他們也有預感，兩人的愛情猶如在搞地下工作，默默地進行，不能讓別人知道。好在衛英沒有懷孕，腰肢仍然柔軟，走路時如輕風拂柳，保持少女的身段，沒人看得出她曾經偷吃過禁果，沒有「原罪」。

衛英的出身好，根正苗紅，她當上白沙鎮的紅衛兵的頭頭，必須站緊階級立場，就算背着別人也不能和他的情人戀愛了。陳繼世失戀痛苦，食不下嚥，睡不入眠，但是時勢如此，沒有辦法，也體諒她。

某日黃昏，陳繼世在家感覺十分煩悶，離家走到白沙河邊吸新鮮空氣，觀日落。落日又圓又大，紅艷的光線反射到上空，紅光耀眼眩目，河水在河牀中緩緩流淌，有船隻在河中航行。他在河邊漫步了一陣間，有個女人迎面而來，他定神一看，原來是衛英。

衛英見四周無人，對他說：「我對不起你，以前的事你就當沒發生過，忘了她。」她走了兩步，停下來回頭向他說：「我不會忘記你的好處，要是我做得到，必要時我會暗中幫助你。」

陳繼世苦笑一下，咀嚼着她的話，兩人向不同的方向走。

衛英當上紅衛兵頭頸，改名衛東。她和一班紅衛兵去縣城的中學住下（中學的師生已經停課鬧革命）跟那裏的紅衛兵串連、交流，汲取他們的造反鬥爭經驗。他們一回到白沙鎮，就行動起來，砸城隍廟，把廟裏的金身神像打破，當垃圾一般棄掉，佔據城隍廟做辦事處，成立「造反兵團」。

他們首先寫大字報，揭發對手以前犯下罪行，分別貼在城隍廟的牆壁上、貼在鎮政府的牆頭上，引來不少群眾圍觀。大字報白紙黑字，用毛筆寫的，有的字體端正，有的潦草。大字報的首次出現，是白沙鎮的新鮮事物，大家都有興趣去看。大字報的矛頭有的指向毛樹清，有的指向賈為民。

賈為民土改運動時從外省來白沙鎮搞土改工作，那時他初來埗到，為了了解白沙鎮的民情，他寄居在貧農陳柱家中。陳柱的獨生女陳有仰慕他是土改工作同志，晚上籍着跟他學寫字學知識，對他投懷送抱，打得火熱，終於嫁給他，成為夫婦。此後賈為民一級級升官，當上白沙鎮的黨委書記。

* * *

賈為民原籍河北石家莊人，他的父親是大地主。他大學還未讀完就去參加革命，輾轉來到白沙鎮搞「土改」工作。因為他是北方人，距離廣東省的白沙鎮路途遙遠，沒有人知道他的家庭成分是大地主，他能夠蒙混過關。

揭發賈為民老底的大字報不是「造反兵團」的紅衛兵寫的，到底是誰寫的還沒有人知道。因為城隍廟外面牆壁的大字報愈貼愈多，滿牆壁都是，紅磚牆幾乎變成了紙牆，對「造反兵團」來說，這篇大字報並不重要，重要的是賈為民的老底被人揭發出來了，揪鬥他就有了憑證。

「造反兵團」在城隍廟的總部開會，討論好不好拿他祭旗揪鬥他？他們之中有人說：賈為民如今是白沙鎮的黨委書記，權力大，可以揪鬥他嗎？

衛東（衛英）即刻說：「劉少奇是中華人民共和國的主席，他的權力地位僅次於毛主席之下，北京的造反派都敢造他的反，把他拉下馬，賈為民只是個地方城鎮的黨委書記，我們為甚麼不敢揪鬥他？」

另一個紅衛兵接着說：「捨得一身剮，敢把皇帝拉下馬；皇帝都敢碰，一個鎮的黨委書記算老幾？！」

「造反兵團」一致通過揪鬥賈為民。

白沙鎮最近開了一間小小的「新華書店」，書店中別的種類的書籍並不多，最多的是毛澤東選集和毛語錄。衛東（衛英）去新華書店把毛語錄都買下來，拿回城隍廟的「造反兵團」總部分給大家，叫他們背熟最有代表性的毛語錄。

時機成熟了，衛東帶領十幾個紅衛兵，手持「紅寶書」（紅皮毛語錄）走到鎮政府門前，蜂擁入去，把正在辦公桌前看文件的賈為民嚇了一跳。但是他故作鎮靜，不失黨委書記的尊嚴斥問衛東：「你們沒有通報就入來，大膽！」

衛東的衣袖別着「紅衛兵」袖章，英姿颯颯，昂首挺胸說：「我們是造反兵團，來造你的反！」

賈為民說：「我犯了甚麼罪？」

衛東說：「你是潛在白沙鎮政府中的走資派！」

在她身邊的紅衛兵大喊口號：造反有理！革命無罪！

又有人舉起紅寶書，背毛語錄：「馬克斯的道理千條萬縷，歸根結底只有一句——造反有理！」

賈為民從椅子上站起來想抗辯。但衛東揮手示意，她的手下趕快抓捕他，紅衛兵，一擁而上，把他牢牢抓住，有人按住他的頭顱，有人握着他的手向後拉，給他「坐飛機」，推他出鎮政府，沿着街道向城隍廟那邊走去。抓人的隊伍向前走的時候，有個紅衛兵拿着一面小銅鑼邊走邊敲打，噹噹的響聲引起途人的圍觀。

大家都知道，一有人敲銅鑼，城隍廟旁邊的土台上又有鬥爭人的好戲看了。那個土台，土改運動時清算鬥爭地主。地主是階級敵人，應該鬥。怎麼如今要鬥爭掌權的鎮黨委書記賈為民？

搞無產階級文化大革命，學生不必上學，工人不必工作，農民不必種田，大家都無事做得閒，紛紛去鬥爭主台看熱鬧。賈為民的頸上掛着一個寫着「走資派賈為民」的木板牌子，勾着頭跪在土台上。木牌子長方型，上端穿着鐵絲，鐵絲掛在他的頸上，深入皮肉，沁出血絲。他的神情痛苦中含着羞愧。

大家都記得，「土改」時清算鬥爭地主，當時他是土改工作同志，坐在土台上的椅子，監察鬥爭大會，那時他想不到十多年後的自己被紅衛兵揪鬥吧？如今他知道了，嘗了苦果有甚麼感受？

那張揭發他老底的大字報，說他父親是河北省石家莊的大地主，他避免牽連，暗中參加革命，輾轉南下來到白沙鎮工作，一步步上升官至白沙鎮政府的黨委書記。是誰知道他的秘密寫大字報揭發他？他的實際情況是不是這樣？憑一張大字報的說詞紅衛兵就可以揪鬥他？紅衛兵有這樣大的權力？

當然有。無產階級文化大革命是毛主席親自發動的，他老人家的地位權力至高無上，他賜與紅衛兵權力揪鬥潛伏在各個政府機關的走資派，紅衛兵按照中央文革小組的指示做沒有錯。

造反派頭頭衛東站在鬥爭土台上，指着賈為民說：「你是潛伏在鎮政府中的走資派，承不承認？」

賈為民還未出聲，紅衛兵就大喊口號——

賈為民不認罪就死路一條！賈為民不投降就砸他的狗頭！賈為民頑抗就要他滅亡！口號聲、喊打聲彷如密集的炮彈，震耳欲聾，完全沒有機會給賈為民說話。

烈日當空，天氣燠熱，賈為民受不住煎熬，眼前一黑，暈倒地上。衛東有點錯愕，不知道怎樣做。有紅衛兵拿來一盆清水，潑在賈為民的頭面上，過了一陣，他才漸漸清醒過來。

衛東大聲說：「賈為民，你詐死？但是你死不了，快快認罪投降！」

賈為民任由紅衛兵喊口號、辱罵都不出聲。他參加共產黨革命十幾年，深知黨內外鬥爭的殘酷。他的家庭成分是大地主，地主是黑五類之首（地、富、反、壞、右）是敵我矛盾，所以他不認罪沒有好下場；認罪也沒有好下場，倒不如作無聲的抗議。

紅衛兵見他「耍死狗」，不合作，又不好打他吊他，喊口號、審問他，他都裝聾作啞不出聲。台下的群眾一片噓噓聲，還有人向他擲石子，他被石子擊中，額頭上紅腫，他只用手摸摸傷口，沒哼一聲，又低下頭去。

衛東無計可施了，叫她的手下暫停鬥爭他，押他回城隍廟的柴房監禁起來，讓他獨自反省思過，或許他會改變頑強的態度。

賈為民原來是白沙鎮的掌權者，高高在上，忽然變成階下囚，捱着囚徒的苦難。

他在昏暗的柴房中思索：是誰知道他的底細寫大字報揭發他？他細細地回憶，他的家庭事、自己的事從沒有向別人透露過，唯一透露過的是他的前妻陳有，是不是她暗中向別人說的？

想到這裏，思緒回到十幾年前去，那時他來白沙鎮搞土改工作，寄居在陳柱家中，陳柱的獨生女兒陳有，十九歲，仰慕他是有文化的土改工作同志，費盡心機親近他，獻身給他，要他和她結婚。起初他並不愛她，成為夫婦了，日久生情，信任她，才向她透露自己的家庭事，又向她透露自己的種種秘密。後來他努力向上爬，步步升官，當上白沙鎮政府的黨委書記，認識一位又漂亮又有知識的女子（現任老婆）跟她戀愛，打得火熱，她還懷上他的孩子，只好跟陳有離婚另結新歡。陳有被他遺棄，懷恨在心，趁文化革命紅衛兵造反的時機，寫大字報揭發他洩憤。

以前陳有崇拜他、愛他。愛的反面是恨。她恨死賈為民這個貪新厭舊的傢伙，不整到他身敗名裂不行！

賈為民被囚禁在城隍廟的柴房中，曉得自己被紅衛兵知道他的黑材料，造他的反，過不了關，必然沒有好下場！

衛東和另外兩個紅衛兵再去看鎮政府外牆的大字報。那張揭發賈為民罪行的大字報，毛筆字纖幼無力，顯然是出自女人之手。那個女人如此了解賈為民的真實情況，不是他現任的老婆就是他的前妻。他的前妻陳有被他離棄另結新歡，她懷恨在心，不是他的前妻陳有寫大字報揭發他的罪行還有誰？

衛東找到陳有，問她是不是寫大字報揭發賈為民的罪行？陳有直言不諱。衛東說：「明天鬥爭賈為民，請你去當眾指證他好不好？」陳有說：「我站在造反派這邊了，你不請我都去指證他！」

第二日，紅衛兵打開柴房的門，賈為民把襯衫撕成布條，上吊死了。他是畏罪上吊自殺的，自絕於人民，咎由自取，沒有人可憐他。

18

陳繼祖忽然回到白沙鎮。他不是自己回來的，而是被廣州的造反派紅衛兵押解回來，要白沙鎮政府接收。

白沙鎮政府的黨委書記賈為民被「造反兵團」鬥爭，畏罪上吊自殺了，鎮政府被造反兵團佔領，成為新的掌權者，在半無政府狀態下，陳繼祖由造反兵團接收，他落在紅衛兵頭頭衛東（衛英）手中。

「土改」運動時，白沙鎮成立農會，陳繼祖的父親被農會劃為大地主受清算鬥爭，那時他已經在廣州的中山大學讀書，大學時期，他不敢回故鄉白沙鎮，在省城××中學當教師。到了文化大革命，造反派清理階級隊伍，查到他的故鄉在白沙鎮，他的家庭成分是大地主，說他是潛伏在廣州××中學的階級敵人，把他押解回來。

陳繼祖像罪犯一般從廣州被押解回白沙鎮，又像囚犯一般監禁在鎮政府旁邊的牢房中。牢房只有他一人，沒有書報看，沒有事做，煩悶時想心事打發時間。早幾年，他寫信回家，叫小弟繼持去廣州××中學會見他，計劃幾個人一起偷渡去香港。但是他考慮偷渡如賭博，可能贏，也可能輸，而且他掛念着留在家鄉的老婆、兒子，沒有跟寧遠、岑漢，繼持一起冒險偷渡。不多久，他接到繼持從香港寄給他的信，說他們三人從大鵬灣游泳偷渡，成功到達香港，並且取得香港政府發給身分證，成為香港永久居民。最好的是，他已經找到工作做，生活安定了。

他一念之差，沒有同他們三人一起偷渡去香港，如今被造反派紅衛兵押解回白沙鎮囚禁，不知道以後的情況會變成怎樣啊。

陳繼祖在牢房迷茫思索的時候，「造反兵團」的紅衛兵正在討論要揪鬥他。他們的頭頭衛東說：「土改時陳繼祖去省城的中山大學讀書，只是逃避農會的鬥爭，一去不返，但是已經查明他只在廣州××中學教書，沒有做過損害黨和國家、人民的壞事，用甚麼理由揪鬥他？」

有紅衛兵說：「他是地主階級，揪鬥他還用提出理由？賈為民也是地主階級，他從河北省潛入革命隊伍中，在我們鎮上當上鎮政府黨委書記，我們都造他的反，揪鬥他。陳繼祖是甚麼東西不敢揪鬥他？」衛東說：「他們兩人的情況不同。賈為民是潛伏在鎮政府的走派，以前他憑權力拋棄他的愛人（前妻）貧新厭舊，跟另一個女人結婚，損害黨、損害人民，我們才有理由揪鬥他。」

又有紅衛兵說：「陳繼祖也是潛逃去省城的漏網之魚，應該揪鬥他！」

衛東說：「陳繼祖去省城讀大學，在××中學教書，是為人民服務，沒有理由造他的反。」

陳繼祖想不到這麼快就釋放出來，他也想不到他以前的婢女（衛英）如今當了紅衛兵頭頭，在暗中幫助他。他從牢房中出來，甚麼都不理，急急回家會見老婆、兒子，大家久別重逢，一見面就抱頭痛哭，不知道是高興還是悲哀。他離家去廣州的時候，兒子還未降生，而今見到他，已經長大成大孩子了。兒子的樣貌跟他年輕時一個樣，國字面孔，粗眉大眼，高鼻樑，唇紅齒白，若然他的面頰上有淺淺的酒窩，就是自己年輕時的翻版了。

他和吳玉卿結婚的時候，她只是個十六七歲的少女，漂亮、溫柔、細皮白嫩。時光的流逝、歲月的磨練、生活的艱苦、世道的殘酷，把她磨練成堅強粗糙的中年婦人了。他們新婚只個多月，他就離開她去省城讀書，讓他孤枕獨眠，孤寂苦悶過艱苦的日子，他實在對不起她！

解放前他們一家人居住的大宅不見了，原地變成了荒地、牛欄、豬舍。據小弟繼持說，「土改」運動時，那些貧僱農威迫他們遷出大宅，母親賴在屋中不肯走，原來她下定決心與自己的大宅共存亡，潑灑煤油在稻草上、牆壁上、自己的身上，燃點柴火自焚，整棟大宅頓時火光熊熊，摧枯拉朽一般倒塌，母親也在烈火中燒成焦炭！母親面慈心軟，對人親善，想不到她在關鍵時刻變得如此狠心剛烈！

陳繼祖想起母親的往事，悲傷又感動。他叫老婆、兒子置備上墳的物品，他換了素服，叫二弟（繼世）帶他去父母的墳墓拜祭。父母的墳墓都在城鎮外面的山坡上，兩個墳墓相隔僅數尺，墳頭都長滿了雜草，牛隻啃墳頭上的雜草時，撒下幾堆牛屎，甲蟲正在牛屎堆中爬行覓食，弄得又臭又髒。

父母的墳頭如此衰敗，令人喪氣。他們拿鐮子鐮去墳邊的牛屎，拔掉墳頭的雜草，培上新土，整理好了，才擦火柴燃點香燭，擺上燒肉果品，齊齊跪在墳前叩拜。這是陳繼祖首次在父母墳前拜祭，心情複雜。他去省城升學時，父母都健在，如今回來，老人家的墳頭草木已拱，永遠都見不到他們了。他悲從中來，淚流滿面，在墳前跪地深深叩首，向父母謝罪。

上完墳回家，一家幾人吃了晚飯，洗面洗身了，跟老婆睡在土房的稻草牀上，蚊子嗡嗡飛舞，臭蟲叮咬，這些蚊子、臭蟲騷擾到他無法入睡。

早幾日他還住在省城××中學的宿舍中，房裏窗明几淨，牀褥軟綿綿，牀單雪白，睡得舒服，睡得香甜。但是那是他鄉異地，他形單隻影，孤枕獨眠，沒有老婆、兒子陪伴，沒有家庭溫暖，並不快樂。如今回到故鄉家中，不是他自願的，他像逃犯被人押解回來，將來的命運掌握在當權者手中，以後能和親人一起過日子嗎？

他被廣州的造反派紅衛兵押解回來，省城××中學的教職沒有了，飯碗打破了，城市的戶籍也被他們取消了，從城市居民變成鄉鎮人。他在白沙鎮隆生長大，原本是城鎮人，如今打回原籍了，做個城鎮人也好。問題是，今後能不能做個安份守己、免於災難的城鎮人？

十幾年來，吳玉卿都是和兒子同一間房子睡，如今丈夫回來了，她就安排兒子去二叔（繼世）的房子睡。吳玉卿在房間和丈夫同牀共枕，離別已久的夫妻都有很多心事要向對方傾訴。

陳繼祖先開腔：「我們的家庭成分是大地主，我怕被他們清算鬥爭，去了省城升讀大學就沒有回來看你們，我這是自私自私的行為，我實在對不起你們。」

吳玉卿說：「那是時勢造成的，我們都體諒你，不會責怪你。」

陳繼祖說：「講到底，都是我虧待你們，要你受苦受難。」

吳玉卿說：「都過去了，你不要再責備自己。」

陳繼祖說：「現時文化大革命搞得如火如荼，怒火燒遍全國，紅衛兵搞文攻武鬥，看來我們的災難又要臨頭。」

吳玉卿說：「這十幾年來，我們甚麼災難都受過，不怕了。既然你怕再發生災難，為何沒同繼持一齊偷渡去香港？」

陳繼祖說：「如果我去了香港，不知道何年何日才可以見到你們，有了這個顧慮，才沒冒險偷渡去那邊。」

吳玉卿說：「直到目前我才知道你那年寫信回來叫繼持去省城，是安排他偷渡去香港。香港是甚麼樣的地方？」

陳繼祖說：「香港是英國人管治的大城市，共產黨無權管……」

吳玉卿說：「香港不是中國？」

陳繼祖說：「香港原本是中國的，清朝末年發生鴉片戰爭，清軍和英國人打仗，英國人的戰艦槍炮犀利，清軍打輸了，英國人強迫清政府割讓香港給他們，成為英國的殖民地。」

吳玉卿不明白鴉片戰爭的歷史，要丈夫講給她聽。陳繼祖長話短說，把鴉片戰爭的事簡略告訴她。

吳玉卿聽了，說英國佬可惡，欺負中國人。陳繼祖說，英國人恃強凌弱，的確可惡，但是這樣也有個好處，香港原本只是廣東沿海一個荒蕪的小島，英國佔領後，派殖民官員來開發建設，經過百多年的發展，成為一個國際大城市，最好的是，英國人講文明、自由、法治，市民只要不做犯法的事，可以自由找工作做，自由做生意賺錢致富。很多窮人初時做些小生意，愈做愈大，開洋行，開工廠，發大財，成為大富翁。現時香港人生活得好，有發展機會，所以很多人都拚命偷渡過去。

吳玉卿說：「繼持已經去了那邊生活了，不知道他好不好。」

陳繼祖說：「他是醒目仔，有大志，相信他的前途光明。」

兩人談着談着，夜深了，熄燈上牀歇息。稻草鋪在牀板上，柔軟、溫暖，他摟抱她、親吻她、撫摸她，給她溫情、給她愛，補償她多年來的空虛、孤寂、苦悶。如今她是中年婦人了，很久未嘗過情慾，宛如快將凋謝的花蕊，需要雨露的滋潤，再開花綻放。她在丈夫的懷抱中，感覺甜蜜、溫馨、亢奮、酥軟，緊緊地摟抱着他，盡情歡悅，外面甚麼造反派、保皇黨、走資派、和尚打傘無法無天、打倒在地還要踏上一腳，都讓他去見鬼吧。

* * *

白沙鎮的紅衛兵發展得很快，分成兩派，「造反兵團」的總部起初在城隍廟，頭領是衛東。另一派是「紅尖兵團」，總部在白沙鎮小學，頭領是陳有。這兩個兵團都自稱是造反派，但是鬥爭目標不相同。

「紅尖兵團」的頭領陳有，因為她的前夫賈為民離棄她另結新歡，她要報復他，寫大字報揭發他的黑材料，借助衛東領導的「造反兵團」把他鬥倒（他上吊自殺了）。但是賈為民的勢力被他們除掉了，衛東奪了權，坐上鎮黨委書記的寶座，成為新的當權者。所以陳有另立山頭，和別的紅衛兵組織「紅尖兵團」抗衡衛東，最終目標是想自己取代衛東，成為鎮政府的最高掌權人。

陳有早就聽聞衛東（衛英）和陳繼世搞上了，只是半信半疑。陳繼世是地主仔。衛英解放前是他家中的婢女，是兩個對立的階級，怎可以相愛搞上了？如果真有其事，就有鬥爭她的機會了。為了掌握真憑實據，她留意他們的行動。白天他們不敢做這種事，晚上她暗暗跟蹤他們。

某日，黃昏後，夜幕籠罩大地，衛英踏上白沙河上的木橋，向對岸走去。陳有尾隨着她走。衛英在前，她在後，恐怕衛英回頭發現她，她把頭上的黑布拉低遮掩面孔，弓着腰背，假扮老太婆過橋。

衛英過了橋，向右拐，走到一棵大樹下，輕輕咳嗽一聲，陳繼世聽到她的暗號，從大樹旁邊走出來，摟着衛英走入叢林去。陳有不動聲色，靜靜在林子旁邊等待事情的發展。過了一陣，叢林中發出嘍嘍嗦嗦的響聲，樹枝微微搖晃，同時傳出女人�呀呀的淫蕩聲。

陳有想衝入叢林把他們雙雙捉住，但是回心一想，自己一個女人，對方男女兩人，若是他們急了，狗急跳牆，失去理智，兩人合力打死她，把她的屍體掉落白沙河餵魚，不是自己找死枉送性命？

這樣一想，她即刻離開現場，過橋回到白沙鎮小學「紅尖兵團」總部，把她捉姦的事告訴她手下的紅衛兵，商議對策。有紅衛兵說，明天晚上找幾個人去捉姦，當場抓他們回來批鬥。

陳有不同意，她說：「你以為他們傻到晚晚都去那裏鬼混？我暗中跟蹤他們很久了，直到今晚才有機會發現他們幹那種不要臉的事，若是他們知道我們去捉姦，害怕了，以後都不敢幹那種事了，我們的計劃不是白費了？」

商議了一句鐘，大家都同意寫大字報揭發他們的姦情，馬上揪鬥陳繼世，逼他承認，到了那時，衛英有天大本領也推不掉罪名。

陳有具備寫大字報的經驗，她憑一張大字報就把她的前夫賈為民板倒，令他上吊自絕於人民。而今她親自執筆寫大字報揭發衛東（衛英）和陳繼世的姦情，她有信心成功，達到目的。

大字報在鎮政府的外牆貼上了，很快就引來群眾的圍觀。大家都不敢相信衛東和陳繼世做出這種醜事。衛英知道有人貼大字報與她有關係，也來看大字報。這張大字報指名道姓，言詞有力，她知道這次劫數難逃了！

「紅尖兵團」的紅衛兵馬上把她抓起來，同時去抓捕陳繼世，押回白沙鎮小學的「紅尖兵團」總部，強行把他們剃成「陰陽頭」（一邊頭髮剃光一邊保留）然後推他們出門，有人敲響銅鑼，押着他們在街上向城隍廟那邊走去，推他們上鬥爭土台。

衛東（衛英）是「造反兵團」的頭頭，二十多天前她坐在土台上主持鬥爭賈為民，怎麼如今被「紅尖兵團」的紅衛兵揪鬥？大家都知道，她童年時是陳家媳婦吳玉卿的陪嫁婢女，婢女在舊社會被地主壓迫欺凌，苦大仇深，解放後她翻身當家作主了，只有她鬥爭別人，怎麼她現時被別人批鬥？他們跪在土台上，胸前掛着「姦夫淫婦」的木板牌子，勾着頭，羞於見人。

陳有站在土台上宣佈他們的罪狀，說衛英和陳繼世晚上在白沙河橋頭那邊的叢林中搞肉體關係，被她看見，證據確鑿，「紅尖兵團」的紅衛兵才抓捕他們來土台上批鬥。她一宣佈完畢，紅衛兵就大喊口號——

毛主席萬歲！毛澤東思想萬歲！共產黨萬歲！把無產階級文化大革命搞到底！

打倒姦夫陳繼世！打倒淫婦衛英！

坦白從寬、抗拒從嚴！

你們不認罪就死路一條！

衛英抬起頭，大聲說：「要我認罪可以。請讓我講幾句話：陳繼世沒有老婆，我還未嫁人，我們不是姦夫淫婦。我同他晚上在樹林中歡好，只是搞男女關係……」

陳有阻止她說下去：「陳繼世是地主仔，你原本是他家中的妹仔（婢女），你勾搭他，你沒站緊階級立場，向地主階級投降，你認不認罪？」

衛英答不上話了，低下頭。

陳有得勝不饒人，說：「你是破鞋！不要臉的破鞋！」

台下的群眾有人說髒話，有人哈哈笑取樂。

陳有得勝了，她放下衛英，轉移目標，指着陳繼世說：「是不是衛英這個姣婆勾引你？講！」

陳繼世抬起頭說：「不是。以前她在我們家做妹仔，我就喜歡她，若不是那時她的年紀小，我就要求我父母讓我娶她……如今我同她在樹林中歡好，是我們情投意合，不是她勾引我，也不是我勾引她，是相親相愛……」

陳有知道陳繼世讀過很多書，有知識，能言善道，恐怕他說得太多阻礙時間，馬上向台下宣佈，說這場批鬥會完滿結束。不過，暫停批鬥他們，不是他們無罪，先要押姦夫淫婦遊街示眾，懲戒他們通姦。

「紅尖兵團」的紅衛兵押着他們兩人遊街的時候，陳繼世的頸上掛着「姦夫」的木牌子，衛英的頸上掛着「淫婦」的木牌子，還在她的頸上掛着兩隻破鞋子，她在街上行走的時候，兩隻破鞋子在她胸前搖來晃去，拍打着她高高的乳房。

街道上的圍觀者宛如觀看江湖賣藝人在耍猴戲，小孩哈哈笑，大人交頭接耳，木無表情地看「好戲」。

衛東（衛英）中箭落馬，「造反兵團」失去頭領，別的紅衛兵無力抗衡陳有，鎮政府的掌權人被「紅尖兵團」的頭領陳有取代，新人換舊人。

* * *

陳有帶頭成立的「紅尖兵團」，目標主要是鬥倒衛英（衛東），奪取鎮政府的權力，她做掌權人。衛英解放前雖然是吳玉卿的陪嫁女，但是主人都善待她，生活得比在自己的老家還好，她懷念故主的恩情，有意暗中保護他們。但是「革命不是繡花、不是請客吃飯、不是溫、良、恭、儉、讓」，而是「階級與階級的愛、階級與階級的恨」，她怎可以再和解放前的故主有溫情？

早前廣州的造反派紅衛兵押解陳繼祖回白沙鎮的時候，由鎮政府接收。陳有從押解者的口中知道，早幾年陳繼祖寫信回家，叫他的小弟（繼持）去省城他任教的××中學，安排策劃他和另外兩人偷渡去香港。

陳繼世和衛英通姦被鬥倒了，接着就要揪鬥陳繼祖。揪鬥他之前，就要寫大字報揭發他以前的黑材料。大字報一貼在鎮政府的外牆上，大家都知道他以前的所作所為，完全暴露出來。

文化大革命時期，白沙鎮民眾的娛樂是去城隍廟旁邊的土台看揪鬥當權者和階級敵人。人們一聽到噹噹的銅鑼聲，就曉得又有人被揪鬥了，又有「好戲」看了，成群結隊去觀看。揪鬥的形式沒太大分別，但是被揪鬥的人，各有各人的內心世界和罪名。在鬥爭土台的人，有的無奈悲哀，有的頗有娛樂性，啼笑皆非。衛英頸上掛着兩隻破鞋子遊街示眾，是新中國才會發生。

陳繼祖在廣州××中學被造反派紅衛兵捕捕時，就曉得自己的命運堪憂了。造反派抓捕他，沒有在省城批鬥他，卻把他押解回故鄉，讓白沙鎮的紅衛兵整治他，讓他的罪行人人階知。「紅尖兵團」的紅衛兵推他上土台批鬥他的時候，他的老婆、兒子都在台下的人群中觀看，令他更加難受，恍惚自己真的是罪大惡極，受紅衛兵批鬥是應該的！

陳有如今是中年婦人了，身體發胖，但是她的短髮方臉，寬闊的「列寧裝」掩蓋着她肥胖的身體，衣袖上別着紅底黃字的「紅衛兵」袖章，扯高氣揚站在陳繼祖旁邊，審問他是不是寫信叫他的小弟繼持去廣州，在珠江練習游泳偷渡去香港？

陳繼祖所做的種種事情都被「紅尖兵團」的紅衛兵掌握到了，他想：不承認不行了。只好坦白招認。

陳有大聲說：「陳繼持偷渡去了香港，是不是在那邊做特務收集情報給蔣介石？」

陳繼祖說：「不是。他在香港遇到好人，有機會開辦工廠做製衣生意……」

陳有說：「他同美國人做生意？」

陳繼祖說：「他工廠製成的衣服都是出口去歐洲、美國……」

陳有說：「他同美帝國做生意為名，明顯是美蔣特務，裏通外國，出賣祖國的軍事機密是不是？」

陳繼祖極力否認。

紅衛兵大呼口號——

坦白從寬、抗拒從嚴！不認罪就死路一條！

陳繼祖的頭顱猶如被棒槌重重敲打，腦子嗡嗡響，幾乎暈倒。「美蔣特務」、「裏通外國」的罪名，認罪是死；不認罪也是死，還有甚麼好說？

陳繼祖不說話，等如他認罪。

鬥爭大會在一片嗡嗡聲散會，人群前後離去。

19

文化大革命時期，人民政府取消「高考」，高中畢業生不必參加考大學入學試，由各個政府機關保送出身好的青年人讀大學。

衛明在縣城的高中畢業了，沒有領導人保送他入大學，他畢業等如失業，去做紅衛兵，參加縣城的造反派去廣州搞串連，交流汲取省城的紅衛兵的造反經驗，回到故鄉白沙鎮，組織「井崗山兵團」跟「紅尖兵團」打對台，成為陳有的勁敵。

衛明好讀書，頗有學問，機智勇敢，不是衛東（衛英）、陳有這兩個沒有甚麼知識的城鎮女人可比。他見過大世面，演說時口若懸河，鏗鏘有力，加上他的「身體語言」，令聽眾動容。因此，不止有很多人參加他的「井崗山兵團」，也有「紅尖兵團」的紅衛兵倒戈轉投他的組織，聲勢很快就壯大起來，跟「造反兵團」、「紅尖兵團」，成為鼎足之勢。

土改運動時，簡丹青是「開明資本家地主」，當時沒有受到群眾最嚴厲的清算鬥爭、衝擊，他仍然開藥材舖、行醫賺錢，如今是火紅的文化大革命歲月，國家主席劉少奇都被造反派的紅衛兵拉下馬，「開明資本家地主」簡丹青算得甚麼？

大家都知道，簡丹青是讀書人，家中的藏書很多，據曾經去過他家作客的人說，他的書房在樓上，房中的書架的書本排列到滿滿的，枱上、椅子上都放着未看完的書。而且他愛書如命，恐怕被沒有文化知識的人損壞了。

衛明想：如今神州大地只有毛主席能夠坐擁書城，讀甚麼書都可以。簡丹青只是個城鎮的老醫師，他也配擁有這麼多書？不去砸他的書房不行！他和幾個勇武的紅衛兵，走到簡丹青的家門，衝入屋，跑上樓上的書房。簡丹青鼻樑上架着老花眼鏡，正在靜心閱讀一本線裝書，他見幾個青年人來勢洶洶，心知不妙了，從椅上站起來，裝着笑臉說：「紅衛兵小將，你們要我做甚麼，我做得到的都肯做。」

衛明不說話，一手就搶過他手中的線裝書，扔在地上。簡丹青視這本線裝書如寶物，被人扔在地上，心疼不已，說：「紅衛兵小將，這是善本書，有錢亦難買得到，求你們莫毀壞它啊。」

衛明說：「少囉唆，你這些書都是『四舊』，毛主席教導我們要破舊立新，我們把你這些舊書毀掉，讀毛澤東選集、毛語錄，聽到了沒有？」他邊說邊把一本紅皮的毛語錄扔到簡丹青面上，他鼻樑上的老花眼鏡脫落地上，碎裂了。

簡丹青見衛明使出毛主席的法寶，沒法阻止了。他跌坐地上，眼睜睜看他們砸書架，搬書本。不過一刻鐘，他書房中的各種書本都被紅衛兵搬到家門外面，有的撕爛了，有的被踐踏，散滿泥地上。

過了一陣，簡丹青從暈眩中清醒過來，掙扎着慢慢爬落樓梯，走到門外，想拾回他珍藏多年、翻脫頁的《道德經》，但是泥地上都散了被紅衛兵踐踏破了的書，哪本才是《道德經》的殘骸？

老子的《道德經》第六十章言：治大國，若烹小鮮。當今的掌權者，為何連民家珍藏的本書都要管，毀掉它而後快？

紅衛兵見他趴在地上想撿回他的書，斥罵他，踼踏他的手掌，不讓他撿。他向紅衛兵哀求說：「《本草綱目》是醫藥書，教人治病救人的，求你們還給我啊。」

有紅衛兵說：「《本草綱目》是四舊，不破不行，快快滾開！」

簡丹青行醫數十年，《黃帝內經》、《本草綱目》讀了不知多少遍，早已滾瓜爛熟，能誦背，沒有它不要緊，只是心疼這些醫藥寶典遭受踐踏而已。

為了救書，他的手掌被紅衛兵踼踏破了，血流如注，他的心疼，手掌的傷口也痛。他從地上爬起來，回到家中，自已檢查一下，沒有傷害筋骨，只是傷了皮層，他從藥櫃中拿出金鎗藥敷在傷口上，止血療傷。

他的兒媳婦（陳帶弟）見他年紀老大了，還要受皮肉之苦，她說：「那些書沒有了就算了，何必還去撿？」

簡丹青說：「你不懂，我當那些好書寶貴過我條老命；好書和我條老命相比，我要好書不要命。」

兒媳婦說：「要書不要命？你老糊塗了？」

他說：「我是老了，並不糊塗。人生世上，只有幾十年壽命，好書會流傳千年萬年，教化世人。讓世人得益。」

兒媳婦說：「因為這些書你被他們打，踢斷手。照我看，書本有害而無益。」

簡丹青保不住他的書，能不能保住他的命？

過了幾天，時機到了，「井崗山兵團」的紅衛兵忽然走入「中藥堂」抓捕他，在他的頸上掛上「走資派簡丹青」的木板牌子，押他離開藥材舖，在街道上遊街示眾，向城隍廟那邊走去，推他上土台。這個土台，像白沙鎮的永久戲台，無論鬥爭甚麼人都在這裏上演，城隍廟每年一次的廟會給批判大會所取代。

簡丹青的罪名是「走資派」，但是他的木工場、棺材舖早就「公私合營」了，鎮政府派人來共同經營，賺到的錢各半，若說他是走資派，鎮政府又是甚麼派？

解放前、解放後，他都是行醫，治病救人，還贈醫施藥給貧困的病人，大家都尊敬他，感謝他。怎麼政治運動一來，人的思想態度就轉變，完全忘記他以前的善心和善舉、當他是仇敵？

他的思緒被口號聲打斷——

毛主席萬歲！共產黨萬歲！

革命無罪、造反有理！

簡丹青抗拒就死路一條！

口號聲一個接一個，像五雷轟頂，他的頭腦嗡嗡響。過了一陣，他才恢復思想：抗拒就死路一條？他抗拒甚麼？紅衛兵說他是走資派他就是走資派，抄他的家毀他的書，他只是哀求沒有反抗，押他遊行羞辱他沒哼一聲，哪有抗拒？

鬥爭台下人頭湧湧，場面熱烈。顧家暉也在群眾中觀看。陽光下，大家都面紅耳赤，汗流浹背。簡丹青跪在土台上，垂着頭，白髮稀疏，面色灰暗，汗珠沿着縱橫的皺紋流下，老眼瞇矇。

顧家暉見他的岳父如此可憐，起了憐憫心。但是又救不到他，不忍再待下去，暗然離開鬥爭場。

簡丹青不止被批鬥，紅衛兵還要他寫檢討書。他是讀書人，寫得一手好的毛筆字，會寫文章。但是他從未寫過檢討書，不知道怎樣寫，從何處寫起？

回到被搗亂的書房，他在端硯上磨了墨，拿着毛筆，對着白紙，苦苦思索，一個字都寫不出來。他擲下毛筆，從椅子上站起來，走到窗前，望着白雲飄飄的蒼天嘆息，心想：怎麼自己如此長命活到今日受到這種折磨？

* * *

白沙鎮三個紅衛兵組織，都打着造反的口號、旗號去打、砸、搶，到了後來，他們互相指責，互相打鬥。起初他們像以前的人民揭竿起義，用刀、叉、紅纓槍等原始兵器武裝自己，攻打對方。一旦打鬥起來，仇恨之火熊熊，不顧後果，都去搶奪民兵的槍支彈藥，成為小型的軍隊，互相廝殺，由街頭打到街尾，由鎮內打到鎮外，仿如小型內戰，彼此都有傷亡。他們之中，有的是兄弟姐妹，因為是敵對派系，六親不認，打死打傷同胞手足。

這樣的敵對派系打鬥，全國各地都有發生，大城市更加慘烈。這種局面，中央政府恐怕內亂到無法收拾，才在《人民日報》、「中央電台」上呼籲各派系的紅衛兵「要文鬥、不要武鬥」。但是中國幅圓廣寬，紅衛兵這麼多，派系不同，山頭林立，不是一句「要文鬥、不要武鬥」就能煞停。

怎麼辦？城市的紅衛兵都下放去偏遠貧困的農村插隊落戶，跟村民一起耕種——這樣的辦法效果很好，既可解決紅衛兵動亂又可解決他們的就業問題。城鎮的紅衛兵容易解決，他們大部份家庭原本就是耕田生活，中央領導人下令解散紅衛兵組織，勒令他們回家和親人一起種田就好了。

20

某日下午，陳繼持忽然回到白沙鎮。他回來的時候，有廣州市工商局的牛局長陪同，他們乘坐的車子在鎮政府門前停下，鎮政府的黨委書記和他的女秘書早就站在門前迎接這兩位貴賓。

現今的鎮黨委書記是胡作義，昨天早上他就接到省城官員的電話，叫他置備酒菜為陳繼持洗塵。省城領導要他這樣做，他不敢怠慢，馬上親自去「東風酒家」找經理，訂下一間貴賓廳，寫了菜單，等待這位從香港回來的貴客蒞臨。

胡作義迎接廣州的工商局牛局長和陳繼持進入鎮政坐下，他的女秘書給大家奉茶，他遞香煙給牛局長和陳繼持，用打火機給他們點煙。牛局長吸煙，讓他點火，陳繼持不吸煙，謝絕了。

胡作義已經知道陳繼持在香港開辦工廠營商，大老闆經常交際應酬接待商人朋友，怎會不吸煙？是不是他奉上的香煙不夠高檔才謝絕？陳繼持解釋，吸煙危害健康，香港的讀書人商人大都不吸煙。

陳繼持和大家一齊去「東風酒家」的時候，感覺故鄉（白沙鎮）的變化很大，以前矮小的屋子拆掉了，重建成新的樓房，以前大家都點煤油燈照明，如今改用電燈了，一些高檔的賓館、酒家都有冷氣（空調）設備。寬闊的街道上，有汽車行駛。這些小房車，多是日本進口的「豐田」、「日產」，偶然也有德國進口的「平治」、「寶馬」，法國進口的「雪鐵龍」。據說這些歐洲進口的名牌小房車是外國華僑、香港商人捐贈的，鎮政府的領導和其他幹部坐的車子才是用公款購買。

從鎮政府去「東風酒家」並不遠，鎮黨委書記、女秘書、鎮長一行幾人，在省工商局局長、陳繼持身邊前呼後擁，街道上的民眾都駐足觀看，覺得這兩位西裝革履的人物來頭不小。省城工商局的牛局長上了年紀，頭顱半禿，民眾都不知道他是甚麼大人物。有人眼力好，認出黨委書記女秘書身邊的中年人是陳繼持——那年他從白沙鎮失去蹤影時，是高高瘦瘦的年輕人——而今變成腰圓背闊、頭髮鬈曲的中年人了。他的頭髮、身形、服裝跟以前不同了，但是他的寬額、高鼻、深目改變不了，簡直就是他父親陳民利中年時的面相的翻版。

那年陳繼持在白沙鎮失去蹤影，有人說他在白沙河的木橋失足跌落河水中淹死了，卻沒有人發現他的屍體，或許他的屍體順水漂流到大海去了，到底他仍在世上還是死了成了謎團。反正他只是個城鎮的地主仔，他是生存世上還是死了對人都沒有太大影響，像在瘟疫中死去一隻豬那樣平常。他是地主仔，是階級敵人，若是真的淹死了倒好，整他打鬥過他的人不必擔心他有朝一日回來找他們算賬報仇。直到文化大革命時，他的大哥陳繼祖被廣州的造反派紅衛兵押解回來批鬥，白沙鎮的群眾才知道他在省城待了一段日子，偷渡去香港了。

鎮黨委書記一行幾人陪伴陳繼持到達「光明酒家」的貴賓廳坐下，他的大哥、大嫂、二哥、侄子四人到來了。他們將近二十年不見，如今見面了，仿如隔世，摟抱哭泣，不知道是哀傷還是高興，或許兩者兼而有之，讓在座的客人感覺尷尬，不知道怎樣好。

陳繼持這時才省悟自己失態，馬上安排大哥、大嫂幾人坐下，然後對工商局牛局長說抱歉。牛局長倒體諒他們，說兄弟久別重逢，心中激動流下熱淚是人之常情，他並不介意。

牛局長嚴肅中有溫情，他一表態，氣氛頓時寬鬆了。大家坐下談話，才知道陳繼持早幾日從香港回廣州開工業產品交易會，應省城工商局官員之邀，回祖國考察，陳繼持表示，他對自己的故鄉有鄉誼、有感情，他回白沙鎮考察了，若有可為才回來投資開辦工廠，發展故鄉的經濟，為國家作一點貢獻。省工商局的牛局長很高興，親自陪他回白沙鎮探親訪友，考察投資環境。

「光明酒家」的經理在貴賓廳侍候，吩咐伙計去廚房叫廚師炒菜。這名廚師原是廣州「大三元酒家」的總廚。工商局的牛局長憑權力向「大三元酒家」的經理借用他，一齊來白沙鎮的「光明酒家」做菜歡宴陳繼持，以示對他的重視。

菜式是粵菜，預先訂好的菜餚按先後次序上枱。頭盤是「烤乳豬全隻」，乳豬皮烤成金黃色，豬嘴含着胡蘿蔔雕成的玫瑰花，豬眼睛鑲上兩隻紅黃色小燈泡，電池電線藏在大瓷盤中，兩隻小燈泡閃閃發光，猶如烤乳豬在眨眼。侍應（伙計）拿刀子、鋼夾把烤乳豬剜成一塊塊皮肉，分別夾入賓客面前的小瓷碟中，大家才舉起杯子祝酒，吃烤乳豬。烤乳豬皮脆肉嫩，佐以醬料，色、香、味俱全，大家都大快朵頤，讚嘆好吃。

陳繼世他們是貧窮的城鎮人，從未見過、未吃過這樣精美的佳餚，如今可以吃到，都是沾小弟繼持的光。鎮黨委書記胡作義用公款設宴招待陳繼持，陳繼持的兄嫂作陪席，他們卑微（地主成分）的社會地位頓時提升，心中有說不出的高興。

第二道菜上枱，侍應宣佈是「菜膽扒鮑魚」。圓大的青花瓷盤上，排列十幾隻煨熟了的大鮑魚，鮑魚的四周排列着十幾條菜心，金黃色的鮑魚配碧綠色的菜心，看之讓人賞心悅目，垂涎欲滴。

侍應拿着銀勺子、銀夾子，把鮑魚分別夾入賓客面前的青花碟子中，每個碟子上又放一條菜心。吃鮑魚不是用筷箸，而是像吃西餐一般使用刀子、叉子。枱上放着鵝黃色的餐巾，餐巾上有刀子、叉子。

陳繼世、吳玉卿幾個城鎮人，都呆呆地看着，不曉得怎樣食。陳繼持知道大嫂、二哥的心事，他右手拿刀子，左手拿叉子，切開碟子上的鮑魚，他不吃，分給大嫂、二哥吃。大嫂問他為何不吃？他說，他正在減肥，魚、肉都不吃，在香港平時只吃麵包和水果，飲清茶，偶然才吃少少魚、肉，飯也少吃。

吳玉卿想起三年大饑荒，沒有糧食，大家吃野菜、草葉、蕉樹，這些東西都吃光了，簡丹青就教他上山割剝樹皮曬乾，放在石磨中磨成粉沫，再把樹皮粉沫放水中沉澱，像製作豆腐一樣凝固成硬塊，名為「切糕」，吃它裏腹，才熬過大饑荒歲月。那時大家都餓到皮包骨，走路都無氣力，繼持餓到發昏，螞蟻、蜜蜂、蚯蚓都捉來吃。如今他的脂肪太多，身體發胖，要減肥，放着烤乳豬和名貴的鮑魚不吃，他還記不記得三年大饑荒的苦日子？

他們邊飲食邊談話，各有心事，各有感想。不過，盛宴當前，飲酒食肉，大快朵頤，享受美食，大家都高興。

八道山珍海味都上完了，大家都吃飽了，有醉意了。最後一樣是甜糕、水果。馬蹄糕晶瑩剔透，玫瑰糕粉紅鮮艷，大家都用塑膠叉子挑着吃。陳繼持不吃甜糕點，只吃一片哈密瓜。

陳繼持年輕時在家鄉過苦日子，吳玉卿疼惜他，如今他衣錦還鄉她更加疼愛他，她夾一塊馬蹄糕放入他面前的碟子中，叫他吃。繼持領大嫂的情，笑着吃了。但是他坦誠說，他擔心吃甜品，會患糖尿病。

吳玉卿暗暗嘆息：三年大饑荒時期，大家都沒有油、沒有鹽、沒有糖吃，身體浮腫，用手指在浮腫的皮肉按下去，深深的印痕彈不起來。繼持聽筒丹青的教導，去山溝拔野甜菜吃，攝取一點點糖分，維持生命。

* * *

大家在「光明酒家」的貴賓廳吃飽豐盛的晚餐，夜幕低垂，店舖門前的電燈亮了。鎮黨委書記胡作義早已在白沙鎮最好的賓館為陳繼持訂好了客房，要送他去賓館歇息。陳繼持說，他離家多年，如今回來，要回家看看，看完了，他自己去賓館度宿。

陳繼持跟工商局局長、胡作義書記暫別，隨哥哥、嫂嫂向家那邊走。街道幽暗，巷道破敗難走。但是他在白沙鎮降生長大，在轉彎抹角的街道行走不覺困難。哥哥、嫂嫂在家門停下、開門，他們先後入屋。

泥磚屋子低矮狹窄，電燈泡發出幽幽的黃光，在雜物亂七八糟的屋子裏，幾個人擠在一起，有人坐在牀上，有人坐在凳上，談着兄弟離別多年的生活情況，文化大革命時，家中各人幾乎被紅衛兵整死。後來繼持談到回白沙鎮考察投資之前，頭一件要做的事，是重建家園，起一棟樓房，安頓親人，改善居住環境，重振家業。

繼祖、繼世聽了很高興。繼祖說：「這件事我們早就想做了，只是我們家貧，無能力做。如今你在香港做生意發了財，應該快些做。大宅原本是我們的，土改運動時母親要保護，不給那些貧僱農霸佔去，寧願點火自焚，同大宅共存亡。大宅雖然在大火中變成廢墟，原址的屋地還是我們的，要向鎮政府爭取回來，重新起一棟樓房，事成了母親泉下有知也會安慰。」

繼持說：「鎮黨委書記（胡作義）想我回來投資開辦工廠，搞好白沙鎮的經濟，高調接待我，只要我提出取回我們大宅的屋地，相信他會答應去辦。」

大嫂（吳玉卿）說：「你拿錢回來重建大屋，我們都贊成。但是你拿錢回來投資開工廠搞好這裏的經濟，不是益了他們？」

繼持說：「現時中國要搞改革開放，目的要挽救瀕臨崩潰的經濟，無論是招商局，還是地方政府，都想外國、台灣、香港的商人來中國大陸投資，開工廠、建道路、發展房地產，搞好經濟。表面上，是海外商人幫助中國，讓中國人有工做，有工錢收入，改善他們貧困的生活。實際上，我們海外商人來投資設廠，主要是大陸的土地便宜，工人的工資低，外商以低成本賺高利錢；外商都想賺中國人的錢。現時中國人口上十億，每人每日賺他一分錢計算，一日就可以賺他們一百萬元，利潤多麼可觀！你說我應不應該回來投資開廠？」

大嫂說：「現時中國人口有十億，但是我們白沙鎮人口有多少？」

繼持說：「我調查過了，單是白沙鎮就有好幾萬人，若是我投資開一間工廠，僱用五千工人，除去成本，每人每日賺他兩元，五千工人計，一日就賺他們一萬元，一個月三十日，就賺他三十萬元，一年十二個月，就可以賺他們三百六十萬元。回來投資開工廠做生意咁好賺，不是我益了他們，而是他們益了我。」

大嫂想：每個工人每日賺他兩元，五千工人，一年就可以賺他們三百六十萬元，真是驚人的數目！她說：「既然開工廠做生意咁好賺，你在香港開工廠好啦，為何回白沙鎮開？」

繼持說：「初時我在香港開工廠都賺大錢，但是香港土地愈來愈貴，廠房租金亦貴，工人的工錢不斷增加，成本愈來愈高，出口去歐洲、美國的貨品加價不多，因此，賺到的錢相對減少。所以很多商人都回大陸投資開工廠……」

大嫂說：「在中國投資開工廠咁容易賺錢，中國人為甚麼不做？」

繼持說：「國內人沒有資本，沒有技術，他們做不到，才需要外國、台灣、香港商人回大陸投資，把海外的資金和先進技術帶入來。」

大嫂說：「中國人怎麼咁蠢，咁落後要學人家的先進技術？」

繼持說：「中國人並不蠢，台灣人、香港人都是中國華人。台灣、香港的經濟為何咁發達、工業技術咁先進？台灣、香港都是資本主義，人民可以自由生活、自由做生意、自由選擇工作、自由發揮創造力，自己努力研究出來的科學技術是自己的成就，自己賺到的錢自己得，有法律保障，別人不能偷不能搶。而中國大陸，幾十年來都在搞政治運動，搞階級鬥爭，搞大躍進、大煉鋼，搞到人民的思想落後，視野狹窄，搞到民困財乏。文化大革命時工廠停工，學校停課，政府機關被紅衛兵衝擊，隨意抄別人的家，毀壞人家的書，打倒知識分子，說科學家是反動學術權威，讀書人是臭老九，只有沒有知識的懶人最光榮……這樣亂搞一通，社會怎麼不落後？」

大嫂說：「你去香港都這麼多年了，怎麼知道中國發生這麼多事？」

繼持說：「香港是自由社會，消息靈通，報紙、電台、電視都是市民辦的，日日都有報道大陸的新聞，國內發生的事情，香港人都知道。相反，外國、台灣、香港發生的好人好事，大陸人民都不知道，以為真的是社會主義好，以為中國做的事都比外國做得好，以為自己第一，天下無敵。」

繼祖是中山大學的高材生，有知識，他在廣州教書生活十幾年，知道香港有言論自由，繼持在那邊甚麼都可以講，沒有人干涉他。如今他回到國內，忘了隨意說話犯了禁忌，說了不應該說的話。這時已經夜闌人靜，他恐怕「隔牆有耳」，被人聽了會惹來麻煩，後果難料。他對繼持說：「這裏不同香港，不要隨意說話，知道嗎？夜深了，大家都睏倦了，我送你去賓館休息，有話以後再講。」

繼持說：「我自己去，不必你送。」

繼祖說：「夜晚街道昏暗，現時的治安情況不同以前了，你一個人去有危險。我熟悉地頭，知道環境，還是我送你去好。」

繼持說：「你送我去也好，到了賓館，同我過夜，明天同我一齊去外面看看，計劃以後的事……」

繼祖說：「既然你決定回來投資開廠，我當然幫你手。兄弟拍檔一齊做，好過靠人家。」

繼持說：「講得好，兄弟同心合力做，一定會做得好。」

繼祖從櫃枱上拿一支電筒，又從牆角拿一把砍柴刀，兩人離家上路。街道的燈光昏暗，黑影幢幢，他們踏着破敗的石板路，穿街過巷地行走。繼持走了幾個街口，迷失了方向，好在繼祖平時在這些街道上行走慣了，熟悉地頭，有大哥陪伴他一齊走，他才放心。要不然，他真的迷失在街道中。

繼祖說：「改革開放了，人的思想就不同以前了，很多外地人來這裏混生活，甚麼人都有，世途複雜，夜晚在街上行走更加要小心。」

過了幾分鐘，繼持說：「光明賓館的客房是胡作義為我訂的，你知道地方嚒？」

繼祖說：「這間賓館起好開張不久，是白沙鎮最高級的賓館，房租貴，住客都是外地來的領導、外賓，一般人住不起。」

他們快到「光明賓館」了，遠遠就見到牆頭上的亮麗招牌，門前的燈光明亮，有着制服的警衛在走動。繼祖把攜帶的砍柴刀扔到路邊的坑渠中，同繼持一齊走向賓館。他們踏上寬闊的平台，警衛看看他們，繼持把名片給他看了，他才露出笑臉，躬身哈腰打開玻璃大門讓他們進入。

走到前面的服務台，陳繼持遞上名片，經理笑臉相迎，馬上拿出客房的門匙，帶他們兄弟上樓，開門讓他們入房、開燈。經理說：「陳先生，你的行李鎮黨委書記早就派人送到你房哩。」

客房光亮，茶几梳化潔淨，牀單雪白，浴室冷熱水設備。繼持打開行李皮箱，拿內衣入浴室沖涼。十多分鐘沖完涼出來，對他大哥說：「我的身體同你差不多，你拿我的紙內衣去着好哩。」

繼祖望著他說：「紙內衣？紙可以做衣服？」

繼持說：「紙內衣美國人早就用了，好處是着一次就棄掉，方便旅遊人士，不必清洗那樣麻煩。」

繼祖說：「紙衣服是燒給死鬼的，想不到如今生人也可以著，世界真的變囉。」

繼持說：「世界變，人也變，不變就落後，被社會淘汰。現時中國為甚麼要改革開放？因為中國的當權者幾十年來關起國門搞政治運動，搞階級鬥爭，盲目搞大躍進、土法煉鋼。而美國、歐洲、日本、台灣、香港搞科學，搞先進技術，搞生產建設。美國的太空人早就登上月球，在月球插了美國國旗，鑽取月球石回美國給科學家作研究。若是中國人不搞改革開放，再關起國門像毛主席那樣做，跟先進發達國家的差距就愈來愈大——這樣中國就沒希望了。」

繼祖說：「改革開放政策是鄧小平提出來的……」

繼持說：「鄧小平真是有智慧的人。四人幫倒台了，毛澤東去見馬克斯了，他復出掌權，知道中國不改革不行了。為甚麼要搞改革開放？共產黨那一套行不通了，人民貧困、科技落後，怎樣和歐洲美國競爭？國家和人一樣，不進則退，若不急起直追，中國人就沒希望了。」

繼祖說：「中國咁多領導人，只有鄧小平夠膽提出改革開放……」

繼持說：「鄧小平身子矮小，膽量卻大。他真是了不起，共產黨內誰失去權力倒下了，再翻不起身。毛澤東能夠壓制所有中國人，他鬥倒誰都不能翻身，鄧小平居然能夠三上三下，擺平黨內各派人馬，復出掌權，搞改革開放，引進外國資金，學人家的先進技術，會創出新局面。」

繼祖驚異繼持偷渡去香港至今只有二十年，他在香港營商開工廠發了大財，還學懂這麼多知識，中國、外國的時事政治都說得頭頭是道，分析得有條有理，讓人信服，他是怎樣學到的？

繼持說，年輕時他是地主仔，被人歧視，沒有書讀，連報紙都沒得看，仿如深山野人，甚麼文化知識都不懂。他一踏足香港，街頭、酒樓門前都有書報攤檔，甚麼報刊都有，而且都是市民辦的，報紙上有國際新聞，有大陸新聞，有台灣新聞，看報刊，全世界發生的事都知道。報上有社論，副刊上有各種各樣文章，讀了這些社論和文章，學到很多知識，視野大開。到手的報刊、書本他都如饑如渴地閱讀，天天讀，讀得多了，知識就豐富起來。不過，他只懂中文，不懂英文，因為香港政府的公文是英文，商行、銀行的文件都是英文，在香港生活工作，不懂英文不行，初時他只好白天工作，晚上讀夜校學習英文。後來他開工廠跟歐洲人、美國人做生意，常常搭航機飛去歐洲、美國跟西洋人談生意、應酬吃飯，才打好英文基礎，如今讀和寫都沒有問題了。

繼持說：「以前被他們困死在白沙鎮，沒有上進的機會，偷渡去了香港才有機遇讓我發奮上進，可以說，我的生命是這個英國人管治的城市給我的，我的知識是香港供給我的，我的事業成就也是香港這個自由城市給我的。所以我時常想，我應該感謝香港政府和香港人。」

繼祖說：「那年我寫信回家叫你去廣州，又安排你偷渡去香港，事實證明我做對了，是不是？」

繼持說：「是你改變我的命運，香港給我機會，才有今日的美好。我頭一個要感謝的是大哥你。」

繼祖說：「我是你大哥，應該關照你，多謝甚麼？那年你同岑漢、寧遠一齊偷渡去香港，他們兩個如今好嚒？」

繼持說：「有悲有喜，有成功有失敗，我們三人的後果不同，說起來話長，現時夜深了，都睏倦了，明天再說哩。」

* * *

「光明賓館」是參考香港建築師的設計建造，但是也有不同的造型，香港地少人多，地皮金貴，民房是高樓大廈，工廠也是高樓大廈，酒店、賓館也是高樓大廈，各建築物都是向高空發展，恍惚要與天公試比高。而白沙鎮有的是地皮，地價低廉，民房、酒家、賓館都是橫向延伸，最高的樓房只是三四層，無必要建造得太高。「光明賓館」的客房面積大，房子是「套房」，裏面有衣帽室、浴室、衛生間，一間客房的面積就有香港一家幾人居住的房屋那麼大。

鎮黨委書記胡作義用公款為陳繼持訂下的是可以開商業會議的大套房，把牀搬到牆邊就可以多人開會了。裏面的大牀可開可合，夫婦一起睡可合，兄弟朋友睡可分開，各人睡一張牀。

繼祖、繼持同一父母所生，同吮母親的奶汁長大，童年時兩人同牀睡，而今當然可以同牀共枕。但是當年的小兄弟如今是高大漢子了，大哥長時期在城鎮勞動，變成貧窮的粗人，他不想與小弟同牀睡了。他藉口說自己睡熟了會發出如雷鳴的鼻鼾聲，還是分牀睡好。

客房中兩張牀。兩個人。兩個夢。陳繼祖作的是好夢，他的小弟在香港營商發了大財，資本雄厚，正在計劃回白沙鎮重建家園，起大宅，同時計劃回來投資開辦工廠，事成了，他就可以去小弟的投資公司做事，高薪厚職，他的人生就會大大改變，前途光明……

繼持作的似夢非夢，那年的某個晚上，他和岑漢、寧遠避過邊防軍的追捕，從山溝爬入大鵬灣海邊，齊齊撲入大海，在微弱的星月下，浮游向前去。人在波濤洶湧的大海中，能不能游到彼岸去不是他們可以選擇的，只能按照自己的體力向前浮游。他們落海之前，背包棄掉了，脫去上衣，只穿短褲，身上甚麼東西都沒有，赤條條無牽掛，無負累，或許可以游得快一些。此去只能向前，不能後退，向前浮游，可能游到彼岸，若是後退，被邊防軍的探射燈照到，他們就會開機關槍掃射，必然會中彈葬身大海！

有了向前游去才有生路的信念，身體四肢就像汽車多加燃油，引擎轉動快了，游得快一點。但是動作愈快，愈容易疲勞。氣力消耗得多不好，要游過茫茫大海，猶如跑手作長途競賽，起初不能全力快跑，必須不徐不疾地跑，保持身體四肢的能量才能跑到終點（終點是香港那邊的吉澳島）。

在茫茫大海中浮游，會發生各種無法預測的事情——會不會忽然起風浪？手腳會不會抽筋？有沒有鯊魚忽然來噬咬？體力能不能支持下去？若是發生這些問題，你的泳術再高超也不能游到彼岸去。

此刻他們在無風無浪的海中游着，還算暢順，沒遇上甚麼困難。他們以前在廣州珠江習泳的時候，晚上也有別人在江中習泳。他們習泳時，從上游游到下游，到原定的地點，又從原點向上游。每個晚上他們到珠江習泳，游到筋疲力盡了，就停在江邊休息，交談游泳偷渡的種種問題。有偷渡經驗的人說，黃昏潛伏在山溝等待落海時，必須看天氣，天氣好，無風無浪，游到海中可以看到吉澳島那邊微弱的燈光，那邊山上有個小警崗，燈光是小警崗的照明燈，向着那裏的燈光浮游才不會迷失方向。

但是有人游到半途已經筋疲力盡，再沒氣力游了，就會在原點海面載浮載沉，昏昏欲睡，被海水吞噬，葬身大海。最可怕的是鯊魚，牠在海中游得飛快，又力大無比，襲擊人的時候，張開大口，牙齒尖利，被牠一口咬了，大腿即斷，血液染紅海水，也會引來的別的鯊魚……

黃昏潛伏在山溝等待落海之前，他們講好，海中有風浪聲，說話對方也聽不到，浮游的時候，大家不要距離得太遠，最好能夠若即若離，以免在波濤中不見對方的蹤影，失去聯繫，掉隊落單就不好了。

但是人一旦游到大海中，浪頭一個接一個拍打過來，他們就身不由己漂流遠去，無法靠近身邊，就有人掉隊落單了。三人之中，寧遠的身體瘦弱一點，很多時候都是他掉隊。忽然一條龐然大物在他們身邊捲起巨浪，向寧遠噬咬，他發出撕心裂肺的哀鳴聲，轉眼間就在海面中失去蹤影！

三個同伴變成兩人，陳繼持看見寧遠被鯊魚噬咬，聽到他死前的哀鳴，惶恐到渾身顫抖。不知道下一個被鯊魚噬咬的是不是自己！好在他在驚心動魄中不失理智，他想：在這樣的黑夜怒海中，在鯊魚游弋覓食的情況下，恐懼只會打亂自己的求生意志，若是天可憐見，讓他浮游到彼岸才好。

他轉頭看看，岑漢的葫蘆頭（他的頭髮很短）還在他身邊，他的精神一振，向着有燈光那邊游去。忽然一個巨浪把他沖起，他順勢抬頭向前望，那邊山上警崗的燈光明亮，明顯他距離吉澳島不遠了。

但是他饑餓了。饑餓令他身體四肢乏力。饑餓令他減低鬥志。饑餓令他沮喪。饑餓令他的手腳提不起來。他浮游在海面上，海浪把他向那邊推移。他在朦朧的意識中感覺是潮漲，潮漲會把他向岸邊推去。如果潮漲就好了，是老天爺庇佑他。岑漢的葫蘆頭在浪濤中昂起來，跟他一起讓潮水向岸邊推移。他在海面上載浮載沉，昏昏沉沉，等待死神的招喚……不知道過了多久，浪花打在他的身上、頭上，他甦醒了，驚覺自己的身體在一處亂石灘上。

他想：是不是在作夢？他的眼睛搜索一下，有個人躺在他旁邊大約十幾步遠，而那個葫蘆頭似乎也在看他。這時天亮了，他定神看看，那人果然是岑漢！

陳繼持清醒了，恢復思想了，是潮漲把他們像木頭一樣沖上海邊的亂石灘的，他們擱淺在亂石灘上。海潮退下去了，他們的生命是潮漲潮落搭救的。他慢慢爬起來，跑到沙石上向天地叩拜，感謝天地讓他們活命。

他們在大海中浸泡了一夜，在亂石灘上冷到發抖，牙關打顫，再無熱水喝，沒有食物裹腹，必然死在亂石灘上！他們的眼睛在搜索，沒有人，不遠處的大樹邊有間小屋。他們掙扎着向那間小屋爬去，到了門口，喘着氣輕輕敲門。木門打開了，一個滿面皺紋的臉孔探頭向外望。老頭見門外瑟縮着兩個光着上身、冷到顫抖的青年人，起了惻隱之心，讓他們入屋。

屋子殘舊，燈光昏暗。陳繼持、岑漢無氣力站立，腳軟跌坐牆腳下。老頭原是漁民，他叫老婆快去煲薑湯。他看顧這兩個不速之客。老婆婆入灶間一刻鐘，拿出兩碗薑湯給陳繼持、岑漢飲。薑湯又辣又熱，他們飲下肚，身體很快就和暖起來，面孔由灰白轉為紅潤了。老婆婆又用滾水泡兩碗冷飯給他們裹腹。

他們剛剛踏足香港地界的吉澳島，就遇到這兩位善心老人的救助，在老人面前感動到流下熱淚。

老頭見他落淚，又像餓鬼一般吃着泡飯，說：「一看就知道你兩個是從大陸那邊游水過來的。你放心，我不是『打蛇佬』，不會乘機要你們親人的錢。」

陳繼持更加感動，說：「多謝你！你咁好心，我一有工做，生活有着落了，我會來報答你。」

老頭說：「對落難人，我做得到就做。以前我也救過游水過來的偷渡客，幾時要他們報答？」

陳繼持說：「你收留我們在你家，不怕嘅？」

老頭說：「我是窮等人家，無本事收留你們。這裏是離島，出入市區要搭渡海小輪。你們光棍一條，當然無錢搭船出市區，但不用怕，日日都有水警到這裏，警察會載你們去市區。」

陳繼持大驚，心想：警察到來不是要拘留我們遞解出境？他說：「老伯，我們拚了命才游到這裏，求求你不要讓警察知道我們在你家！」

老頭說：「放心嘞，警察不是來捉你們，是用水警輪載你們去市區登記辦手續，然後通知你們親人接你走。」

他們懸着的心放下了。

老頭轉身入房，拿着兩件衫出來對他們說：「你們赤身露體會凍病，亦難睇，就着我的舊衫頂住檔，有錢再買新的。」

陳繼持邊著衫邊向老頭道謝。

老頭說：「你們游了一夜水，累死了，瞓一會啊。」他拿一條草蓆放在地上，又說：「水警來了，我再叫醒你。」

兩個青年人睏倦極了，一躺在草蓆上，很快就呼呼入睡。不知道過了多少時候，兩個警察入屋驚醒他們。陳繼持揉揉眼睛，警察身穿制服，頭上戴着英國皇冠徽號的鴨舌帽子，皮腰帶上插着手槍、掛着黑色警棍，腳踏黑色皮靴，威嚴勇武。

老頭對陳繼持說：「差人是我叫來的，你兩個跟他們去碼頭哩。」

警察一前一後，陳繼持、岑漢在中間，一起向海邊走去。兩個偷渡者沒鞋著打赤腳，兩個警察的皮靴踏着沙土咔嚓咔嚓響。天空藍天白雲，陽光耀眼，海島上的樹林一片墨綠，海上碧波蕩漾，微風吹來，讓人舒暢。

海邊碼頭停泊着一艘水警輪，船頂上的「米」字旗迎風飄揚。他們四人先後跳上輪船，水警帶陳繼持、岑漢踏着梯級入船艙，落到艙房，警員給他們麵包、罐裝果汁。

這時陳繼持才看見船艙中坐着幾個偷渡者在吃麵包。他們你看看我，我望望你，彼此是同道中人，大家都點點頭示好，慶幸能夠逃離專制極權的國土，呼吸到自由世界的空氣。

他們食麵包的時候，有個警察進入艙房，他的衣袖上鑲着三條白亮的橫槓，官階是「沙展」。他說：「你們都不可走上船面甲板，若是被對岸的邊防軍發現，他們會駕快艇來我們的水警輪強行把你們帶走，押回大陸，那時我們皇家警察就救不到你們嘞！」

這些偷渡者都不說話，只在心中感謝香港警官的關照和善意的警告。

水警輪解纜開船了，乘風破浪，全速駛離大鵬灣海域，只幾十分鐘就抵達沙田馬料水碼頭泊岸。一輛草綠色的大警車停在碼頭上面，接載他們……

* * *

早上醒來，昨夜回憶的往事仍在腦海中縈繞。陳繼持望望客房，大哥坐在梳化上看昨天的《人民日報》。

繼持說：「你起牀了，為何不叫醒我？」

繼祖說：「昨晚你深夜還未睡，不叫醒你，讓你睡晏些。」

繼持說：「工商局長和胡書記約好我早上在樓下的餐廳食早餐，我遲到哩。」

繼祖說：「你去漱口洗面，讓他們等待。」

繼持說：「已經約定時間食早餐，就要準時赴會，遲到不好。」

繼祖說：「他們有求於你，遲到就遲到，怕甚麼？」

時間緊逼，繼持不想多講。他入浴室草草洗了口面，領呔也不打，一手挽着西裝上衣，一手挽着皮包，就離開客房落樓。到達樓下的餐廳時，工商局牛局長、胡作義書記已經坐在餐桌前等待了。繼持對他們說了抱歉，同大哥在他們對面坐下。

食早餐的時候，陳繼持對胡作義說他家的大宅，土改運動時已燒毀夷為平地，大宅沒有了，屋地仍在，業權是他們陳家的，他要求鎮政府歸還給他，重建家園。胡作義沉吟着說，這件事要開會研究。

陳繼持察顏觀色，猜到他的心事，這樣說：「你是鎮黨委書記，是白沙鎮最高領導人，大權在手，你的話為準，無人敢說不字。你識做，我也識做，這件事辦成了，我不會虧待你。」

胡作義微笑了，答應「幫忙」，叫陳繼持等待好消息。

陳繼持曉得「等待好消息」的意思，他自己斟了一杯茶，說：「胡書記，我不飲酒，以茶代酒敬你一杯，多謝你幫忙。」他飲了一口茶，又對省工商局的牛局長說：「牛局長，難得你也在座，我也敬你一杯！」

兩位領導飲酒。陳繼持、陳繼祖飲茶。四個人舉起杯子，一飲而盡。

陳繼持離開白沙鎮將近二十年了，他對自家的故居念念不忘，對自家大宅焚毀夷為平地的原址印象深刻。食完早餐，大家離開「光明賓館」的餐廳，他要去看看那塊屋地周圍的環境。屋地大約多少平方米，回香港後請建築師繪畫圖樣，再回白沙鎮動手建屋。他們一行四人，來到他家的原址視察，讓胡作義親臨其境——他是見證人。

屋地已經四分五裂，有豬圈，有菜地，有糞池，有沙石堆，亂七八糟，臭氣熏人。重建樓房時，首先要剷除這些被人家佔用的東西，平整地基，才可以在原地起屋。

離開屋地，他們向白沙河那邊走去，河上面那條舊木橋不見了，代替它的是一座鋼筋水泥可行駛汽車的大橋。大橋兩端接通公路，有大小車輛在呼呼行駛。白沙河是東西走向的天然水道，如今河面上又有南北走向的大橋，交通運輸都方便，回來投資開工廠大有可為。

白沙河的河牀寬闊，河水平靜，源頭在上游的山區，流經白沙鎮，一直流出海，船隻可航行到湛市。湛市是南中國的大城市，位於南中國邊緣，有廣闊的深水港。香港一家財團在那裏建造了貨櫃碼頭，各地工廠的製成品運到貨櫃碼頭，裝入貨櫃，吊入大輪船，航運到世界各國去。

白沙鎮的地皮價格低，交通運輸方便，是投資開工廠的好地方。陳繼持深入考察了兩天，決定回來開辦工廠，走第一步。

21

陳繼持的父親遺留下來的屋地正在動工建造樓房，同一時間，白沙河旁邊的坡地上也在大興土木建造廠房。陳家兄弟分工合作，陳繼祖是陳家的長子，他監督重建大宅，陳繼世是陳家次子，他監督興建廠房。兩人的職權都是小弟繼持賦與的。他們分別按照繼持的規劃和圖紙指導工匠施工。

興建大宅、廠房期間，陳繼持只從香港回來幾次。他坐德國（西德）製造的「奔馳」牌房車，男司機駕車，女秘書跟隨左右為他做事。他出入建築工地時，頭戴工業頭盔，腳踏皮靴，視察工匠施工，看他們做不做得合規格。

兩個建築工地，陳繼持較重視大宅院的工序，恐怕工匠做得不夠好，有違他的心意。他對大哥（繼祖）面授機宜，把一張張圖樣指示給他看，要盡力做到最好。

繼祖說：樣樣都要做到盡善盡美，時間久了，可能會超支。繼持說：我從香港調資金回來起廠房、辦工業開支這麼大，重建大宅不可省錢，要做到最好。

陳繼持早前在白沙鎮的人民銀行為兩位兄長開了賬戶，建造大宅、廠房的費用由他們提款，每次提款多少、支出多少，記錄在賬簿上，他在香港的中國銀行存入支票，轉入白沙鎮的人民銀行兩位兄長的賬戶中，任他們取用。

陳繼祖非常驚異，建造大宅，建造廠房，開賓館，開支出去的錢千條萬頃，繼持哪來這麼多錢？繼持說：他在香港的「旭日製衣公司」跟歐洲、美國的商人製造服裝，貨如輪轉，歐美國家商人給他的貨款源源不斷匯到他公司的銀行賬戶中。所以錢銀的事不成問題，照他的指示做就好。

陳繼祖還有疑問，他說：「既然你在香港的生意做得火紅，為何要調動資金回來起廠房辦工業？」

繼持曉得兄長不了解香港的現實情況，對他說：「香港地少人多，地皮貴，租金貴，工資高，辦工業的成本高；成本高，利潤就相對減低。而中國大陸剛剛改革開放，城填的人甚麼技術都不懂，又沒有工做，給少少工錢他們就來做。最好的是，白沙鎮有的是土地，地皮便宜到難以想像，回來開工廠，成本低過香港很多，利潤當然就高。做生意為的是賺錢；哪裏的錢容易賺就去那裏投資。」

繼祖說：「製成的產品怎樣運去歐美國家？」

繼持說：「現今的貨物都裝入貨櫃，運到貨櫃碼頭吊入輪船，漂洋過海運到歐洲、美國去。」

繼祖說：「我們白沙鎮沒有貨櫃碼頭，沒有遠洋輪船……」

繼持說：「香港有個財團早兩年在湛市投資建造貨櫃碼頭，已經造好了。我已經在香港船廠訂造兩艘小輪船，我們工廠製成的產品就用小輪船運去湛市貨櫃頭付運。」

繼祖說：「我就不明白，歐美國家的商人為甚麼不在他們的國土開工廠製產品，要來香港中國訂貨？」

繼持說，歐美那些發達國家的生活程度高，物價貴，工人的工資高，他們開工廠製造衣服、玩具、鍾錶都沒有錢賺，才來香港、大陸訂貨。

繼祖忽然想起繼持的婚姻，改變話題：「同一齊回來的郝姑娘是不是你的情人？」

繼持說：「她是我的女秘書。」

繼祖說：「你的年紀都不小了，為何不成家立室？」

繼持說：「我日理萬機，一早忙到晚，沒有時間搞男女私情。」

繼祖不以為然，這樣說：「人家無論幾忙，都忙裏偷閒，找些娛樂調濟身心。男大當婚，女大當嫁，怎可以說忙到不談情說愛、成家立室？」

繼持說：「現今的歐洲人、美國人、香港人都遲婚，不急於成家立室。」

繼祖說：「你已經四十歲了，人的一生有幾個四十年？我們中國人話：三十無妻、四十無兒就不好。為甚麼？因為他窮沒有本事娶到老婆。」他嘆息一聲又說：「繼世因為出身不好，又沒有屋住，他有了情人也結不成婚。」

繼持說：「二哥有了情人？若是可以同她結婚，我馬上租屋給他們住。」

繼祖說：「他的情人你也認識，她就是我們家以前的妹仔衛英。她雖然是妹仔，非常漂亮，繼世從小就中意她。若不是當年她的年紀太小，繼世就會要求爸媽讓他娶她了。後來解放了，搞土改運動，貧僱農清算鬥爭我們，她老爸接她回去了。她長大了，不忘繼世對她的好處，同繼世在山林中歡好，因為上得山多終遇虎，文化大革命時被紅衛兵發現，捉他們去遊街批鬥，說衛英不站隱階級立場，同地主仔在山上鬼混，說她是未結婚的破鞋，在她頸上掛着兩隻破鞋遊街羞辱她。因此，她豁出去了，不理人家怎樣批鬥她、羞辱她，她都等待繼世娶她。」

繼持說：「難得衛英念我們對她的恩情，非繼世不嫁，我們就應該成全她，讓她同二哥結婚。你是長兄當父，大嫂當母，快些去找衛英準備做新娘。」

繼祖說：「他們結婚要鎮政府批示。」

繼持說：「這件事不難，我去找胡作義說說就可以了。」

繼祖說：「還沒有屋給他們住，他們結婚住在哪裏？」

繼持說：「這事容易，就在光明賓館租客房住。房租是按日計算，住到我們的大宅起好才搬入去住。他們的結婚費用，房租我負責。」

大家分頭做事，大嫂（吳玉卿）去找衛英，一見面就告訴她這件好事。衛英聽了，喜從天降，她渴望已久的好事終於能如願以償了！她的父母已經亡故，婚姻的事是她自己拿主意，再沒有人干涉她了。想到自己可以同陳繼世結婚，成為夫婦，兩人就可以名正言順同牀共枕摟着睡覺，不必偷偷摸摸在山林中做那種男女之事了。最好的是，陳繼持從香港回來投資做大生意，是白沙鎮的大富商，嫁入陳家做少奶奶，再沒有人敢欺負她了。

夜裏她躺在牀上高興到無法入眠，直到深夜才在甜夢中入睡。醒來的時候，太陽出來了，天空白亮光明。她爬起牀，打水洗身洗面，穿上最好的衣服，依約來到陳家，跟陳家幾人去鎮政府登記辦理結婚手續。鎮黨委書記胡作義批示，男女雙方在婚書上簽了名，大哥、大嫂是證婚人，也在婚書上簽名。辦好了結婚證書，大家的心情輕鬆了，離開鎮政府，一行幾人去服裝店選購衣服、鞋襪，又去商店購買婚禮所需的各種物品。

陳繼持在「光明賓館」訂一間大客房，充當新人的洞房。又去「東風酒家」訂了十多桌酒菜，再去印務店印製請柬，派給親友。一切都準備好了，在賓客的飲宴中舉行婚禮。婚禮場面之鋪張熱鬧，白沙鎮的民眾聞所未聞，從未見過。

賓客中有簡丹青老夫婦、簡龍夫婦、顧家暉夫婦。最好的是，鎮黨委書記胡作義夫婦也是座上客。能交上白沙鎮第一把手做朋友，以後陳家兄弟的事就好辦了。

新郎陳繼世西裝革履，滿面春風，神采飛揚。新娘衛英身穿粉紅長裙，漂亮的面孔敷粉塗脂，手挽着新郎的臂彎，笑臉迎人，隱隱然露着自豪的神態。她童年時是主人吳玉卿的陪嫁女，現今可以嫁給一直愛着她的陳繼世，成為陳家媳婦。時移勢易，現時陳家的情況不同了，陳繼持在香港營商發了大財，調動資金回白沙鎮重建大宅院、開工廠、起賓館，成為風頭人物，讓人崇拜又敬畏！

別的女人結婚，在夫家的屋子過新婚夜，她衛英新婚，在白沙鎮最高級的賓館雅室洞房。單是這件事，就別開生面，讓人羨慕！文化大革命時，「紅尖兵團」的頭領陳有，在城隍廟旁邊的土台上批鬥她，在她頸上掛兩隻破鞋遊街羞辱她，要把她打入地獄。如今她從地獄升上天堂，卑鄙惡毒的陳有會怎樣想？！她是被賣為民拋棄的爛女人，還有誰要她？

陳繼世和衛英飲合巹酒的時候，陳繼持舉起相機為他們拍照，衛英高興極了，笑得甜甜的，漂亮的面孔更加美麗動人。賓客都拍掌叫好，她感動到幾乎流淚。這是她人生的大好日子，只可以笑，怎可以在眾多賓客面前流淚？

酒菜十分豐盛，一道一道上枱，大家都開懷暢飲，賓主皆歡，大家酒酣飯飽才先後離去，熱鬧歸於平靜。

* * *

陳家的大宅建造好了。樓高六層，整棟樓房都是鋼筋水泥建成，外牆鋪上一塊塊深紅色的小瓷磚，陽光下，紅艷耀目。茶色鋁質窗框鑲嵌暗紋玻璃，從內向外望，外面的景物、行人盡收眼底，從外面向內望，甚麼都看不到，宛如神秘的城堡。

底層四周築建圍牆，正面一道大閘門，自家人可以自由出入，外來的陌生人要向警衛道明來意才放行。圍牆裏面有花槽、苗圃、金魚池，還有泊車位。車子駛入大閘門，直達樓下，人落車了，踏着梯級上樓。

以前的陳家大宅，紅磚牆灰瓦頂，古色古香。重建的樓房，裏外都是現代化，剛強、俊朗、明淨，屹立在白沙鎮東面的舊城區，彷如鶴立雞群，雄視四方。繼祖一家幾人住二樓，繼世夫婦住三樓，繼持一人住四樓，五、六樓是「旭日投資公司」的辦公室和會議廳。整棟樓房是陳家的獨立王國。繼持自任「旭日投資公司」的行政主席。繼祖任副主席，繼世任總經理，吳玉卿、衛英任公司的重要主管。

白沙河邊山坡的廠房竣工了，新廠房沿用香港廠房的招牌，名為「旭日製衣廠」，技術人員從香港調派回來指導國內的工人工作。新工廠的設備，技術工人日以繼夜安裝。從日本購買的織毛衣機、縫合機、釘鈕機、衣車、裁剪機……從日本工廠裝入貨櫃，從海上航運到湛市的貨櫃碼頭，再用大卡車運來「旭日製衣廠」。

與此同時，工廠方面在街道的牆壁上張貼招聘工人廣告，大量招請各種熟手、生手工人。鎮民、鄉民看到招聘廣告，知道沒有製衣經驗的人都可以去應徵，都抱着不妨一試的心理來港商開辦的工廠碰運氣。

因為新的工廠需要大量工人，熟手、生手的人都幾乎來者不拒，大都被錄用。這些年青人以前都是種田的，從來沒在工廠做過工人，既然獲得廠方錄用，從此學到一種製衣技能，都十分高興。

從香港調派回來的技術員，指教這些工人裁衣、車衣、織毛衣、縫毛衣，猶如教官訓練新兵操練打仗。有人心靈手巧，很快就學懂，成為生力軍，由學徒轉為技工。

先進的工序是「流水」式作業，裁牀部門裁好的布料送去縫紉部門，分派給女工人車。工資是按成品計算工錢的，車得又好又快的工人多領工資；反之就少。所以工人就心無旁騖、聚精會神低頭工作，爭取多得一點工錢。

陳繼持的經營方法好，製衣成品出口去歐美國家，那裏的客商都滿意，給他的訂貨單源源而來，他必須在中國大陸白沙鎮的工廠大量生產成衣才有貨付運。

中國剛剛改革開放，民眾都沒有工作做，沒有錢，大家都窮，廠商給他們少少工錢，他們就像蒼蠅見到腐肉，爭先恐後跑到工廠來打工掙錢食飯。由於在大陸開辦工廠有廉價勞工，要幾多工人都有。最好的是，歐美國家的客商的訂貨單雪片一般傳真到香港公司總部（訂貨單即金錢）接應不暇。

因此，陳繼持雄心勃勃，要大幹一番，在現時的工廠毗鄰擴充廠房，增加機器，增加工人。現時的工廠有五千工人，增加一倍，接到的訂貨單也夠一萬名工人做。他的財富是工人替他賺來的，廠房愈大、工人愈多，他賺到的錢就愈多，他的財富像滾雪球，愈滾愈大——大富豪就是這樣練成的。

改革開放前的中國人搞社會主義，高呼打倒資本家，消滅資本主義。那時他在鄉村收購農家的雞蛋，挑到白沙鎮的市集販賣，掙幾個錢買糧食，被巡管拉去鎮政府，說他投機倒把，是奸商，批判他，他的雞蛋被沒收，還強逼他寫檢討書，保證以後不得再做買賣雞蛋賺錢剝削勞動人民。如今人民政府向香港、台灣、歐美國家招商，歡迎資本家來中國大陸投資開辦工廠，剝削勞動人民，榨取中國工人的血汗錢，以「今日的我打倒昨日的我」，中國真的變了。

陳繼持如今是大商家、大忙人，時間寶貴，不願去想那些充滿矛盾問題了，讓專家學者去研究吧。「在商言商」，商人的目標是賺錢，哪個地方有錢好賺就去哪個地方做。如今中國大陸需要資金、需要引進新的技術，人民政府才歡迎外商回來投資設廠、築公路起橋樑。目前既然有這樣好的機會賺大陸人的錢，就應該大力去賺，哪知道人民政府的政策何時又變不需要外商？

年輕時，他經歷過種種政治運動，被逼害，才冒着生命危險游水偷渡去香港，他幸運地成功了。回想起來，他有今日的事業成就，完全得力大哥（繼祖）的幫忙。大哥對他的關愛之情，他不會忘記。他對大哥大嫂說：「我要為前望申請單程證去香港，你們同不同意？」

大嫂說：「我只有前望這個兒子，當然有些不捨得他離開我……」

大哥說：「前望都長大了，早就應該去外面闖蕩了，如今繼持說幫他申請去香港，求之不得，去了那邊有保障。」

大嫂說：「前望去香港最好，但是我們憑甚麼拿到單程證讓他去？」

繼持說：「財可通神，我有錢，不怕拿不到。」

大嫂說：「你肯出錢，也要他們肯收。」

繼持說：「錢少大官不收，錢多他的眼就開。廉潔公正的官現今社會少之又少。你放心，我會搞掂他。」

不過幾日，前望去香港的單程證就到手了，他們都十分高興，預備為前望送行。

在香港船廠訂造的兩艘小輪船航行到白沙鎮了。白沙河從此有機器輪船航行，開啟了白沙河航運史的新篇章。「旭日製衣廠」生產的成衣，一箱箱搬入停泊在船碼頭的小輪中，運去湛市的貨櫃碼頭，裝入貨櫃，吊上大輪船運送去歐美國家。

「旭日製衣廠」有大哥、大嫂管理，有香港調派回來的技術人員指導工人工作，製成的各種服裝天天出貨，廠中的工序已經上了軌道，一切按照工序進行就好。他要回香港公司總部辦事了。他的車子可以中港兩地行駛，他的司機也熟悉中港兩地道路和交通守則，他叫侄子（前望）坐他的車子，大家一起去香港。

但是前望首次拿到單程證入境，不是香港居民，不能在文錦渡汽車通道過境，他必須在深圳羅湖海關入境香港。繼持送他到深圳火車站，指導他過中國海關後，步行過深圳橋，再過英界海關，然後搭火車到九龍紅磡終點站落車，大家在火車站大堂會合。

陳前望留心聽繼持三叔的話，密記於心，順利通過中、英兩邊的海關進入英界。黃昏時分，他在九龍紅磡火車站大堂見到他三叔，懸着的一顆心才放下來。

* * *

白沙鎮是處女地，等待海外商人來開發。白沙鎮的地皮便宜，廉價勞工要幾多有幾多，這些鄉鎮人，沒甚麼知識，他們在廠中做工安份守己，聽技術指導員的話做，恐怕做得不好，被廠長開除丟了飯碗。

現今的世界，是互相競爭角力的世界，也是文明科技飛躍的世界，誰的步伐快捷誰得益。陳繼持的資金充裕，精力充沛，魄力大，在他的投資計劃中，開製衣廠、賓館只是計劃中的一環。目前白沙鎮還未有電影院、娛樂場所，如今的中國人民可以自由做買賣，各出其謀賺錢，他們的生活愈來愈好過，有飯吃飽，就希望有娛樂開心解悶。

陳繼持在心中計劃好了，馬上找適當的地方起電影院、起影音店。不過，建造電影院需要一段時間，而影音店可以租賃人家的舖子，裝修一下就可開始營業。他打電話給香港總部的職員，他們很快就運回大批唱機和唱片，在影音店開機播放音樂，引來不少人圍。這些唱片，有香港歌星、有台灣歌星，最受歡迎的是台灣的鄧麗君、姚蘇蓉。鄧麗君的歌喉柔和婉轉，歌聲軟綿綿，女人喜歡聽，男人更加聽得如醉如癡。鄧麗君的唱片封面印着她本人的玉照，面孔圓圓，面頰微微現出兩個酒窩，眼神有意無意凝視着觀者，隱隱然顯露唱歌的情感和心聲。

這是白沙鎮群眾首次聽到台灣歌星鄧麗君的歌聲，時代仿如從「文革」一下子轉到改革開放。文化大革命時期，群眾能聽到的歌只是《東方紅》、《社會主義好》、《歌唱祖國》、中華人民共和國國歌。這些歌聲與鄧麗君唱的時代曲大異其趣。時代是進步的，人性喜新厭舊，追求新潮時尚，大家一聽到這些悅耳動聽的歌聲，都被吸引，駐足在「旭日影音店」門前，不想離去，走入店中買唱機、買唱片，生意興隆。

不多久，「旭日電影院」竣工放映電影了。觀眾買了票，進入裏面，前頭台上是大銀幕，後面的座位模仿歐洲古老的石製歌劇院，觀眾坐在梯級一樣的座位上，由高至低，大家的視線都沒受阻礙，銀幕上的光影人物都看得清清楚楚，極視聽之娛。

開張的第一場電影，放映的是美國人拍攝的默片《城市之光》，是差利卓別靈主演。差利卓別靈的身體矮小，上唇一撮短黑的小鬍子，頭戴「紳士帽」，手執「文明棍」，西裝上衣短小，西裝褲子闊大，走路的姿態「八字腳」，表情滑稽詼諧，舉手投足都引人發笑。雖然「默片」有影像無話聲，觀眾看到主角的動作表情也能玩味出他的心意。差利卓別靈飾演的是芸芸眾生中一名小人物，他低微的社會地位，身處美國的大城市中，可憐又可笑；笑中有淚，顯出淡淡的哀愁。

這齣《城市之光》，有人看得懂，有人看不懂。但是看不看得懂，都被差利卓別靈的動作表情逗得哈哈笑，拍掌叫好，使默片淡淡的哀愁仿如喜劇，很有娛樂性，讓觀眾看得開心。

「旭日電影院」放映的都是美國人拍攝的片子，讓人一新耳目。解放後，民眾能看到的戲是《白毛女》、《地道遊擊戰》、《上甘嶺》，文化大革命時期，民眾能看到的是《紅燈記》、《沙家濱》、《海港》、《紅色娘子軍》、《智取威虎山》等八個樣板戲。這些樣板戲的主角的表情動作都是豎眉瞪目、怒眼圓睜、舉着拳頭，這些英雄人物都要置對手於死地。觀眾看了，心中只有憤怒仇恨沒有歡樂。而今看到主角差利卓別靈的滑稽詼諧、幽默的表情動作，令人從心底笑出來，與那些革命樣板戲多麼不同。怎麼美國有這樣讓觀眾歡笑的電影而中國沒有？是不是中國的導演拍不出來？

有人看了差利卓別靈主演的影戲，開心、過癮，看完後對別人說，引起人家的興趣，很多人都來買票入場觀看。這樣的口耳相傳，「旭日電影院」幾乎場場滿座。

但是白沙鎮畢竟是個城鎮，人口不像大城市那麼多，再沒人來看默片，放映不久就要換畫。這種情況，陳繼持早就預料到，他買了美國、台灣、日本的「拷貝」作後備，觀眾少了就換畫。第二輪放映的又是美國人拍的影片：《仙樂飄飄處處聞》，影片的時代背景是歐洲某國的一個小城市，內容是一名已經退伍的軍官，他的妻子已亡故，家中有七名男女孩子，請一名家庭女教師教導他的兒女。他原本是一名軍官，在軍隊時，訓練士兵操練行軍打仗，退伍回家之後，他就用他以前訓練士兵那套方法在自己的莊園訓練他的兒女，以為自己的孩子會像士兵那樣守軍紀，任他指揮。七名兒女在他嚴苛的操練下，心中雖然不快樂不願意，但是在嚴父面前只是陽奉陰違聽他的指揮去練習。

但是兒女們一離開他，就像逃離監獄的罪犯，自由自在和女教師一齊唱歌玩樂，真心誠意聽她的教導。大的男孩十多歲了，做好家課了，走去莊園的平地，攬着女教師唱歌跳舞，小的弟弟妹妹當女教師是親媽媽一般嗲她親她，情境溫馨感人。

退伍的父親取用軍事紀律教自己的兒女起不了作用，還損害了孩子的赤子心。女教師用愛心去教導孩子、引導他們向善，有良好效果。主人（退伍軍官）暗暗觀察女教師和孩子在莊園的融洽歡樂情境，才省悟自己以前用高壓嚴苛的方法對待小孩，不及女教師用愛心溫情感化的方法好。他在心中感謝這位家庭女教師，還愛上她。他走去花園叫大兒子讓女教師跟他跳舞，兒女們都露出天真的笑容，呵呵笑，忘了爸爸以前對他們不近人情的嚴厲了。

女教師後來成為孩子們的後母，但是對她比自己的親生媽媽還要好。

後來納粹德軍來莊園捉拿退伍軍官，女教師預先知道消息，馬上帶着七名男女孩子和退伍軍官去山上的女修道院避難。修女們臨危不亂，讓他們入密室躲藏，裝着若無其事大展歌喉，唱仙樂（聖詩），納粹德軍被修女們的泰然自若瞞過、離去，救回他們一家九人的性命。

白沙鎮的民眾，從沒看過如此表達人情人性的影戲，從沒聽過宛如仙樂的聖詩，看戲的時候，心中感動、溫馨、緊張又歡愉。

陳繼持是白沙鎮的投資先鋒，他開工廠、開賓館，搞水路運輸，辦娛樂事業等等，都需要大量人手。鄰近的鄉民很多棄農從工，來白沙鎮找工作做，白沙鎮的人口大增。一個城市，有賴人口不斷增長，勞動力不斷增加，才可以發展起來。他的投資項目要不斷增加，收購城鎮中心幾間舊樓房，拆卸重建成商場。一年後，商場起好了，在裏面開歌舞廳、化妝品店、超級市場、藥店、服裝店等等。剩餘的地方租給人家開店舖，收取租金，成為商場的大業主。

陳繼持要在香港公司總部坐鎮辦事，沒有時間兼顧白沙鎮的各項業務了，提升大哥（繼祖）做「旭日投資公司」的行政主席，統領白沙鎮的業務，調動分配。工廠是實業，產品出口去歐洲美國，是重要投資，繼世做廠長，全權管理。吳玉卿管理娛樂事業，衛英任商場監督。

化妝品店的化妝品由法國、日本、韓國進口，高級化妝師從香港聘請回來當導師，指導白沙鎮的化妝師為顧客化妝。衛英原是容貌出眾的美女，經香港的高級化妝師描眉、敷粉、塗脂，大家見了她都驚為天人，被她天仙一般的美貌吸引眼球，駐足觀看，引來很多女人購買她店中的化妝品，生意蒸蒸日上。

22

陳繼持大部份時間都在香港「旭日公司」總部辦公，沒有時間回白沙鎮視察業務。繼祖、繼世若有甚麼重要的商務問題拿不定主意才打電話去香港向他請示，他在電話中拍板決定了才去實行。他的商務遍及中港兩地，是成功商人。他的成功，是香港這個自由法治的資本主義社會給他的機會。

他辦事的魄力驚人，精力充沛，工作的時間多，休息的時間少。歐美國家的客商打越洋電話來，他在睡眠中驚醒（西半球白天香港夜晚）馬上爬起牀接聽，在電話中談商務。事情談完了，掛上電話上牀再睡，往往不能酣睡，在半睡半醒中，往事如幻如真，浮現在他的腦海中——

二十年前的夏末秋初的某日清晨，他和岑漢被大鵬灣的海浪推上岸邊的亂石灘上，不知道過了多少時間，他們被浪花拍打甦醒，當時他們饑寒交煎，幸而得一善心的老夫婦搭救，施以薑湯保暖，施予泡飯裹腹。稍後老人去海邊碼頭告知水警，讓他們上水警輪船，載他們去沙田馬料水碼頭，一上岸，一輛警方的卡車載他們去元朗警署問話，錄他們的口供，記錄在案。警方知道他們是從中國大陸拚死游過大鵬灣的偷渡者，是難民，給他們飲品、麵包充饑，然後又給他們車票，帶他們去巴士站搭巴士回佐敦道終點站。

陳繼持首次踏足這個陌生城市，聽從警察的安排，他和別的乘客坐在巴士車廂中，從玻璃窗向外望，山邊有樓房，海島有房屋，海上大小船隻在航行，船頭沖起海浪，船尾捲起浪花。他對這個陌生城市的印象，處處都是青山綠水，景色怡人。此後他在這個城市謀生，會遇到甚麼人甚麼事，目前都不知道。

坐在他旁邊的岑漢，他在這個城市出生長大，童年時他曾經搭巴士去元朗看鄉民舞龍舞獅會演慶新年。至今事隔多年，還記得巴士沿着海邊的青山公路行駛。青山公路是貫通九龍與新界的主要道路。目前他們乘搭的巴士由元朗至市區的佐敦道碼頭。他原來的家在油麻地官涌街，距離佐敦道碼頭不遠，步行十多分鐘就到達。他投奔祖國參加建設之前，同父親、母親，弟弟（岑清）居住在官涌街××號二樓。如今他從大陸偷渡回來，巴士到達佐敦道終點站，他和陳繼持落車，向他家走去。

岑漢到達家門，按門鈴，沒有人開門。他想：父親、母親、岑清都不在家？他們哪裏去了？在家門等待他們回來還是去街上看看？但是他們現時都篷頭垢面，衫爛褲穿，沒有鞋着，光着腳板，猶如乞丐，怎好去街上行走？若被警察查問怎麼辦？

岑漢正在猶豫的時候，有人踏着石板樓梯上來了。他一看，是他弟弟，他仿如在困境中遇到救星，驚呼：「岑清，你回來就好啊！」

岑清看見兩個像乞丐的青年人站在家門口，以為他們是壞人，他定神一看，才認出那個叫他名字的是大哥岑漢。六年前他嚮往新中國，不聽父母和女朋友（韓瑜）的勸告，毅然放棄香港的一切投奔祖國，怎麼如今忽然回來了？

岑清從衫袋掏出鎖匙開門，三人入屋，再關上大門。岑漢兩手空空，甚麼行李都沒有。他一入屋就問岑清父母哪裏去了？岑清愁眉苦臉，強忍着眼淚說：「前年新春爸媽去朋友家拜年，他們在車站等巴士，一架私家車飛一樣駛來，失控鏟上行人路巴士站，撞倒幾個人，爸媽捲入車底，救護車到來，送傷者去依利沙伯醫院急救，爸爸傷得太重，即時死在醫院中。阿媽在醫院醫了幾日無效也死了……」

六年前岑漢在家跟父母含淚辭別，那時父母的身體都很康健，精神奕奕，想不到那時的別離竟成永別！他問岑清爸媽葬在甚麼地方？

岑清說：「買不到墳地，在斧山道火葬場火化，買個骨灰龕安放在那裏。」

岑漢流着淚說：「當年我不聽倆老的勸告，走錯了路，回錯了國，不能給父母送終。我是不孝子，我該死！」

岑清說：「都錯過了，再講這些話有甚麼用？」

岑漢說：「韓瑜呢？她現時怎樣？」

岑清說：「你去了大陸，又無寄信給她，她不知道你回不回來，愁苦了兩年，才嫁給一個有錢人。」

岑漢說：「你怎麼知道？」

岑清說：「韓瑜是好人，她結婚時，還念舊情，來請爸媽和我去酒樓飲她的新婚喜酒。在婚宴中，她和她的新婚丈夫同我們祝酒。」

父母辭世，女朋友嫁作商人婦。岑漢悔恨交加，疼心不已。但是做錯了的事，走錯了的路，就如江河之水滾滾流逝，無法回流了。他說：「我去拜爸媽。」

岑清理解哥哥的心情，他說：「明天是星期日，我休假，同你一齊去。現時你在家裏坐一陣，我落街買兩套衣服回來給你們。」

岑漢說：「若是你有舊衫褲給我們，就不要去買。」

岑清說：「你兩個也要衫褲替換，還是去買好。」

岑漢如今回到自己的家，但是是他不熟悉的家了。這間唐樓，三房一廳，父母生前住騎樓房，他一人住尾房，岑清住中間房。父母亡故了，騎樓房空置，但是倆老的遺物沒有棄掉，依然照以前一樣保持着，牆壁上掛着的相片沒移動，只是相架封上一層薄薄的灰塵。那是父母中年時的合照，父親的目光平視，神情威嚴中含着慈和。母親電着頭髮，神情含蓄自然，隱隱然的笑意是慈母的面相。

岑漢面對着父母的遺照，深有感觸，他伸手取下牆壁上的相架，用手指抹去鏡框上的塵埃，兩手捧着相架雙膝跪地，喃喃地說：兒子不孝，不聽你們的勸告，回到大陸才知道上了共產黨宣傳的當。如今偷渡回來，你們都不在人世了，雖然我後悔走錯了路，已經無法彌補我的罪過了，也無面目在香港生活下去……

岑清回來了，他買了兩套外衣、幾件內衣，叫岑漢、陳繼持入浴室沖涼。兩人先後沖了涼，著上新的衣服，他們一齊落樓下的大牌檔食飯。大牌檔在街邊，枱凳擺在街邊行人路上，老闆當爐掌勺，顧客點的小菜即叫即炒，炒好了，伙計把熱氣騰騰的小菜送上枱，香味四溢。

岑漢對這些具街坊風味的飯菜久違了，他饑腸轆轆，捧起飯碗就夾菜扒飯，狼吞虎嚥地吃。

陳繼持首次踏足九龍鬧市，也是頭一次在具香港特式的街邊大牌檔食飯。隔鄰枱的街坊男女，邊食飯邊談天說地，他們毫無顧忌旁若無人地隨意談話，有人閒話家常，有人說時局講政治，評論港督的施政有問題，還敢講英女皇的壞話。他非常驚異香港的言論自由，甚麼都可以講。在大陸說毛澤東、共產黨不好，就是反黨反革命，不殺頭也要坐監勞改，還要連累親人朋友……

岑清對陳繼持說：「陳先生，你們在大陸食不飽，在香港食飯不成問題，你食得幾碗飯就食幾碗，不要客氣。食飽飯回去，你就同我哥住在他房中。」

「岑同志……」陳繼持省悟在香港不可稱別人同志，改口說：「岑先生，我沒有親人在香港，來到這裏無地方落腳，好在你們兄弟收留我，給我飯食，給我地方住。我不知道要怎樣多謝你們……」

岑清說：「你是我大哥的朋友，等如我的朋友，你們拚命游水偷渡過來，需要人幫助，我能力做得到的就做……」

陳繼持很感動，他說：「我不想在你家太久，增加你們的負擔，最好你替我找一份工做，靠我的勞力掙錢生活。」

岑清說：「現時香港有很多工廠，欠缺人手，搵工做不難。但是你剛剛到來，還未有身分證，無身分證不可以去做工。明天是星期日，政府機關不辦公，要到下星期一，你才可以去人民入境處登記辦理身份證。」

陳繼持說：「我是偷渡過來的，可不可以領身份證？」

岑清說：「香港政府現時有『抵壘』政策，大陸偷渡過來的，一到了市區，人民入境事務處都發給身份證。」

陳繼持聽了岑清的話才放下心頭大石。他食了三碗白飯，幾碟小菜像風捲殘雲一般吃光了。他沒有錢，當然是岑清付賬。

他們食飽飯，回到岑家，天黑了。開了日光燈，屋中大放光明。岑家只有岑清一人居住，沒有女人做家務，廳子睡房都凌亂，報紙雜誌隨便放在几桌上。陳繼持坐下，拿起一份《明報》看。報上有國際新聞，有香港新聞，有大陸新聞。副刊有各種文章，有漫畫，另外還有財經、馬經、娛樂新聞。

陳繼持感到驚異，《明報》是民辦的，無論是新聞報道還是評論文章都以事論事，擺事實，講道理，讓人信服。大陸沒有民辦報紙，《人民日報》、《解放軍報》、《南方日報》都是人民政府辦的，文章都是統一口徑，千篇一律，沒有異見言論，跟香港的民辦報紙完全不同，可以看到大陸與香港是兩個不同的世界。

陳繼持看得入迷了，忘了連日來攀山越嶺、游過大海偷渡的驚心動魄和疲累。他兩手捧着報紙，反覆翻閱，在一頁版上，看到這樣的標題：聯合國在香港設立難民收容所。他眼前一亮，再看內文，才知道聯合國視從中國大陸偷渡到香港的人是難民，可以去難民收容所報告，經難民收容所官員的審核，合政治難民資格的可以去美國定居。

陳繼持看到這個報道，十分高興，但是不知道自己好不好去難民收容所報告？他把報紙的有關報道告知岑漢，叫他看。岑漢接了報紙，聚精會神看了，像天降喜訊，決定去難民收容所報告。他想：要是他合政治難民資格，就可以去美國定居工作做美國公民了。

陳繼持說：「你原本是香港人，有香港身分證，怎可以說是從大陸偷渡過來的政治難民？」

岑漢說：「我回大陸時，我的身分證、回港證被公安收去了，變成大陸人。日前同你一齊偷渡過來，在元朗警署落了口供，警署有我的檔案了，不是證明我是從大陸偷渡過來的政治難民？」

陳繼持不明白難民與政治難民的分別。岑漢對他說，為了自由偷渡過來的普通難民，被共產黨關押逼害的才是政治難民。

陳繼持說：「你原來是香港人，因為你愛國才投奔大陸……」

岑漢說：「我在元朗警署錄口供時，沒有講出這件事，我只說我是從海南島勞改農場逃跑出來偷渡的。我想，我會合資格做政治難民。」

陳繼持說：「我的家庭成分是地主，土改運動至今都被鬥爭逼害，為了生存才拚死偷渡過來，算不算政治難民？」

岑漢說：「這件事你在元朗警署錄口供時，有沒有對警察講？」

陳繼持說：「警察問我的時候，我只說為了自由才偷渡過來。」

岑漢說：「你這樣回答就不好。錄口供是頭一次作準，不能反口再講了。」

陳繼持這時才知道自己缺乏知識。他說：「你決定去聯合國難民收容所報告了，還去不去領香港身分證？」

岑漢說：「要是領到身分證，就是香港居民了，不能去美國了。」

陳繼持遇到難題了：好不好去辦領身份證？沒有香港身分證就沒老闆要他做工；要是領到香港身分證，就不能去難民收容所申請做政治難民去美國。自己目前的處境和岑漢的完全不同，他偷渡過來，是回到土生土長的家，就算沒有工做，他有屋住，他的弟弟岑清有能力照顧他。而自己沒有親人在這裏，兩手空空，甚麼都沒有，若然沒去領取香港身分證，找不到工做養活自己，怎樣在這個城市生活下去？

他反覆思量了一日一夜，決定去辦領香港身份證。理由之一，他不懂英語，就算他合政治難民資格，去到美國不能與西洋人溝通，怎樣生存下去？理由之二，他的親人都在大陸，根在中國的白沙鎮，不想離親人太遠。理由之三，香港是英國人管治，是自由法治社會，只要勤勞拚搏，也有前途，說不定也會發達。

因此，他決定去辦理領取身份證。他當然也想岑漢留在香港，一齊去領取身分證。岑漢說，他在香港出生，家中有出生證明書，要補領身分證十分容易，若然不能去美國才去補領。但是他的目標是去美國定居工作做美國公民。

陳繼持說：「去美國一定好？」

岑漢說：「以前我相信中國大陸好，相信社會主義是公平合理的世界，是當今世上的桃花源。回去之後，才知道他們宣傳的社會主義是烏托邦，原來是騙人的。社會主義的苦果我吃過了，才想去美國生活，看看社會主義好還是美帝主義好。」

陳繼持十分吃驚，岑漢怎可以說社會主義不好？被別人聽到了不怕人家告發？岑漢給他定心丸，說香港言論自由，批評港督、英女皇都無罪，警察聽到了都不理你，就是港督知道了都不怕。

過了一陣岑漢說：「你我萍水相逢，一齊游水偷渡過來，是出生入死的患難朋友。星期一早上，香港人民入境事務處開門辦公了，我帶你去辦理領取身分證。現時深夜了，都瞓倦了，上牀睡吧。」

* * *

星期一早上，他們來到尖沙嘴天文台道人民入境事務處的時候，門前有很多人在等候了。岑漢叫陳繼持跟着別人排隊，說：「你勿緊張，我在這裏陪你，若有需要，我會幫你。」

半句鐘後，人民入境事務處開門了，在門外輪候的人都騷動起來，想快些進入去。有職員出來維持秩序了，大聲說：「你們都站好，不要你推我撞，要守規矩，一個跟一個入去。」

這些人被訓斥，安靜了，排着隊入去。過了半句鐘，輪到陳繼持入去。裏面幾個職員在做事，效率很快。他走到辦公枱前，工作人員讓他坐下，問他是申請通行證來的還是偷渡的、甚麼時候到達香港、有沒有親友收留，他如實作答。

辦事人員再問他的姓名、出生年月、籍貫。他一一報上。只一刻鐘，辦事職員就填寫好他的各項資料了，讓他在文件上印指模，才叫他入那邊的房子照相。照完相，從照相房子出來，職員說，他可以走了，一個星期之後來領取他的身份證。

陳繼持想不到這麼快，這樣容易就辦好了，他懸着的心才放下來。他從裏面出來，岑漢對他說：「你的身分證辦好了，過幾日來領取，拿身分證就是香港居民了，可以找工作做了。」

來到街上，岑漢對他說：「我搭船過海去美國領事館辦理政治難民手續。你在市區隨便走走，看看香港的市面，認識認識街道。」

岑漢去碼頭搭天星小輪過海。他和陳繼持沿着金巴利道，轉入彌敦道向前走去。尖沙嘴是商業遊客區，街道兩邊都是高樓大廈，商舖密集，街道上的大小汽車呼呼行駛，街道的行人來來往往，其中還有金髮碧眼高鼻子的西洋人。

陳繼持首次見到西洋的男人女人，男人穿西裝著皮鞋，女人著衣裙，領口低低，胸前露出深深的乳溝，衣裙掩影的乳房又圓又大，和男人攬腰搭膊，時不時旁若無人地親吻。他看得傻了眼，在岑漢耳邊細聲說：「這些西洋男女怎麼不知廉恥當眾親嘴？」

岑漢說：「親吻是西洋人的風俗，是正常的行為，不要大驚小怪。」

他們邊談話邊走路，經過「半島酒店」，來到天星碼頭。岑漢搭天星小輪過海，去花園道美國領事館的聯合國難民收容所辦事。陳繼持在海邊的鐘樓下面看風景，眼前的維多利亞海港，海水湛藍，鷗鳥在海面上飛翔，大郵輪停泊在海運大廈旁邊的碼頭等待開航，渡海小輪在海上往來航行。港島那邊，高樓大廈林立，太平山上，矮小的洋房躲藏在蒼翠的樹林中，山頂上空白雪輕飄，晴空亮麗。他想：在如此繁華美麗自由的城市生活的人多麼幸運啊！

陳繼持的衫袋空空，沒有錢搭車，只好由尖沙嘴碼頭沿着街道步行到油麻地、旺角、深水埗，瀏覽市容，看街景，走走看看兩三個小時，發現香港與大陸城市巾不同，別的不說，單是街道的名稱就有很大差別。大陸城市的街名主要有中山路、解放路、東風路等等，九龍的有佐敦道、彌敦道、加士居道……街頭的路牌上，上一行像雞腸的英文字，下面一行是中文字。他認識中文字，不認識英文字。尖沙嘴的酒店、商舖招牌都是英文字，他完全不知道是甚麼意思，心想：在這個英國人管治的城市工作生活，不懂英文怎麼行？

童年時，他在白沙鎮小學讀書的時候，人民政府尊稱蘇聯為老大哥，有簡單的俄文讓學生學習。但是「蘇聯老大哥」很快就變成「蘇修」，俄文又不准學生學習了。英文是英帝、美帝的文字，學校沒有英文課，人民政府不准學生學習敵國的文字，他連A、B、C、D幾個英文字母都不懂。

岑漢是幸運的，他在香港出生長大，讀書的時候，中、英兩國的文字文化都可以學習，後來他在建築公司做事，文件、圖樣都是用英文寫的，他的英文底子很好，會讀、會寫、會講，不知道他肯不肯為他補習英文？

晚上陳繼持回到岑家，岑漢、岑清在家等他回來食晚飯。飯菜是岑漢親自下廚做的，已經煮好上枱了。他向他們道歉，說自己遲了回來，要他們等待不好。

岑漢說：「你回來就好，我以為你迷路不曉得回來哩。」

大家都肚餓了，三人坐下來，拿起碗筷就扒飯夾菜，箸來箸往，猶如風捲殘雲，枱上的飯菜很快就吃光了。陳繼持寄居在岑家，又吃人家的飯，心中愧疚；吃飽飯就起身，收拾碗盤入廚房洗滌、放好，清理爐灶，打掃廚房。

一切都做好了，到了廳子，他就問岑漢去聯合國難民收容所申請了，合不合政治難民身份去美國？岑漢說，目前收容所還未有確實答覆，但是看情形成功的機會很高。陳繼持說：「希望你如願以償。」

岑漢說，香港地處中國大陸邊緣，不是久留之地，很多人都想移民去歐美國家生活。但是要錢作投資才可以移居過去，若然他能以政治難民身分去美國再好也沒了。

陳繼持說，他不懂英文，擔心若有機會去到美國不能與西洋人溝通，無法謀生，他問岑漢肯不肯為他補習英文？

岑漢說：「要是我獲得難民收容批准去美國，教不到你，就是不能去美國，在香港也要做事掙錢生活，無時間教你。最好的辦法是，你領到身份證了，找到工作做，解決生活了，就日間返工，晚上去讀英文夜校。只要你用心學習，不怕學不好英文。」

* * *

陳繼持拿到身分證，很快就找到工做。這份工是岑清介紹給他的，在一間毛衣製造廠做雜工。雜工職位低微，但是每個月都有工錢拿，有飯食。最好的是，他可以在工廠的倉房住宿，一舉解決了生活問題。做雜務只是在廠裏做一些零碎的工作，諸如收發物料，搬貨物存倉等等，工作並不辛苦，不必勞神。他日間在廠裏工作，黃昏放工，食了晚飯就去讀英文夜校。他有語言天資，由英文字母學起，接着學拼音，學習英語單字，加上強記讀背，進步得很快，只讀了一年半載就掌握了學習英文的竅門，他自己也感到驚異，增加了信心。

他去書店買了一部《英漢辭典》，遇到不明白的字就翻閱辭典，尋求解答。星期日、勞工假期，他就一人躲在倉房中，足不出戶，猶如誦讀《聖經》一般虔誠學習英文，對着錄音機錄下自己的話聲，然後放出來給自己聽，發覺哪個音階講得不好，加以改善。

他們廠中的老闆，是個勤儉白手興家的大老粗，中文字也不認識幾個，英文一點都不懂。他知道陳繼持會講流利的英話，會讀會寫英文文件，讓他入寫字樓做文職工作，等如升他的職。他在寫字樓工作不久，一位接訂貨單的營業部經理辭職另謀高就去了，老闆就升他接替營業部經理之職。

陳繼持有交際應酬本領，他跟歐美國家的商人打交道，投其所好，跟他們的交情很好，為老闆接到大量訂貨單。因此，老闆給他額外獎金作獎賞。

這時是製衣工業的黃金時期，歐美國家商人的訂貨單宛如雪片一般飛來，接應不暇，原來的工廠做不了那麼多，要增加機器，增聘工人，另開新的廠房。老闆看重他，讓他做新廠房的廠長，統領廠裏的業務。

製衣廠的老闆姓陳，名大文。他是白手興家的大魯粗，中文字都不識幾個，名字卻是「大文」。他沒有兒子，只有一個女兒，叫陳月娥。陳月娥生長在富商之家，嬌生慣養，刁蠻任性，讀書不成、貪玩，認識一個叫毛容的飛仔，跟他戀愛，搞大了肚子，不理父母的反對，同他結婚。

陳大文知道女婿毛容是花花公子，沒有上進心，好食懶做，若然把錢財產業交給女兒、女婿，他們守不住，自己一手辛勤創造的事業就付諸東流。他看好陳繼持，認他為義子，把新開的廠房無條件轉讓給他，成為他的產業。

陳繼持推讓一下，說他無功不受祿，最後還是接受了。他平白得到一個幾百工人的製衣廠，一下子由伙計變成大老闆。毛容、陳月娥當然大力反對，但是父親決定的事，她反對也改變不了既定的事實，只有忌恨陳繼持。

陳繼持想：他又不是謀財奪位，他恐怕口講無憑，要求陳大文一齊去律師事務所做了移交文件，具法律效力，他可以放心經營平白得來的工廠，並且把「大文製衣廠」改名為「旭日製衣廠」。

陳繼持真是幸運。他步步高升、前途一片光明的時候，他的好友岑漢早已獲聯合國收容所的政治難民身分去了美國。那年他和岑漢、寧遠在大鵬灣游水偷渡，三人的目標相同，後果各異。寧遠在海中被鯊魚噬咬、葬身魚腹；岑漢選擇去美國，一去不回；他在香港，時來運到、機緣巧合成了大商家。

他一直念念不忘吉澳島的老夫婦。如今他的事業有成，生活安定了，他要履行許下的諾言。一個風和日麗的星期天，沒有重要的事情需要做，他預備了一筆錢，又在店舖買了兩盒糕餅，才坐的士去沙田馬料水碼頭，搭離島小輪去吉澳。

渡海小輪解纜啟航了，他在船邊看風景，海水湛藍，天空雲捲雲舒，海風拂面，身心舒暢。右邊是巍峨蒼翠的馬鞍山，樹林掩影，林中的房舍若隱若現，不知道是民房還是寺院。左邊的堤壩裏面是大水庫，輪船沿着三門仔、赤洲航行。赤洲是丹霞地貌，泥石紅艷，海邊是世界上有名的海上丹霞，這些天然美景一一映入眼簾，賞心悅目（其實這個海灣早幾年他在水警輪中航行經過，因為躲在下面的艙房中看不到海岸的美景）

輪船中的乘客，大都是從市區來吉澳島度假遊玩的，小輪一泊碼頭，陳繼持就一馬當先爬上岸。他依稀記得，當年救助他的老夫婦的屋子在山林那邊，他踏着土路，繞過一處山坡，來到只有幾間屋子的小村莊。樹林前那間破舊的屋子，他的印象深刻，相信不會弄錯。木門緊閉，他上前輕輕叩門，沒有人開門，引來鄰居的黑狗汪汪吠叫。鄰居有個老婦走出來看看，見他是陌生男人，問他找誰？

陳繼持答不出，暗叫慚愧。那年他和岑漢都沒詢問老夫婦的姓名，不知道自己的救命恩人尊姓大名。他想了想，這樣說：「我是九龍來的，專程來探望這間屋的主人。」

老婦說：「你不知道倆老都過世了？」

陳繼持愕然道：「恩公倆老都過世了？」

老婦道：「恩公？他對你有恩？」

陳繼持道：「不是小恩，是救命之恩。」

老婦道：「你來報恩？來遲囉。梁伯和他老婆舊年（去年）撐艇出海打魚，一隻走私大飛（快艇）被水警船追截，他們的漁艇被大飛撞倒，梁伯夫婦沉入海底重傷，救不活了……」

陳繼持很傷心，含着淚說：「倆老是不是葬在吉澳島上？」

老婦說：「他們是島上原居民，葬在後面的山坡上。」

陳繼持說：「麻煩你帶我去他們的墓地，好不好？」

老婦說：「他們生前和我是鄰居，他們的兒子早就移民去英國了，我們鄉村人守望相助，有感情，抬他們棺材上山埋葬時，我亦去送殯。既然你要去拜祭他們，我可以帶你去。」

陳繼持說：「我不知道恩公倆老都過世了，沒有帶香燭來，只帶兩盒糕餅來。既然倆老都不在世了，糕餅就送給你食。」

老婦說：「我領尔一盒，留一盒讓你去拜祭梁家夫婦。我家有香燭，可以給你。你等一陣，我回去攞。」

陳繼持從皮包拿出幾張百元鈔票給老婦。老婦說：「我不可以要你的錢……」

陳繼持說：「請你收下，就當你清明、重九去替我拜祭梁家夫婦的費用。你不收，我心中不好過。」

兩人向後面的山坡走去，來到梁氏夫婦墳前。墳頭是黃土堆成的，墓碑上嵌着梁氏夫婦的合照瓷相。墳頭長了青草，在微風中搖曳。

陳繼持彎下腰，拿掉墳頭上枯萎的樹枝，然後燃點香燭，打開裝着糕餅的紙盒，對着墳墓跪下叩頭，在心中稟告：恩公在上，我是陳繼持，那年我從大陸游水到這裏，得你倆老相救，我才有命活到今日。可惜我來遲了，見不到恩公倆老最後一面，對不起你們，請多多包涵……

拜祭梁伯夫婦的墳，他的心舒坦了，解脫了。看看腕錶，渡海小輪還有個多小時才到達吉澳島，不必太早去碼頭候船。他向山上走去，邊走邊看，山頂有個小警崗，晚上才亮燈，仿如導航的燈塔。那年他和岑漢、寧遠從大鵬灣泅水偷渡時，在黑夜中就是向着這個有燈光的地方浮游。

爬到山崗，停下來，向大陸那邊眺望，群山山下，是小梅沙，那年他們三人躲藏在山溝等待時機落海時，小梅沙那片平地上有個軍營，是邊防軍的駐地，如今還有沒有軍人防守？他對那個軍營的印象深刻，那年他和岑漢、寧遠偷渡時，幾乎誤入軍營，自投羅網、送羊入虎口！

大陸和香港只有大鵬灣海峽相隔，猶如楚河漢界，壁壘分明，那邊是共產黨的天下，這邊是自由世界，解放以來，天天有人從大陸那邊經水路偷渡過來，有人游到半途氣力不繼沉入海中枉送性命！他很幸運，能夠游過茫茫大海，來到這個充滿機遇的自由城市。

陳繼持瀏覽了吉澳島，勾起了他不少回憶。他從海島的碼頭搭渡海小輪回到沙田馬料水碼頭時，已是黃昏時分。他肚餓了，步行去中文大學火車站的餐廳食飯，順便打電話回家給女傭，說他今天晚上不回家食飯，晚一點才回家。

女傭叫好姐，一把年紀了，她是順德女人，「梳起唔嫁」（終生不嫁），她的後腦勺拖着一條長辮子，走路活動時像牛尾巴一樣在白色唐裝衫背後晃動。她沒有親人在香港，單身一人在陳繼持家中打工，盡忠職守做家務、服侍主人，她好心善良，當陳繼持是兒子一樣愛護。她在電話中囑咐他在外面行走時要小心。

食飽飯離開餐廳，他沒有招的士，去大學站搭火車。火車剛剛由蒸汽動力轉為電器化，有空氣調節，車廂寬敞清寧，單路軌行車，速度快，由大學站經火炭、沙田、大圍，穿過獅子山隧道就到達九龍塘站。

他在九龍塘站下車，爬石級向又一村走。又一村都是兩三層高的花園洋房，在這個地區居住的人都是富人名人，一般低下階層的市民只可望不可得。

爬上幾十級的石階，到達花圃街，橫過達芝路，向丹桂路走去，接近他居住的洋房時，有兩個人影從街角躥出，拿布袋往他頭上一蓋，他甚麼都看不見了，大驚，不知道甚麼人要襲擊他！他還未來得及反應，一刀就落在他的肩背上，血流如注，染紅了衣服。接着又有刀子向他的胯下捅過來，他的陰囊頓時破裂了，血肉在褲子裏飛賤，他痛得暈倒地上，掙扎幾下就失去知覺。

甦醒時，周圍一片白亮，睜開眼皮看看，才知道身處醫院的病牀中。有護士在病房中，女傭好姐在他的病牀邊，也有警察在場。警察見他清醒了，說要錄他的口供查案，問他案發時的情況，他知道的都回答了。末了，警察又問他有沒有仇家？他答沒有。護士扶他坐起，警察給他原子筆，等他在供詞紙上簽了名才離去。

好姐又驚又喜，說：「三少爺，你沒事就好哩，擔心死我哩。昨晚我聽到街上有嘈吵聲，走去一看，見你暈倒地上，滿身都是血，我即刻回屋打『999』報警，救護車、警車來了，送你來醫院，醫生為你止血做手術……我在心裏為你祈禱，希望耶穌打救你……你是好人，是甚麼人咁毒害你？」

甚麼人要害他？謀財？他身上的財物沒有失去，害命？又沒有斬死他。他是正當商人，沒有做過甚麼壞事，沒有仇家，襲擊他的歹徒是受人指使的兇手？

思前想後，問題是有的，他的「旭日製衣廠」哪裏得來的？是他的前顧主陳大文看好他，無條件贈送給他的，恩人的獨生女和不務正業的女婿得不到，他們懷恨在心買兇手傷害他？他肩背上的刀傷不多久就會好，但是睪丸沒有了就會斷子絕孫。他幸運地得到財富而沒有後人，難道是天意？

23

陳繼持在白沙鎮投資製衣廠、賓館、電影院、超級市場等等，使白沙鎮興旺起來。但是這些都是工商業項目，他要搞房地產。

他知道，香港幾位大富豪都是搞房地產發大財的。他們從政府那裏買了地皮，起高樓大廈，一幢幢大廈起好了，分成千百個小小的單位出售，房子的價錢由地產商人訂，他們訂的價錢多少就多少，買他房子的人沒有議價的餘地，若然多人買，反應熱烈，他們就提高房價，多賺一筆，世上還有甚麼生意比做房地產好？

白沙鎮引進外資開發了，工廠、酒店、運輸日漸增加，外地人來做生意，打工，人口不斷增加。人要食飯，也要房屋居住，因此，買地皮建房子出售，大有可為。陳繼持是頭一個在白沙鎮投資開工廠、起賓館、搞娛樂事業的外商。他知道，做甚麼生意最好是做先行者，捷足先燈最能賺錢。

白沙鎮西北面是一大片農地，是農家所有。必須向土地的主人購買。但是這些農地一塊一塊，每個農家只有一塊兩塊，怎樣去收購？初時他回來買地皮起工廠，首先去拜會鎮黨委書記胡作義，他是本土人，又最有權力，要在白沙鎮開發房地產，首先就要通過他的人脈關係，接觸農地的擁有者。

這件事，是投資的大項目，必須他親自統籌。他從香港回到白沙鎮，只對大哥二哥簡略說一下他的發展房地產計劃，就去鎮政府會見胡作義。當時胡作義正在辦理一件重要的公事，無法分身，他對陳繼持說，晚上在「光明酒家」的貴賓房見面。

陳繼持和他的女秘書郝小姐依時到達約會的地點，大家寒暄一下，問候雙方的工作生活情況，就進入正題。胡作義說，這些農地一塊塊，各有其主，若然要建一個大型屋苑，就要一起收購他們的農地，合併成一片屋地規劃起屋。

陳繼持說：「你的建議和我設想的一樣。問題是，他們肯不肯賣他們的農地？」

胡作義說：「只要出高價收購，他們就會考慮。」

「高價？這些農地要多少錢一畝他們才肯賣？」

「這件事就要跟他們談。你問到他們，他們就識要錢，獅子開大口……」

「如果他們要價貴，地皮貴了，成本高，起的房價自然高，會賣不出去……」

「這樣的道理我明白。若是他們開天殺價，你不答應，他們也要不到你的錢。到了那時，可以跟他們議價，你情我願才交易。」

「你是本土人，又是白沙鎮的最高領導，這件事只好交給你去辦。如果這個建屋項目成功，有錢賺，我不會少給你一份紅利。我等你的好消息。」

酒菜上枱了。他們邊食飯邊談收購農地的辦法。胡作義說：「收購農地的事，我盡力去做，談不談得成現時還不知道，你等着吧。」

陳繼持知道這件事急不來，只能等待。要等多久？半年？一年兩年？他不知道。但是只過了兩個多月，胡作義就告訴他，說他跟那些農民開會討價還價幾次才達成協議，每畝農地的價錢若干，問陳繼持接不接受。

前年陳繼持收購市區的舊屋子拆卸起商場，屋地比現時收購農地的價錢貴得多，因此，他一口答應收購農田，叫胡作義約那些農民在他的辦公室見面。雙方簽訂了買合約，逐一開支票給他們，他們拿支票去人民銀行取錢，已經交易完成了。因為是農地，地上種着莊稼，秋收後，農作物成熟收割了，農民才交農地給「旭日投資公司」。

陳繼持想不到如此短時間就收購到那片農地，也想不到每畝農地如此廉價。他不知道胡作義在雙方議價之前暗中向外面放煙幕，說那片農地人民政府要收回興建工廠，這個「消息」農民聽到了，他們都信以為真，他們都這樣想：政府收地，每畝的價錢由官方訂價，人民沒有議價的權利，官方無論給多少錢一畝給農民都要接受，與其給政府壓價收去建工廠，倒不如以合理的價錢讓香港的地產商人收購好。

秋季，農地上的莊稼成熟收割了，按照買賣雙方簽訂的合約，土地就屬「旭日投資公司」旗下的房地產公司的了。

不足兩年，白沙鎮西北面那片農地變了一幢幢鋼筋水泥的房屋，房屋的設計格式一樣，五層高，分層出售，底層是店舖，樓上四層是民居。旁邊一幢大的設計格式與民居不同，是學校，校名是「陳民利中學」，紀念陳繼持的亡父。

白沙鎮起初只有一間小學，後來人口逐年增加，先後增加到三間。以前沒有中學，小學畢業生若要升讀中學，就要去縣城就讀。如今新開了中學，小學畢業生成績好的就考入「陳民利中學」就讀。

中學校園靠近民居，四周築起圍牆，正面的大閘門可以讓汽車出入，師生進入學校上課了，閒雜人不可以隨便進入校園打擾。校中有操場、籃球場、泳池，上體育課的時候，學生在操場做各種運動。

「陳民利中學」是陳繼持斥資興建的，正副校長各一名，教員二十多名。他的大哥（繼祖）以前在廣州××中學任教多年，有教學專業和經驗，讓他做校監，監督「陳民利中學」的運作。

陳繼持把他在白沙鎮的「旭日投資公司」的事務，授權他的大哥陳繼祖統領，他可以放心回香港「旭日公司」總部坐鎮，遙控各地的業務運作。

* * *

陳繼持再回到白沙鎮，是好幾年後的事。他回來之前，沒有通知任何人，攜着簡單的行囊，單獨一人去「東風賓館」開個客房住下。休息一陣，不動聲色，像一名普通外來的小商人去街上走走看看。他知道，凡是高官、名人、大富豪都有人前呼後擁，拍馬屁奉承，唯恐侍候不周——這樣他們看到的都是預先佈置好的、正面的東西；壞的、負面的人與事都看不到，接觸不到。他不張揚低調回來，猶如欽差大臣微服觀察民情，他想聽到看到的才是真實的人與事。

他穿深色的西裝，著舊的皮鞋，沒有打領呔，灰白的頭髮散亂，神態自若蕭灑。他邊走邊看街景，走到春風街的時候，感覺這裏熟悉又陌生。走到前面的「髮郎世界」門前，有個穿着花花綠綠衣裙的年輕女子出現在他面前，對他微笑說：「先生，你是從外地來的？要理髮洗頭，請入來坐。」

他看看站在他面前的年輕女子，她的面孔漂亮，塗脂抹粉，眼睫毛下面的眼珠轉動，對他笑笑，說：「你入來，看不上眼的，不勉強你，你再去別家好了。」

陳繼持想：你們的髮廊是為客人理髮的，只要你們的手藝好，有甚麼看得上眼看不上眼？既然這個姑娘這樣說，入去看看，理個髮也好。

進入「髮廊世界」，幾個年輕女子一字排開，笑臉相迎，其中一個女子說：「先生，歡迎你，你看中哪個？」

陳繼持說：「哪個手藝好，就哪個，無所謂。」

其中一個姑娘伸手搭他的肩膊，領他進入一間房子，讓他坐在理髮椅上，在他的頸脖上圍上一塊白布，拿梳子剪子為他剪髮。她的上衣領口低低，彎腰為他剪髮的時候，她的酥胸在他眼前晃動。她藉着剪髮的動作，手指一次又一次撫摸他的面孔。理髮洗頭完畢，她向他送秋波、拋媚眼，問他要不要性服務。

他沒答她，從皮包拿出一張百元鈔票給她，頭也不回離開「髮廊世界」。

人的毛髮長了，就要剪髮洗頭。小時候媽媽用剪刀為他剪髮，長大後，頭髮長了，就去理髮店幫襯理髮匠。理髮師傅是男人，為顧客理髮掙錢謀生。改革開放放了，髮廊都是年輕女子為男人剪髮洗頭，兼做暗娼……

「先生，洗腳請入去，不滿意不給錢。」

陳繼持被一個女人的說話聲從沉思中驚醒，停步看看她。她是中年女人，身體豐滿，面孔漂亮，是成熟女人的美態。她在「沐足天下」門前拉客。他想：剛才在「髮廊世界」剪髮洗了頭，現時洗洗腳也好。

那中年女人見他停步看她，不失時機伸手拉住他，半請半推他入屋。屋中的光線昏暗，幾個女子正在為客人洗腳，似乎滿座。有個女子上前招呼他，說廳中客滿了，領他入房間，讓他坐，開藥水為他洗腳。她脫去他的鞋子，又除下他的襪子，把他兩腳放入木盆中，她蹲在他面前，伸手入木盆按摩他的腳板、小腿，又按摩他腳上的穴位。她的衫領沒扣鈕，沒有戴胸罩，渾圓的乳房完全進入他的視線中。他合上眼皮讓她洗腳，不想看她。

沐足女按摩他的腳板、小腿，一直向上摸，伸手入他的褲管，再往他的大腿移動。她說：「先生，我的服務好不好？」

他點頭表示好。她又說：「要不要我上牀為你服務？」

陳繼持沒有回答她，打開皮包拿出一疊鈔票給她，說：「你不要做這種事了，拿我這些錢去做小生意賺錢生活吧。」

沐足女接了他的鈔票說：「多謝你的好意，你給我這麼多錢，可以解決我一家人眼下的生活，但你這些錢救不到我。」

離開「沐足天下」，向前走。他想：春風街這些髮廊、沐足店、按摩院的女子，都是做暗娼掙錢養活自己和親人，我救得多少個？她們都是如此年輕活力充沛，為何不去做正當工作找錢生活？找不到正當工作做？做正當工作掙錢少而做暗娼掙得錢多？

向前再走幾十步，抬頭看看，牆頭上掛着一個又大又惹眼的招牌，紅底黃字：「解放按摩院」，門前放着一個上身赤裸性感的美女照片。行人路過的時候停步看看似乎不想離去。

陳繼持到達「解放按摩院」門前，一個穿紅色衣裙的女人對他笑笑，說：「這位先生，可以按摩又可以玩樂，入去看看，不滿意不給錢。」

這些話都是在門前拉客女人的口頭禪，入去尋歡作樂的男人不給錢可以出來嗎？他抱着獵奇的心理進入「解放按摩院」，他一停下，有個女子招呼他，帶他上樓上的「貴賓房」。房間不大，用木板間成，玻璃窗口被厚厚的布簾遮擋，不能透光，視線朦朧。房中有一種無法形容的氣味，好在按摩女身上搽着高檔的香水，沖淡了那種異味，他才感覺舒暢一點。房中的年輕女子接待他，替他除去外衣，在他身上裹上一條白色的大毛巾，讓他上牀。她為他按摩的時候，她只穿內衣，她的肉體解放，思想也解放，名實相符的「解放按摩院」。

這名按摩女的功架好，手勢也好，按摩完了，他全身都感覺輕鬆舒暢了。她說：「我服務得好不好？滿不滿意？」

陳繼持點點頭。她說：「先生，要不要我的身子？」

陳繼持說：「不要。你同我談話，我也給你錢。」

按摩女想：不用賣肉談話也有錢拿，不是很好？她問他要談甚麼？

「我只想知道你的事。」

「你是記者？公安？」

「坦白告訴你，兩樣都不是。」

「你為甚麼想知道我的事？」

「不為甚麼，只想知道你何故做這個行業。」

「做這個行業能賺錢。」

「做別的行業，不是一樣能賺錢？」

「沒現時這個行業賺得多。」

「你做過別的工作？」

「種過田，在工廠做了幾年。但種田、做工人辛苦不說，掙到的錢少，一家幾個人不夠食。」

「在甚麼工廠做？」

「那家工廠出產的門板、家具銷量很多，老闆賺大錢。但是他給我們工人的工錢就很少，壓榨、剝削工人……」

「你會做家具？」

「要是會做家具還好些。我在那家工廠做雜工，搬木頭上架，給機器鋸成木板。車間又熱又悶，風車鋸轟轟響，木糠滿屋飛，耳朵、鼻孔都塞滿木糠，呼吸都困難……」

「那間工廠是誰開辦的？」

「一個香港商人投資的，他在香港有很多生意做，沒時間回來打理，讓一個叫路生的男人經營管理。這個路生原本也是窮人，只是他時來運到，認識一個港商，兩人合作，開磚瓦廠、染布廠、電鍍廠，還有這間木工廠，用機器做門板、門框、家具，生意做得火紅，路生也發了大財，成為新的資本家。他為了大大賺錢，壓逼窮人，剝削工人。我不知道人民政府為甚麼讓他這樣做？」

「中國改革開放政策是要讓一部份人先富起來……」

「讓一部份人先富起來，就有富人，有窮人，社會就不平等。」

「世上的事就不平等。在工廠有老闆、有管理人，有勞工；沐足女為男人洗腳；你為男人按摩，都是不平等。」

「我為男人按摩，是為掙錢生活，沒有辦法。」

「你在這間按摩院做，有工錢拿，為何要勾引客人出賣身子？」

「你以為我想做這種事作賤自己？為客人按摩一次，收三十塊錢，老闆拿二十五塊，只分我五塊，客人多的時，一日做幾次，可以掙到二三十塊；客人少了，分到的錢就很少。要是勾引到客人上牀賣身，老闆拿雙份，我一份，做一次可以分到三十塊，比做一日按摩還要多。掙到這些賣身錢，才可以改善我一家人的生活。」

「你的親人沒反對你做這種事？」

「他們當然不同意，但我願意做，因為接客可以多掙錢，又風流快活。」

「你不覺得賣身是墮落？」

「你以為我想墮落？是這個變了樣的社會要我墮落。改革開放了，大家都向錢看，錢使人墮落，甚麼壞事都做得出。」

陳繼持恐怕在這種地方再談下去，逗留久了，會惹來麻煩。這時隔鄰房傳來女人咿咿呀呀的淫蕩呻吟聲，聲聲入耳，使人想到那種男女之事。「解放按摩院」的房間，用木板間格，一板之隔，說話聲、按摩女的淫蕩呻吟聲都聽得到，實在是不可久留之地。他急急穿上衣服、鞋襪，把開皮包，拿出一疊鈔票給她，說：「多謝你同我談話，多了見聞。」

她做按摩女以來，從來沒有不要她身子而給她這麼多錢的男人，心中高興，笑道：「我叫溫晴，歡迎你再來搵我。」

陳繼持當然不會再來，沒有跟她說再見，急急離開「解放按摩院」。

春風街是天堂？是地獄？他說不準。他在春風街這些掛羊頭賣狗肉的店舖洗了頭，洗了腳，也按了摩，流連了半天，肚餓了，想找食店吃飯。

以前白沙鎮有一間賣田雞粥的舖子，田雞肉鮮嫩，粥夠火候，很好吃。他年輕時吃過，至今還記得，想再吃一次故鄉的田雞粥。他邊走邊看，尋找粥店。那些在街邊拉客的女人，見他東張西望，走到他面前，問他要洗腳還是要按摩？他說，剛剛洗了腳、按了嚒，不要了。拉客的女人說：「歡迎你再來，我們店裏的小姐又漂亮又熱情，包你滿意。不滿意不給錢。」

他走遍春風街都找不到田雞粥店，只好轉移地點，向河街那邊走。河街在白沙河邊，飯店、粥店都有。他走入一間粥店看看，問店主有沒有田雞粥？

店主看看他，說：「你是大城市來的？」

陳繼持點頭答是。店主說：「你不是本地人，難怪你想食田雞粥，想不到了。現時的農民都在田裏灑農藥毒害蟲，連田雞都毒死了，哪還有田雞煮粥？小店有新鮮的『及第粥』，好食過田雞粥，不信？你食了就知道。」

陳繼持在一張小枱邊坐下，看看店裏的內容，食客兩三個，生意不算旺。等待十多分鐘，伙計才送粥上枱。「及第粥」即叫即做，熱氣騰騰，粥裏的豬肝、瘦肉、豬粉腸都鮮嫩爽口，一食就知道是十分新鮮，的確好食。

食完「及第粥」，付了錢，他去店舖後面的廁所解溲。廁所旁邊的牆角上，躺着一隻垂死的肥豬，牠的軀體顫抖，嘴角流出帶血泡沫，發出微微的呻吟聲。陳繼持好奇心起，看看牠，牠的腔腹開了道裂縫，大腿上現出一處血紅的創口。他頓時傻了眼，原來他剛才食的「及第粥」，粥裏的肝臟、粉腸，是從牠的腔腹中割出的，瘦肉也是從牠的大腿割下來的，難怪這間粥店的「及第粥」如此鮮嫩爽口啊！

離開粥店，沿着街邊向前走，有舖子賣狗肉，有舖子賣蛇羹，有舖子賣鱔魚、烏龜、甲魚（鱉）。鱔魚又粗又長，顧客若要一條，店主就從木桶抓起牠，放在砧板上，一刀砍下去，變成血淋淋的頭尾兩截，兩截鱔魚都在顫動，作垂死的掙扎。

陳繼持記得，以前這條河街的店舖，有的賣竹器、木器，有的賣棉紗、土布，有的賣木柴、黑炭，街邊乾淨沒有臭味。如今都是賣狗肉、蛇肉，賣魚蝦、螃蟹之類，街上處處都是血腥血水。有人拿水桶把這些腥臭的血污沖洗流到白沙河中，河邊的白沙子都變紅色、紫色，臭氣熏天，蒼蠅飛舞，老鼠在覓食。

他想不到白沙鎮由小變大，擴展得這樣快速，原來短短的河街向東西兩邊延伸，變成一條長長的河街了。以前周邊的農田菜地沒有了，原地起了一幢幢樓房，成了商業樓和住宅區。南北走向的公路，一座鋼筋水泥的橋樑架在白沙河上，大小汽車在橋上呼呼行駛，人可以在橋邊徒步過河，騎單車往來行走。以前的帆船都裝了馬達，不靠風力了。

河北那邊的田地沒有了，原地都是廠房，有屠宰牲口的屠場，有漂染廠、金屬電鍍廠、織布廠，還有養雞養豬場，這些廠房的廢料污水、雞屎豬糞都沖洗入白沙河中，污染了河水，河牀積了厚厚的有毒素的污泥，魚蝦都不能生存，死亡了的魚蝦浮屍水面腐爛發臭。大家都視而不見，沒有人理。

陳繼持向前走，街上的行人更多，市面更加熱鬧喧囂，前面的店鋪門前掛着惹眼的紅色招牌——口福野味店。他停步看看，幾個鐵絲籠裏，分門別類，有穿山甲、果子狸、黃鼠狼、山貓等等。上層幾個鐵絲籠，有貓頭鷹、山雞、大雁、禿鷹……顧客入店幫襯，店主即時宰殺牠們，這些野生動物，烹調好了上枱，熱氣騰騰，香味四溢，顧客大快朵頤，吃到嘴角流油。據說這些飛禽走獸的肉對人的身體有益，補氣壯陽，吃得愈多愈好。

吃這些野生動物能不能補氣壯陽不知道，他在香港一本科學雜誌上看到一篇文章，說非洲有人吃了一種猴子，染了一種病毒不久死亡。有科學家在死者身上抽組織化驗研究，給這種病毒起名為「愛滋病」。愛滋病菌潛藏在那類猴子身上，人吃了牠就會患上愛滋病毒死亡。愛滋病者的血液人傳人，有如瘟疫。染到愛滋病毒者無藥可救。

穿山甲、果子狸的身上會不會也潛藏着一種不知名的病毒傳染給人類？目前還不知道。希不會發生。據說山洞的蝙蝠也潛藏著一種毒菌，科學家正在研究，等待結論。

陳繼持剛才在粥店吃了「及第粥」，還未餓，只想見一下飯店中現時賣的是甚麼樣的菜式。他進入一間飯店，在一張小枱邊坐下，點了兩道小菜，又要一小瓶洋酒（他不會喝酒）只裝模作樣小飲獨酌。

飯店中有人飲虎骨酒，食狗鞭下酒。他們邊飲酒邊談話，說飲虎骨酒、食狗鞭能壯陽，能夠跟女人「打持久戰」，令女人欲仙欲死，像蛇一樣在男人胯下扭動呻吟。

陳繼持聽他們講着不堪入耳的粗話，低頭吃菜。這時兩男兩女走入來，店主招呼他們在一張方枱坐下。這張方枱中間有個圓孔口，伙計從鐵籠抓來一隻猴子，拉開可開可合的方枱，把猴子的頸脖放入枱中的圓孔中，隨即合上，牠的頸脖卡在圓孔口中，仿如犯人擔上枷鎖，無法掙脫了。

猴子呀呀地掙扎呼叫，驚惶失措望着牠身邊的人，知道不妙了。伙計拿來一個有火種的炭爐，放在猴子的屁股下面。牠的屁股被爐火灼熱得難受，拚命掙扎，四條爪子在枱下亂動亂抓，哇哇大叫，火眼金睛，目露兇光，眼珠像要噴火。炭爐的火愈來愈熱，高溫煎着牠紅紅的屁股，牠抵受不了，不停地掙扎呼叫，呰牙裂目，晃動尾巴，牠身體中的熱血沸騰，血液向腦門湧。

伙計看準時機，拿槌子往猴子的頭上重重打下去，牠的頭蓋骨像椰殼一般碎裂，露出白白的腦漿。牠將死未死，兩眼瞪得大大，怒火在瞳孔中燃燒，火箭一般射向牠身邊的人！

伙計是擊殺猴子的老手。他揭開猴子的頭蓋骨，拿勺子把牠的腦漿舀入顧客面前的碗中。兩男兩女捧着碗子，呼嚕呼嚕像吃着熱氣騰騰的豆腐腦。他們吃光碗中的猴子腦漿，四人舉杯飲酒，喜氣洋洋，其中一個男人乘着酒慶，大笑不止，笑完才說：「猴子腦像人腦，吃了它，腦筋更靈活，更加會掙錢，我們一定會發達！」

陳繼持不想待下去了，馬上付賬，離開賣狗肉、狗鞭、猴子腦的飯店。他的心情不知道是開了眼界還是嘔心。他徒步回投宿的「東風賓館」時，夜幕低垂，街燈亮了。這時他睏倦了，正想上樓回房間休息，幾個年輕女子出現在他面前。他知道，賓館當然有女員工，只是這些女子都塗脂抹粉，紅嘴唇，藍眼皮，衣裙艷麗，神態輕佻妖冶，不似做實事的正經女子，倒像風月場所的女人。

賓館中的女子見到他一個男人，以為他是剛剛到達這裏的旅客，對他笑臉相迎，拋媚眼，問他要不要小姐服務。

陳繼持不理她們，心想：這間賓館他以前住過，是高級賓館，怎麼現時變成有女人接客的場所了？鎮政府沒派人來干預過嗎？春風街的「髮廊世界」、「沐足天下」、「解放按摩院」、「桑拿蒸汽城」都利用年輕女子做暗娼掙錢的，但是他們掛着招牌做，或許他們向鎮政府領了牌、交了稅、取得經營權了？

「東風賓館」的招牌沒有變，仍然是以前那間賓館。他們怎樣神通廣大「搞掂」白沙鎮政府的高官和各路人馬讓他們這樣做？

很多問題在他的腦子打轉，夜裏睡不好。第二天早上醒來，朝陽照遍大地。他走到窗前，拉開窗簾向外望，街道上的大小車子呼呼行駛，行人往來行走，整個城鎮都活動起來了。入浴室洗漱完畢，撥電話給鎮黨委書記，問他能不能來「東風賓館」共進早餐。胡作義在電話中說，他已經約好一位台灣商人食早餐，這幾天的約會都排滿了，沒有時間跟他見面，只說一句抱歉就掛線了。

陳繼持猶如碰了壁，心裏不是滋味。當初他回白沙鎮投資起廠房、辦工業的時候，胡作義當他是財神蒞臨，在他面前奉承拍馬屁，唯恐侍候不周，這麼多年來，他在「旭日投資公司」的各個項目中撈夠了，如今又去那位台灣商人身上撈！

目前胡作義沒來見他也沒甚麼，反正再沒甚麼重要事情需要他，打電話給他共進早餐只是聚聚舊情而已，既然他投向別的財神由他去。

打電話給大哥。繼祖頗感意外，他問繼持回來為甚麼住賓館不回家住？繼持在電話中說，你來賓館見面再講。

繼祖在電话中問他是不是司機開車送他回來？繼持說，只他一人回來。

繼祖說：「我駛車來接你，很快就到。」

兄弟見了面，在賓館的客房坐下，繼祖以為他忽然一人回來必然有特別事情需要做。繼持說，他一人回來只是想了解一下國內現時的真實情況，昨天他獨自在白沙鎮隨便走走看看，有了新的認識，需要重新部署在白沙鎮的投資策略。

繼祖說：「現時製衣廠、電影院、航運、商場的業務都上了軌道，運作得好好，中學也辦得不錯，不必你擔心了。」

繼持說：「中國改革開放了，人也變了；人有了錢，心也變壞了。這種情況，不是好現象。」

繼祖說：「以前是政治掛帥，誰貧窮誰光榮。如今是錢財第一，大家都向錢看，誰掙的錢多誰光彩。當初你調資金回來開工廠、開電影院、建學校、搞房地產，我們的家族成為白沙鎮首富，人家都當我們是財神一樣敬重。但是誰知道政策幾時又會變？」

繼持說：「我就是擔心政策會變，打算削減在白沙鎮的投資項目，調資金去東南亞國家發展。」

繼祖說：「這樣做好，謀定後路，政策一變，我們也有路可走。」

繼持拿着簡單的行囊離開「東風賓館」客房落樓，在服務枱付了賬。繼祖駕車去工廠，兩人一齊巡視廠裏的業務。廠中各種工序都在進行，運作，男女工人、領班也各司其職在工作。

在各個部門巡視完畢，繼持表示很滿意。繼祖說：「你看到的只是表面情況，其實，如今的工人很難搞，初時他們只求有工做，每日給他（她）們兩三元工資就落力做。如今他們學到技術了，就向各部門的主管反映，要求加工錢，不加就辭工不做，等如要脅。我知道，物價貴了，加一點工錢給他們也應該，就加了。但是一開了頭，他們就食住上，年年都要加。我們兩間廠，各個部門共有成萬工人，每人每天加一元計，一日就多支出一萬元，一個月就多支出三十萬元。少數怕長計，成本不斷增加，這樣下去，不知道怎樣好……」

繼持說：「昨天我在『東風賓館』開了客房，放下行李，就去春風街、河街一帶行走，見到很多『新鮮事物』，大開眼界……」

繼祖說：「我要做你交給我的事務，一早忙到晚搞到頭昏腦脹，沒有時間去外面行走。有時我聽到人家講，春風街的店舖都變成掛羊頭賣狗肉的色情場所了。」

繼持說：「人民政府不是說要消除精神污染嗎？」

繼祖說：「不要精神污染，又要讓一部份人先富起來，不可能呀。色情事業好搵錢，大家都向錢看，哪樣的錢好搵做哪樣，旁門左道的事都做齊。」

繼持說：「鎮政府不理嗎？」

繼祖說：「他們隻眼開隻眼閉就算了，若是都禁了，哪有人送錢給他們？我們投資的各個項目都是正當生意，都要送錢給他們才有得做。」

繼持說：「電影院的生意怎樣？」

繼祖說：「起初放映差利卓別靈的默片《城市之光》、放映荷李活的《仙樂飄飄處處聞》那類影片都滿座，落畫了，放映《亂世佳人》很賣座，又放映瑪麗蓮夢露主演的

《大江東去》，都叫座。但是這類有藝術性的電影放映得多了，觀眾覺得不夠刺激，沒人看了，現時放映一些三級片……」

繼持說：「要是墮落到放映一些色情片，寧願關門也不做！」

繼祖說：「我也是這樣想。娛樂項目起初是你大嫂管，後來是衛英管，她說，人家販毒、開賭、賣假藥、走私漏稅的事都做，我們的電影院放映一些三級片算甚麼？」

繼持說：「人家做甚麼我不理。我們投資公司的項目都是納稅給政府的正途生意，千萬不要再放映色情片污染了『旭日投資公司』的金漆招牌，快快下我的口令不要再放映了！」

陳繼持最關心的是紀念父親的「陳民利中學」，兄弟兩人離開他們的製衣廠，駕車去學校。正在打掃校園的老校工認得校監（陳繼祖）的「寶馬」車子，走來打開大閘門讓他駛入校園停泊，笑臉哈腰為他開車門，讓他們落車。

這時老師和學生都在課室上課。他們直入校長室。校長認識校監，放下手中的文件，站起來招呼他。陳繼祖介紹校長跟繼持認識。校長熱情跟他握手，說：「久仰大名，幸會幸會，請坐。」大家坐下了，校長又說：「陳先生從香港調資金回來辦工業、商業，帶領白沙鎮興旺，人人有工做有飯食。還斥資起學校，辦教育，培養人才，功德無量。我代表全校老師學生多謝你！」

陳繼持說：「只要校長你辦好我們的學校，就是對白沙鎮的回報，對社會的回報，也是對我的回報。」

校長說：「說起來，我也不負兩位陳先生的期望，這兩年本校的高中畢業生參加高考，幾名考上省城的大學，還有一名考上北京大學，比縣城的高中畢業生的成績還要好。這當然不是我一人的功勞，是各位教員共同努力的成果。」

陳繼持說：「希望校長再接再厲，更上一層樓。」

校長說：「盡力而為、盡力而為。」

告辭的時候，校長送他們落樓，開車門讓他們上車。

晚上他們回到陳家大宅，在底層花園泊好車，上樓上的大廳坐下，一家大小幾人先後從外面回來了。女傭即刻沏茶，斟茶侍候。

一個男孩揹着書包回來，衛英拉着他的小手說：「快叫三叔。」男孩笑笑，叫他「三叔」。繼持抱起男孩，親吻他一下，才放他落地。

男孩的樣貌似衛英，漂亮、醒目，令人喜愛。衛英懷胎腹大便便的時候，繼持去了香港好幾年，如今回來，男孩已經八歲了。他和前望同輩份，取名前程。

大家久別重逢，都有很多話要說。大嫂（吳玉卿）最關心她的兒子，問繼持他近來的工作生活情況。

繼持說：「前望不負我的期望，在我公司總部任高職，分擔我不少重要的工作，是我的接班人。」

大嫂非常高興。她關心兒子的婚事，問繼持前望有沒有女朋友。

繼持說有，前望跟她「拍拖」一年，已經談婚論嫁了，準備結婚。

大嫂說：「我和你大哥早就想飲他的結婚喜酒了，一選好婚禮日子，就打電話回來，我們早些準備行程去香港主持他的婚禮。」

繼祖打趣說：「看你高興成這個樣……」

大嫂說：「兒子就要在香港成家立室了，難道你不高興？」

繼祖當然高興，只是沒說出口而已。他們都把希望寄託身在海外的兒子身上。

二零二零年五月三稿

時年八十一歲

作者簡介

陳愴，原名陳仲明，廣東廉江鄉村人，童年時在鄉村只讀過幾年小學，1959年初偷渡來香港。此後在這個自由城市做各種勞工謀生，工餘時讀報刊書籍自學知識，偶爾也寫短篇小說投稿報刊。

2005年退休，在家全心寫小說，至今已寫成短、中、長篇十部。已經出版長篇小說《筆架山下》（上下冊）《回望》《日出日落九龍》《深圳河南北》《狂亂》（《筆架山下》第五卷）《白沙鎮》《再遇已在患時》、中短篇集《靈神與凡人》等。

陳愴及其長篇的存在，是香港文壇的異數。於七十至八十餘高齡，以罕見的魄力陸續寫下十部長篇，別的老人做不到的他做了。如果我們以作品的文學和歷史價值論得失，至少，作者留下了可供閱讀和研究香港和中國大陸南方生活的重要長篇。其題材背景，從大陸寫到香港，又從香港寫到大陸，無論深度、廣度，厚度，都力透紙背。陳愴的跨地域創作，始終關注小人物、小市民在時代洪流中的悲歡離合和可歌可泣的命運，提供予我們反省和回首歷史的珍貴藍本。《白沙鎮》秉承了前幾部的細膩寫實風格，不失為香港文學的可貴收穫。

ISBN 978-962-449-601-7
9 789624 496017
獲益出版事業有限公司
HK$ 108